Stefanie Lahme
Ein Schotte unterm Mistelzweig

Stefanie Lahme, geboren 1970, lebt und schreibt im Münsterland. Sie liebt Bücher und liest, was ihr in die Finger kommt. Wenn sie nicht schreibt, findet sie Inspiration für neue Schreibprojekte bei Joggingrunden durch den Wald, beim Tauchen und Reisen – am liebsten nach Irland und Schottland. Sie ist Mitglied bei Delia, der Vereinigung deutscher Liebesromanautoren, und PAN, dem Phantastik-Autoren-Netzwerk.

Stefanie Lahme

Ein Schotte unterm Mistelzweig

Roman

PIPER

Mehr über unsere Autorinnen, Autoren und Bücher:
www.piper.de

Wenn Ihnen dieser Roman gefallen hat, schreiben Sie uns unter Nennung des Titels »Ein Schotte unterm Mistelzweig« an empfehlungen@piper.de, und wir empfehlen Ihnen gerne vergleichbare Bücher.

FSC
www.fsc.org
MIX
Paper | Supporting responsible forestry
FSC® C021394

Wir produzieren nachhaltig
www.piper.de

ISBN 978-3-492-50546-8

Redaktion: Birgit Förster
Satz auf Grundlage eines CSS-Layouts
von digital publishing competence (München)
mit abavo vlow (Buchloe)
Covergestaltung: Annika Hanke
Covermotiv: Bilder unter Lizenzierung von Shutterstock.com genutzt
Printed in Litauen

Kapitel 1

Wer für seine Träume kämpft, muss auch mal frieren!

Dies war nur einer der Motivationssprüche, die ich mir seit vier Stunden aufsagte. Ich hatte ja Zeit. Zeit, die ich im langweiligsten Flughafen der Welt totschlagen musste. Der Bus nach Portree war mir vor der Nase weggefahren, und der nächste ging erst um halb sechs. Ich würde spätabends auf der Isle of Skye ankommen. Meine Laune sank auf den Nullpunkt. Genau wie die Temperaturen hier in Schottland. Ich zweifelte ernsthaft an meiner Entscheidung, Weihnachten in der Kälte zu verbringen. Da fiel mein Blick auf ein Plakat, das eines der Flughafenreisebüros zierte: *Costa Rica – Pura Vida!*

Das war mein Ziel! Und wenn ich es nur über den Umweg Schottland erreichen konnte, musste ich da jetzt durch. Bis zur Ankunft des Busses träumte ich von tropischen Regenwäldern, karibischen Stränden und heißen Quellen am Fuße eines Vulkans. Die Orte besaßen eine Gemeinsamkeit: Es war dort warm.

Fröstelnd zog ich den Rollenkoffer hinter mir her zur Bushaltestelle. Meine Vorgesetzte bei *ErlebeTraumreisen* hatte mir zwar vorgeschlagen, einen Mietwagen zu nehmen, doch allein die Vorstellung, auf der falschen Straßenseite zu fahren, brachte mein Herz zum Rasen, und das sicher nicht aus Vorfreude. Also blieb mir nur der Bus, um auf die Isle of Skye zu gelangen. Die Insel hatte sich aus mir unerfindlichen Gründen als wahrer Touristenmagnet entpuppt und hielt sich auf der Hitliste der schottischen Reiseziele auf Platz eins. Für unzählige Touristen hatte ich im vergangenen Jahr Unterkünfte auf Skye gebucht, ohne je selbst dort gewesen zu sein. Doch das würde sich bald ändern.

Mit der Wärme im Bus erwachten meine Lebensgeister, und prickelnde Vorfreude erfüllte mich. Schottland mochte zwar nicht Costa Rica sein, aber ich liebte es einfach, fremde Länder zu erkunden.

Der Bus fuhr langsam an, nur um gleich scharf abzubremsen. Mein Rollenkoffer, den ich neben meinem Sitz geparkt hatte, riss sich los und nahm Fahrt durch den Mittelgang auf. Gelähmt vor Schreck beobachtete ich, wie das Ungetüm auf Rädern wie auf Schienen zur Vordertür durchraste, zielsicher auf die Person zu, die soeben eingestiegen war.

Der Grund für das Bremsmanöver des Fahrers – und nun auch Opfer des Koffers – war eine Frau in meinem Alter, also Mitte zwanzig. Doch damit hatte es sich schon mit den Gemeinsamkeiten. Anmutig streckte sie das Bein aus und stoppte die Irrfahrt des Koffers mit einer knallroten, hochhackigen Stiefelette. Zur schwarzen Designerjeans trug sie einen farblich zum Schuhwerk passenden Rollkragenpullover und eine taillierte Lederjacke. Das blonde Haar hatte sie zu einem lässigen Dutt hochgesteckt, aus dem sich einige Strähnen lösten und ihr herzförmiges Gesicht umschmeichelten. Genau die Art von Frisur, die aussah wie mal eben so hingefummelt und die ich selbst nach stundenlanger Arbeit vor dem Spiegel nicht hinbekommen würde. Die vollen Lippen der perfekten Frau verzogen sich, und ich wappnete mich für zu Recht verärgerte Worte. Rasch stand ich auf und eilte los, um den ungezogenen Koffer einzusammeln, da fiel mir auf, dass sie lachte, auf eine ungezwungene, herzliche Art, die meine Mundwinkel wie von selbst nach oben schnellen ließ.

»Hey, das ist ja eine stürmische Begrüßung. Ist dir dein Koffer entlaufen?«

Und ich wusste: Dies war der Beginn einer wunderbaren Freundschaft.

Die Fahrt nach Skye dauerte drei Stunden, die wie im Flug vergingen. Es gibt Menschen, in deren Gesellschaft ich mich gleich wohlfühle. Katja gehörte dazu. Wir teilten uns ihr Sandwich, das absolut grauenhaft schmeckte, waren uns einig darüber, dass Männer in Kilts sexy sind, und fanden heraus, dass wir beide Zeitreiseromane mit Highlandern liebten. Beinahe vergaß ich, dass wir uns erst vor wenigen Stunden kennengelernt hatten, und ließ mich dazu hinreißen, ihr von meiner geheimen Mission zu erzählen. Es fing harmlos damit an, dass wir uns über unsere Jobs austauschten. Katja arbeitete als Speditionskauffrau, und es schmeichelte mir, wie begeistert sie von meinem Beruf war. »Wow, krass, von *ErlebeTraumreisen* hab ich schon viel Gutes gehört. Da unternimmst du sicher viele Rechercheeisen!«

»Eigentlich nicht«, gab ich zu. »Mein Gebiet ist Nordeuropa mit Schwerpunkt Irland und Großbritannien. Zum Reisen komme ich allerdings nicht viel. Meine Aufgabe besteht darin, Online-Buchungen vorzunehmen und Leute zu beraten. Reiserouten zusammenstellen und so.« Das klang in meinen Ohren stinklangweilig, doch Katja sah mich mit großen Augen an.

»Ach! Und da hast du nie Lust gehabt, diese Routen selbst mal auszuprobieren?«

»Doch. Schon. Aber ...« Ich zögerte. Mein Ziel erschien mir mit einem Mal lächerlich und vermessen. Ach, was sollte es. Ich würde Katja nach dieser gemeinsamen Busfahrt vermutlich nie wiedersehen, und wenn sie mich auslachte, konnte ich damit leben. »Mein Traum ist, in die Mittelamerikaabteilung befördert zu werden. Ich möchte zu gerne nach Costa Rica reisen, nach Belize, ach, in alle exotischen Länder, in denen es warm ist und es Regenwälder und weiße Strände gibt.« Wie kitschig das klang!

»O ja!«, rief Katja schwärmerisch aus. »Hitze ist auch mein Ding. Ich komme erst bei dreißig Grad auf Betriebstemperatur. Und frag mich jetzt bloß nicht, was ich hier in Schottland will.« Sie lachte auf ihre mitreißende Weise. »Ich wette, sobald du in der Abteilung arbeitest, wirst du jede Menge Rechercherereisen machen, was?«

Ich lachte mit. Es tat gut, dass jemand meine Vorliebe für heiße Länder teilte, vor allem aber, dass sie die Versetzung schon als abgemachte Sache sah. Begleitet von einem verschwörerischen Lächeln legte sie mir die Hand auf den Arm. »Dann ist das hier also so was wie deine Abschiedsreise?«

»Abschied?«, fragte ich perplex.

»Na, von Schottland und den nördlichen Gefilden. Oder bist du nicht beruflich hier unterwegs?«

»Ach so. Doch.« Erneut zögerte ich. Katja sah mich erwartungsvoll an. Fast, als wäre ich eine interessante Person. Ich senkte die Stimme. »Ich bin in geheimer Mission unterwegs.«

Begeistert kichernd beugte sich Katja vor. »Erzähl mir mehr! Dein Geheimnis ist bei mir sicher!«

»Auf der Isle of Skye gibt es eine Frühstückspension, ein typisches Bed and Breakfast, mit dem *ErlebeTraumreisen* kooperiert. Die Pension ist fest in unserem Programm, wir schicken oft Kunden her, und bis vor ein paar Monaten waren alle begeistert. Seit August hagelt es aber schlechte Kritiken. Ein paar Gäste haben sogar ihr Geld zurückverlangt.«

Katja hob die Hand. »Ah, lass mich raten! Deine Aufgabe besteht darin, als gewöhnliche Touristin in dem B&B einzuchecken, damit du herausfinden kannst, was an den Beschwerden dran ist. Darf ich fragen, welches B&B du mit deiner kritischen Anwesenheit beehren wirst?«

»Hm, eigentlich ...«

»Es ist aber nicht das Otterview, oder?«

Vermutlich wurde ich reichlich blass, denn Katja schlug sich die Hand vor den Mund. »Nein! Echt jetzt?«

Ich nickte stumm. Was für ein blöder Zufall war das bitte? Andererseits ... die Isle of Skye war nicht so groß, und viele Unterkünfte hatten über Weihnachten geschlossen. Die Chancen standen relativ gut, dass Katja ausgerechnet das Otterview gebucht hatte. Verärgert über meine Gedankenlosigkeit wandte ich mich ab und starrte aus dem Fenster in die Dunkelheit. Sicher fuhren wir gerade durch die schönste schottische Landschaft, nur sahen wir leider nichts davon.

»Mach dir keinen Kopf«, hörte ich Katja tröstend sagen. »Ich bin nicht anspruchsvoll. Wenn es keine Bettwanzen gibt oder es in die Zimmer regnet, werde ich es schon überleben.«

»Nein, keine Bettwanzen«, konnte ich Katja beruhigen. »Es ist wohl eher der Pensionswirt, der den Gästen missfallen hat.«

»Jetzt bin ich neugierig«, verkündete Katja. Sie zückte ihr Smartphone. »Ich hatte diesmal gar keine Zeit, mir Bewertungen anzusehen, und ehrlich gesagt, wollte ich mich überraschen lassen. Aber jetzt schaue ich mir das doch mal an.« Sie rief eines der größten Bewertungsportale auf und scrollte mit gerunzelter Stirn durch die aktuellen Beurteilungen. »Unhöflich ... kurz angebunden ... fühlten uns nicht willkommen ...« Sie scrollte weiter und grinste breit. »Hey, das hier gefällt mir am besten: Der Pensionswirt ist ein grober Klotz, der nicht einmal die Grundregeln der Höflichkeit beherrscht.« Mit blitzenden Augen sah sie mich an. »Das verspricht, interessant zu werden!«

»Meinst du?«, fragte ich skeptisch.

»Na klar! Ich wette, der grobe Klotz trägt Kilt.«

Ich konnte nicht anders, als in Katjas Kichern einzustimmen, wurde aber schnell wieder ernst. »Katja, versprich mir, dass du mich nicht verrätst. Ich will einen realistischen Eindruck von dem B&B bekommen.«

Katja hob Zeigefinger und Mittelfinger wie zum Schwur. »Keine Sorge, ich halte dicht. Und das werden wir gleich mit einem guten Whisky besiegeln!«

Kapitel 2

Ich besaß die geheime Superkraft, mich unsichtbar machen zu können. Dafür brauchte ich nichts weiter zu tun, als neben einer Frau wie Katja zu stehen.

Mit dem Pensionswirt, einem Mr Anthony McMurray, seines Zeichens grober Klotz, hatte ich vereinbart, dass er mich am Portree Hotel abholen würde. Der Bus brachte uns bis vor die Tür. Sobald Katja und ich ausgestiegen waren, eilte schon ein Angestellter des Hotels auf uns zu. Er begrüßte Katja und griff nach ihrem stylishen Koffer. »Herzlich willkommen, bitte folgen Sie mir, das Hotel lädt Sie zu einem Willkommensdrink ein!«

Ich war froh, dass ich sein Englisch recht gut verstand, und übersehen zu werden war ich gewohnt. Also trottete ich einfach hinter ihm und Katja her. Meinen Koffer konnte ich schließlich auch selbst ziehen.

»Wir sind keine Gäste«, informierte Katja unser Ein-Mann-Empfangskomitee. »Wir warten hier nur darauf, dass Mr McMurray vom Otterview uns abholt.«

»Ja, das wissen wir, Frau Heller. Mr McMurray hat mich gebeten, Ihnen die Wartezeit so angenehm wie möglich zu gestalten. Er wird in einer halben Stunde hier sein.«

Katja drehte sich zu mir um und zog die Brauen hoch.

»Ich bin Frau Heller«, piepste ich. Und da war sie schon, meine zweite geheime Superkraft, denn offenbar konnte der

Hotelangestellte mich nicht nur nicht sehen, sondern auch nicht hören.

In der Lobby des Hotels bedankte sich Katja höflich für den netten Empfang und erklärte, wir würden nebenan im Pub warten. Bevor ich den Mund zum Protest öffnen konnte, legte sie schon den Arm um mich und zog mich mit. »Ich lade dich zu einem Whisky ein«, verkündete sie vergnügt.

»Meinst du? Vielleicht sollte ich besser nüchtern bleiben, schließlich bin ich beruflich hier.«

Übertrieben schaute sich Katja um. »Komisch, ich kann deinen Vorgesetzten gar nicht sehen! Aber gut, wenn du lieber etwas anderes trinken möchtest, lade ich dich natürlich trotzdem ein.«

Mir ging es eher darum, dass es mir unangenehm war, einen Pub zu betreten. Allein hätte ich mich bestimmt nicht in das *West Highlander* gewagt, doch ich wollte vor Katja nicht wie eine Spielverderberin dastehen. Selbstbewusst stieß sie die Tür auf, und ich folgte ihr in einen mit kariertem Teppich ausgelegten Schankraum. In einem Kamin brannte ein Feuer, das den Raum mit süßlichem Torfgeruch erfüllte. An niedrigen Tischen saßen etwa zehn Leute in Goretex-Kleidung auf Hockern und Bänken und unterhielten sich laut auf Deutsch. Ich tippte auf Wandergruppe. Die Männer unter ihnen starrten alle Katja an, die es nicht zu bemerken schien. Zielstrebig steuerte sie die Theke an und schenkte dem Barkeeper ein strahlendes Lächeln. »Guten Abend. Welchen Whisky können Sie uns empfehlen?«

Ihr Englisch war perfekt. Lässig ließ sie ihre Lederjacke von den Schultern gleiten und legte sie über einen Barhocker, bevor sie darauf Platz nahm. Wesentlich weniger elegant schälte ich mich aus meiner praktischen Winterjacke, hievte mich auch auf einen Hocker und hörte mit halbem Ohr zu, wie der Barkeeper Katja die Vorzüge verschiedener Whiskysorten erklärte. Mein erster Pubbesuch! Neugierig ließ ich den Blick durch den Raum schweifen und blieb an dem Mistelzweig über der Eingangstür hängen. Er wirkte ein wenig zerrupft.

Katja stupste mich an. »Willst du wirklich keinen Whisky, Jess?«

Ich drehte mich um und setzte mich gerade hin. »Doch, ich nehme einen«, erklärte ich entschlossen. Dass ich mich dazu hatte überreden lassen, ausgerechnet über die Weihnachtsfeiertage einen unbeliebten Auftrag anzunehmen, musste ja nicht heißen, dass ich mich nicht amüsieren durfte. Katja hatte recht: Meine Vorgesetzte war nicht in der Nähe. Und wenn, wäre sie die Erste gewesen, die mich zu einem Whisky überredet hätte. *Land und Leute kennenlernen und einheimische Spezialitäten genießen*, lautete ihre Devise.

Die einheimische Spezialität stellte sich als zehnjähriger Talisker heraus, der mir scharf die Kehle hinunterrann und eine glühende Spur durch meine Speiseröhre zog. Nicht schlecht! Ich mochte das Gefühl von Hitze im Magen.

»Lust auf eine Challenge?«, fragte mich Katja. Sie deutete auf den Mistelzweig. »Den nächsten Mann, der durch die Tür kommt, wird eine von uns küssen. Wer es als Erste schafft, bekommt von der anderen einen ausgegeben.«

»Äh«, machte ich überrumpelt. Solche Spielchen lagen mir überhaupt nicht.

Dummerweise wurde in diesem Moment die Tür aufgestoßen, und ein Mann kam herein. Aber nicht irgendein Mann. Katja sog scharf die Luft ein, und mir stockte der Atem. *Ist der echt?*, war der erste Gedanke, der mir durch den Kopf schoss. In der Tür stand ein Highlander wie aus dem Bilderbuch. Oder, genauer gesagt, wie dem Cover einer meiner geliebten Zeitreiseromanzen entsprungen. Der Traummann trug einen Kilt und ein weißes Leinenhemd. Was an den meisten Männern wohl wie ein Kostüm gewirkt hätte, sah an ihm völlig natürlich aus und betonte seine breiten Schultern und schmalen Hüften. Schwarze Locken umrahmten sein kantiges Gesicht. Suchend schaute er sich um, und sein

Blick blieb an Katja und mir hängen. Diese Augen! Tiefblau und strahlend und ...

Katja geriet in mein Blickfeld. Ich hatte gar nicht bemerkt, dass sie aufgestanden war. Neben dem Highlander wirkte sie noch zierlicher. Erstarrt beobachtete ich, wie sie sich auf die Zehenspitzen stellte und ihm einen Kuss auf die Lippen hauchte. Woher nahm diese Frau ihren Mut? Um nichts in der Welt hätte ich mich das getraut!

Ja, großartig, und darum hockte ich nun wie ein Mauerblümchen an der Theke, während Katja den Mann meiner Träume küsste. Der bittere Geschmack der Enttäuschung spülte mir das Aroma des Whiskys von der Zunge. Wie gelähmt musste ich mit ansehen, wie der Mann im Kilt sich erneut von Katja küssen ließ, und die Art, in der er die Hand in Katjas Nacken legte, zeigte deutlich, dass er nichts gegen diese Aufmerksamkeit einzuwenden hatte.

Ein zweiter Mann schob sich durch die Tür. So, der gehörte mir! Wäre doch gelacht, wenn ich nicht ebenso draufgängerisch wie Katja sein könnte! Bevor mich der Mut verließ, sprang ich vom Barhocker und marschierte los. Beherzt trat ich an den Neuankömmling heran, packte ihn bei den Schultern und küsste ihn auf den Mund.

Mit einem Schreckenslaut stieß der derart Überfallene mich von sich. Ich stolperte zurück und kam zu mir. Was hatte ich getan? Erschrocken starrte ich mein Gegenüber an. Wer auch immer das war, er hätte es nicht auf das Cover eines Liebesromans geschafft mit seinem nichtssagenden Gesicht, dem sandfarbenen, leicht schütteren Haar und den grauen Augen. Augen, in denen ein deutlicher Ausdruck des Missfallens stand.

Mein Gesicht wurde heiß. Noch nie hatte ich mir so sehr gewünscht, wirklich unsichtbar zu sein. Am besten für immer. Dies war wohl das Peinlichste, was ich je getan hatte.

»Was soll der Scheiß?«, knurrte mein Kussopfer.

Der Mann im Kilt, der mittlerweile vertraulich einen Arm um Katja gelegt hatte, lachte. »Aber Tony, nun sei doch nicht so ein Spielverderber. Bist doch selbst schuld, wenn du dich unter einen Mistelzweig stellst.«

Tony schien das anders zu sehen. Der finstere Blick, mit dem er mich bedachte, zeigte deutlich, dass er allein mir die Schuld an dieser furchtbaren Situation gab.

»Entschuldigung«, stammelte ich. »Ich wollte nur ... ich ... es tut mir schrecklich leid.«

Während mich Tony weiterhin böse anfunkelte, legte mir Katjas Highlander die Hand auf die Schulter und schenkte mir ein freundliches Lächeln. »Kein Grund, sich zu entschuldigen. Tony sollte froh sein, dass so eine hübsche Lady ihn geküsst hat. Passiert dir ja wahrhaftig nicht oft, was, Tony?«

Tony brummelte etwas Unverständliches vor sich hin.

Mit weichen Knien versank ich in den blauen Augen meines Traummannes ...

... der sich Katja zuwandte und fragte: »Wo ist denn euer Gepäck? Wollt ihr gleich los, oder darf ich euch noch zu einem Drink einladen?«

Er sagte zwar *euch*, doch mir war klar, dass er sich keinen Deut für mich interessierte. So, wie er Katja ansah, galt seine Einladung vor allem ihr, und mich nahm er höflicherweise als notwendiges Übel hin.

»Ist schon spät. Wir fahren«, erklärte Tony schroff.

Obwohl auch er mich keines Blickes würdigte, war ich ihm dankbar. Ich wollte mich nur noch im Bett verkriechen, mir die Decke über den Kopf ziehen und mich in Selbstmitleid suhlen. Moment ... Verspätet wurde mir klar, dass es sich bei Tony und dem Highlander um unsere Gastgeber handeln musste. Tony – Anthony. Natürlich. Tony war der grobe Klotz! Da hatte ich mir ja den Richtigen zum Küssen ausgesucht!

Kapitel 3

»Entschuldigt bitte, Ladys, ich habe mich noch gar nicht vorgestellt.« Der Schotte im Kilt zwinkerte Katja zu. »Man möge mir nach diesem überwältigenden Empfang verzeihen. Mein Name ist Alexander MacMurray, und zusammen mit meinem Bruder Anthony MacMurray werde ich alles tun, um euch den Aufenthalt in unserer Herberge so angenehm wie möglich zu gestalten. Wenn ihr einen Wunsch habt, dann zögert nicht, ihn zu äußern. Wir werden alles tun, um ihn zu erfüllen.«

Täuschte ich mich, oder warf er Katja bei den letzten Worten einen ebenso langen wie zweideutigen Blick zu? Katja tat so, als bemerkte sie nichts. »Sehr erfreut. Ich bin Katja, und ich freue mich auf ein paar erholsame Tage«, erwiderte sie lediglich und hakte sich bei mir unter. »Es ist wirklich schon spät. Den Pubbesuch können wir sicher mal nachholen.«

»Hallo. Ich bin Jessica«, stellte ich mich leise vor, doch niemand achtete auf mich. Tony betrachtete finster den Mistelzweig, als wäre er drauf und dran, ihn vom Türrahmen zu reißen, und Alexander schenkte seine Aufmerksamkeit Katja. Er lachte, ein raues, sexy Grollen, das Hitze in meinen Bauch schießen ließ wie vorhin der Whisky. »Wenn ihr erst mal in unserem wunderbaren Bed and Breakfast seid, wollt ihr bestimmt gar nicht mehr weg.«

Der Mann war ja sehr von seiner Unterkunft überzeugt. Und dieser Akzent! Wie er die Rs rollte, war einfach nur anbetungswürdig. Verzweifelt versuchte ich, aus meinem unangemessenen Schwärmerei-Modus zurück in die Realität zu finden, und konzentrierte mich lieber auf Tony. Der stand da, die Hände in den Taschen einer übergroßen Regenjacke vergraben, und musterte seinen Bruder mit einem säuerlichen Ausdruck im Gesicht. »Vergesst Anthony. Ich bin Tony. Können wir dann los?«

»Wenn die Ladys bereit sind. Tony, hol doch die Koffer vom Hotel, ich geleite unsere Gäste zum Wagen.«

Tony gab ein Schnauben von sich, das ich nicht eindeutig als belustigt oder empört identifizieren konnte. Jedenfalls zog er ab, und Alexander führte uns zu einem Geländewagen, der direkt vor dem Hotel parkte. Galant öffnete er die Beifahrertür für Katja. Ich musste mit dem Sitz hinten vorliebnehmen und bekam dort bald Gesellschaft von Tony, der größtmöglichen Abstand von mir hielt. Ob er fürchtete, ich würde mich noch mal auf ihn stürzen? Allein die Erinnerung an den absolut verunglückten Kussversuch trieb mir die Schamröte ins Gesicht. Wie hatte ich mein übergriffiges Verhalten nur ernsthaft für eine gute Idee halten können?

Nun ja, bei Katja hatte es so einfach ausgesehen. Bei ihr sah alles einfach aus. Während der Fahrt plauderte sie locker mit Alexander. Ich saß stumm neben dem in brütendes Schweigen versunkenen Tony und tat, als wäre ich gar nicht da. So, wie er mich ignorierte, hätte er das wohl auch vorgezogen.

»… und mit ein wenig Glück kannst du morgen vom Frühstückstisch aus den Ottern beim Frühsport zuschauen«, sagte Alexander, und ich horchte auf. Otter? Zwar nicht so exotisch wie Faultiere, aber ich hatte noch nie welche in freier Wildbahn gesehen.

Der Wagen rumpelte mit röhrendem Motor über holprige Straßen. Aus dem Seitenfenster sah ich genauso viel von der schottischen Landschaft wie vorhin aus dem Bus. Nämlich nichts als Schwarz. Und schwarz sah ich mittlerweile auch für meinen Aufenthalt in dem Bed and Breakfast. Es setzte mir mehr zu, als es sollte, dass der attraktive Alexander nur Augen für Katja hatte, und das ärgerte mich. Katja unterhielt sich weiter angeregt mit dem Traumschotten. Durch das Motordröhnen verstand ich zwar nicht, worüber sie sprachen, hörte aber ihr perlendes Lachen, das mir einen Stich versetzte. Außerdem war ich müde und hungrig und wollte nur noch ins Bett. Am liebsten in mein eigenes. Vermutlich war ich gar nicht für das Leben als coole Globetrotterin geschaffen, wenn ich nach einer nicht sonderlich strapaziösen Anreise nach Schottland schon schwächelte. Nur einen Moment die Augen schließen ...

»Aufwachen, wir sind da! Willkommen am schönsten Ort der Welt!«

Ich hob die Lider. Meine Wange ruhte auf einem etwas zu harten Kissen, und ein Schwall frische Luft schlug mir ins Gesicht. Über mir flammte ein Lämpchen auf, das fatal nach der Innenbeleuchtung eines Autos aussah. Ich war eingeschlafen! Und ich schmiegte mich an Tony McMurray wie an mein liebstes Sofakissen. Erschrocken fuhr ich hoch. Hatte ich etwa gesabbert? Hektisch betastete ich meine Mundwinkel, die sich zum Glück trocken anfühlten. »Entschuldigung«, krächzte ich.

Tony antwortete mit einem grollenden Laut und stieg aus dem Auto. Ich kletterte auch ins Freie und zog fröstelnd die Schultern hoch. Nieselregen, Wind und Dunkelheit. Also wenn das der schönste Ort der Welt sein sollte, wollte ich nicht wissen, welchen Alexander als den schlimmsten bezeichnet hätte. Ein schmatzendes Geräusch zu meinen Füßen zeigte, dass ich in ein Schlammloch getreten war. Großartig. Ich konnte den unzufriedenen Gästen jetzt schon die schlechten Bewertungen kaum verdenken. Aber ich kannte mich. Wenn ich Hunger hatte, fiel ich in den Nörgelmodus. Ich nahm mir vor, dem Otterview wenigstens eine Chance zu geben. Konnte sein, dass ein gewisser Schotte zu meiner geänderten Meinung über meinen Auftrag hier beigetragen hatte. Und zwar nicht der, der mir trocken und zu spät mitteilte, dass der Weg zum Haus ein wenig schlammig sein könnte.

Wie hatte Katja die Strecke mit ihren schicken Stiefeletten zurückgelegt? Nein, ich wollte es lieber nicht wissen, sonst wäre ich vermutlich grün vor Neid geworden. Ihr fröhliches Lachen schallte aus dem Haus, von dem ich nur einen dunklen Umriss und das helle Rechteck einer offenen Tür erkennen konnte. Tony stapfte mit den Koffern in den Händen vor mir her, und ich war heilfroh, dass ich meine Wanderschuhe angezogen hatte. So erreichte ich das Bed and Breakfast trockenen Fußes. Rasch streifte ich die schon am ersten Tag schlammverschmierten Schuhe von den Füßen und trat auf Socken in den Flur.

Trotz Hunger gefiel mir das Otterview auf den ersten Blick. Statt dunkler Tartanmuster, wie sie im Pub vorgeherrscht hatten, dominierten hier weiß lackierte Dielenböden, bedeckt von Teppichen in hellen Erdtönen und Cremefarben. Auf einer Kommode lagen Muscheln und Steine in einer Schale und daneben stapelweise Prospekte mit Ausflugstipps und Wanderkarten. An den Wänden hingen gerahmte Landschaftsaquarelle. Ich folgte den Stimmen von Alexander und Katja in ein Wohnzimmer, das zwar gemütlich, aber alles andere als angestaubt wirkte. Auch hier waren die hellen Farbtöne der Möbel und sparsamen Dekorationen aufeinander abgestimmt. Es gab einen Kamin und bequem aussehende Sofas und Sessel.

»Das hier ist unser Common Room«, teilte Alexander uns mit seinem charmanten Lächeln mit. »Wenn ihr eure Zimmer bezogen habt, können wir noch einen Whisky am Kaminfeuer trinken. Tony, feuere doch bitte den Kamin an, ich zeige den Ladys ihre Räumlichkeiten.« Er zwinkerte uns verschwörerisch zu. Zwinkern war wohl sein Ding. Bei jedem anderen Mann hätte mich das jetzt schon genervt, bei ihm fand ich es sympathisch.

Während Tony vor sich hin grummelte, schnappte er sich unsere Koffer und trug sie die Treppe hoch. Katja und ich folgten ihm, und Katja grinste mich erst vielsagend an und zeigte dann unauffällig auf Alexanders Kilt. »Ist er nicht toll?«

Ich zweifelte daran, dass sie nur das Kleidungsstück meinte, und musste ihr insgeheim zustimmen.

Zuerst führte Alexander Katja mit großer Geste in ihr Zimmer. »Darf ich mich gleich auf deine Gesellschaft am Kamin freuen?«

»O ja, sehr gerne. Ach, das ist ja herrlich! Ein Himmelbett! Wie hübsch!«

»Ja, das ist unser schönstes Zimmer«, versicherte Alexander ihr. Rasch fügte er mit einem Blick auf mich hinzu: »Natürlich sind alle Zimmer hier auf ihre Art schön.«

Wie sich wenig später herausstellte, bestand diese spezielle Art meines Zimmers darin, dass zwischen die Seite des Betts und der Wand gerade eben ein winziger Nachtschrank passte. Vor dem Fußende war zumindest genug Platz für einen Koffer. Ein Kleiderschrank komplettierte die Ausstattung. Obwohl ich mich bemühte, meine um mehrere Grad gesunkene Stimmung zu verbergen, musste mein Gesichtsausdruck wohl doch etwas säuerlich ausgefallen sein, denn Alexander verzog zerknirscht seine absolut küssenswerten Lippen.

»Es ist ein wenig klein. Leider ist das andere größere Zimmer zurzeit vergeben. Die Gäste reisen aber morgen ab, dann ...«

»Keine Umstände, bitte«, unterbrach ich ihn schroffer als beabsichtigt. »Das Bett sieht doch sehr bequem aus, und ich werde mich ohnehin nicht viel auf dem Zimmer aufhalten. Schließlich möchte ich die Insel erkunden.«

Alexanders betrübte Miene hellte sich auf. »Das ist die richtige Einstellung! Das Wetter soll in den nächsten Tagen sehr schön werden. Und die Aussicht aus dem Fenster ist die beste vom ganzen Otterview.«

Nachdem ich die Tür hinter ihm geschlossen hatte, stieß ich erst mal die Luft aus. Mich hatte er nicht zu einem Umtrunk am Kamin eingeladen, und meine Lust darauf hielt sich sowieso in Grenzen. Warum sollte ich mich mit meiner ohnehin miesen Laune auch noch selbst damit quälen, Alexander und Katja beim Flirten zu beobachten?

Ich zwängte mich zum Fenster und öffnete es, um ein wenig Luft zu schnappen. Auf die angepriesene Aussicht war ich mal gespannt. Mein Magen knurrte, und ich spielte mit dem Gedanken, doch noch nach unten zu gehen. Vielleicht wurden zu dem Whisky auch Snacks gereicht.

Es klopfte an meiner Tür, und wider besseres Wissen schlug mein Herz schneller. Ob Alexander sein Versäumnis bemerkt hatte und mich doch noch persönlich zum Schlummertrunk einladen wollte?

»Herein!«, rief ich.

Die Tür flog auf, und eine beneidenswert frisch aussehende Katja spähte in mein im wahrsten Sinne des Wortes kleines Reich. »Hallo, ich wollte mal sehen, wie … ach du liebe Güte! Ist das eng hier. Kannst du dir nicht ein größeres Zimmer geben lassen? Hier kann man sich ja kaum umdrehen!«

Wie um das Gegenteil zu beweisen, kam sie herein, drehte sich einmal um sich selbst und ließ sich rücklings auf mein Bett fallen. »Hach, was für ein grandioser Start in den Urlaub! Dass der ungehobelte Klotz so gut aussieht, haben die Bewertungen verschwiegen!«

Ich setzte mich auf die Bettkante. »Damit war wohl eher Anthony gemeint.«

»Ach so, kann sein.« Katja lächelte mich spitzbübisch an. »Der ist aber auch nicht ohne, was? Zwei Schotten im Kilt, das ist besser, als ich erwartet habe!«

»Was hast du denn erwartet?«, fragte ich missmutig. Ich wusste, sie konnte nichts dafür, dass Alexander sie so eindeutig bevorzugte, und doch keimte eine Spur Groll in mir auf, für den ich mich sofort schämte.

»Ein paar ziemlich langweilige Tage in einer von einer lieben Omi geführten Pension«, gab Katja bereitwillig Auskunft.

Mir fiel auf, dass sie mir noch gar nicht erzählt hatte, was sie ausgerechnet über Weihnachten nach Schottland führte. Urlaub doch wohl nicht, wenn auch sie wärmere Klimazonen bevorzugte. Nur war ich jetzt gerade zu schlecht gelaunt, um zu fragen.

»Also, was ist, kommst du mit?« Katja setzte sich auf und versuchte sich an einer ziemlich gelungenen Imitation von Alexanders Zwinkern. »Zwei sexy Schotten im Kilt am Kamin?«

»Nein, heute nicht«, lehnte ich ab. »Bin zu müde.«

»Och.« Das Funkeln in Katjas Augen erlosch. Offenbar hatte sie wirklich gewollt, dass ich mitkam. An ihrer Stelle hätte ich es bevorzugt, mit Alexander allein zu sein.

»Kann ich dich echt nicht überreden?«

Ich schüttelte nur den Kopf und fühlte mich wie eine missgünstige alte Ziege.

Katja stand auf. »Na gut. Schade. Hm.« Sie zupfte an einer ihrer Haarsträhnen, die ihr dekorativ ins Gesicht fielen. »Jess, bitte sag mir, wenn ich dir zu aufdringlich bin. Mir fällt das oft nicht auf. Ich hab nur gedacht ... wir haben uns im Bus so gut verstanden und ... Ach, manchmal schieße ich einfach übers Ziel hinaus. Eigentlich will ich nur sagen, ich mag dich und würde mich freuen, wenn wir hier Zeit zusammen verbringen könnten. Aber wenn du das nicht willst, ist es auch okay.«

O nein. Nun hatte ich wegen meines blöden Neids einen völlig falschen Eindruck bei Katja erweckt. Wie kam ich denn da wieder raus? »Nein, das klingt super«, sagte ich schnell. »Du bist mir auch sehr sympathisch, und wir können hier gerne etwas zusammen unternehmen.«

Ein fieses Stimmchen in meinem Hinterkopf wisperte, dass die Chancen auf Alexanders Begleitung dann auch gleich besser stünden, doch ich ignorierte es und schenkte Katja ein Lächeln, das sie mit sichtlicher Erleichterung erwiderte.

»Toll! Dann quetsche ich unsere Schotten gleich mal aus, was man hier Schönes machen kann. Gute Nacht und bis morgen!«

Beim Zähneputzen tauchten unwillkommene Bilder vor mir auf, die Katja und Alexander küssend vor dem Kamin zeigten. Ich verdrängte sie so gut wie möglich, und zum Glück war ich wirklich so müde, dass ich nicht mehr lange über die beiden nachgrübeln konnte. Sobald mein Kopf das diesmal bequemere Kissen berührte, schlief ich ein.

Kapitel 4

Ich erwachte voller Tatendrang. Die Sonne schien mir ins Gesicht, weil ich vergessen hatte, die Vorhänge zuzuziehen. Genüsslich rekelte ich mich unter der duftenden Bettwäsche. Das Zimmer mochte zwar klein und das Bett kein Himmelbett sein, aber so gut hatte ich lange nicht geschlafen. Meine gedrückte Stimmung vom Vorabend war verflogen, und ich freute mich auf die freien Tage und die anstehende Beförderung, die ich so gut wie in der Tasche hatte. Meine Vorgesetzte hatte keinen Zweifel daran gelassen, worin mein Auftrag bestand: die schlechten Bewertungen zu bestätigen und die Unzulänglichkeiten des Otterviews zu dokumentieren, damit die Zusammenarbeit mit diesem Bed and Breakfast begründet gekündigt werden konnte. Mit ein wenig Glück war ich damit in ein paar Tagen fertig, konnte auschecken und mir über Weihnachten noch ein wenig Luxus im Hotel gönnen.

Doch zunächst wollte ich die von Alexander hochgelobte Aussicht aus meinem Zimmer genießen. Was die anging, gab es in den Bewertungen der Urlauber keine Beanstandungen. Das Gute war, dass ich dafür gar nicht aus dem Bett aufzustehen brauchte, da sich das Fenster nur eine Armlänge davon entfernt befand. Ich setzte mich auf und machte mich auf eine unspektakuläre grüne Hügellandschaft gefasst. Bereits mein erster Blick nach draußen belehrte mich eines Besseren. Dass die Sonne schien, war mir ja schon aufgefallen, doch ich hatte nicht geahnt, wie sehr sie die Landschaft zum Leuchten bringen würde. Schließlich war das hier Schottland und nicht Costa Rica. Obwohl ich mir in diesem Moment nicht sicher war, ob der tropische Regenwald es mit dieser Pracht aufnehmen konnte.

Magisch angezogen stand ich auf und schob das Fenster nach oben, wobei ich meinen Blick nicht von der traumhaften Aussicht wenden konnte. Grüne Hügel, ja, die gab es, doch vor meinen staunenden Augen erstreckte sich ein im Sonnenlicht tiefblau schimmernder Fluss, der durch ein Tal floss, das aussah, als wäre es von einem Landschaftsarchitekten für einen Fantasyfilm angelegt worden. Malerische Felsen, knorrige Bäume, eine kleine Brücke aus verwitterten, bemoosten Steinen. In der Ferne erhoben sich schroffe Berggipfel. Und dieser Duft! Tief atmete ich die Mischung aus feuchtem Gras, Erde und einem Hauch Meeresbrise ein. Eine Weile stand ich nur staunend da und nahm den Anblick in mich auf. Natürlich hatte ich jede Menge Fotos von Schottland gesehen, doch mir war nicht klar gewesen, dass ich mich gleich an meinem ersten Morgen in einen Bildband versetzt fühlen würde. Nein, dies war besser als jeder Bildband! Dies war die Realität, auch wenn sie sich mir geradezu schmerzhaft unwirklich präsentierte.

Auf der Fensterbank stand ein Fernglas, und da eine Bewegung auf der Uferwiese meine Aufmerksamkeit erregte, griff ich danach und spähte hindurch. Im Gras tummelten sich Kaninchen und ließen sich ihr Frühstück schmecken. Müßig bewegte ich die Linsen über den Fluss und hielt inne. Im Wasser bewegte sich etwas. Sah aus wie ein schlankes, pelziges Tier, das auf dem Rücken schwamm. War das etwa ein Otter?

Ein Klopfen an meiner Tür lenkte mich ab, und schon war das Tier verschwunden. Ich stellte das Fernglas ab und sah unschlüssig an mir hinunter. Selbst wenn es sich um Katja handelte, wollte ich mich nicht unbedingt im Nachthemd präsentieren. So gut kannten wir uns noch nicht.

»Jess?«, klang ihre Stimme durch die Tür. »Bist du fertig? Ich wollte jetzt frühstücken gehen. Kommst du mit?«

Das war ja nett von ihr, mich zu fragen. Leider war ich alles andere als fertig. »Hallo Katja«, rief ich. »Geh schon mal vor, ich komme nach! Hab verschlafen.«

Ich hörte sie lachen. »Alles klar! Kein Wunder, bei der himmlischen Ruhe hier. Bis gleich dann! Ich brauche dringend Kaffee!«

O ja. Ein Kaffee wäre wirklich gut. Ich freute mich darauf, mehr aber noch auf das Pläneschmieden mit Katja. Schließlich fesselte mich meine geheime Mission nicht rund um die Uhr an die Pension. Bei dem schönen Wetter konnten wir sicher einen Ausflug unternehmen. Um dennoch meine Professionalität unter Beweis zu stellen, unterzog ich das Badezimmer einer gründlichen Prüfung. Makellos sauber, ausreichend Handtücher, und in der Dusche standen sogar Shampoo und Duschgel bereit. Es handelte sich um Naturprodukte von regionalen Herstellern. Diese Tatsache war mehrmals von Kunden lobend erwähnt worden. Wie leider auch der Wasserdruck der Dusche, der eher mäßig ausfiel und regelmäßig für Kritik sorgte. Für mich reichte er, und ich konnte meine schulterlangen Haare vernünftig waschen. Bisher also keine Minuspunkte.

Ich war gespannt, wie sich das Frühstück schlagen würde. Bis vor einem halben Jahr war es von den Gästen hochgelobt worden. Doch seit einigen Monaten hagelte es Beschwerden. Nicht nur die schlechte Qualität des Essens wurde bemängelt, besonders der Service kam bei unserer Kundschaft nicht mehr gut an. Angeblich hatte es keinen Besitzerwechsel gegeben, was die Sache in meinen Augen mysteriös erscheinen ließ. Diesem Geheimnis galt es, auf den Grund zu gehen.

In Jeans, Shirt und einen bequemen Hoodie gekleidet, zog ich noch extradicke Wollsocken an. Statt mein Haar zu föhnen, schüttelte ich es lediglich aus und kämmte es mit einem grobzinkigen Kamm durch. Oft ärgerte ich mich darüber, dass es so fein war, doch immerhin besaß es den Vorteil, schnell zu trocknen. Noch ein wenig Wimperntusche, und ich war bereit, mich in die Öffentlichkeit zu begeben, die an diesem Morgen wohl nur aus den beiden anderen Gästen, Katja und unseren schottischen Gastgebern bestehen würde. Zugegeben, besonders auf einen dieser Gastgeber wollte ich einen guten Eindruck machen und ärgerte mich gleich ein wenig darüber. Alexander hatte mehr als deutlich gezeigt, dass er nur Interesse an Katja hatte, und ich würde den Teufel tun, mich mal wieder um einen unerreichbaren Mann zu bemühen. Ich war hier, um meinen Job zu erledigen, nicht um dem erstbesten Herrn im Kilt zu verfallen! Auch nicht, wenn er so verboten attraktiv wie Alexander war. Schließlich war ich eine erwachsene Frau mit Selbstachtung und kein leicht zu beeindruckender Teenager.

Mit diesen hehren Gedanken stieg ich die Treppe hinunter. Durch die angelehnte Glastür zum Frühstücksraum hörte ich die unverkennbare tiefe Stimme von Alexander, die mir einen angenehmen Schauer über den Rücken jagte. Rasch überprüfte ich mein Aussehen in dem Spiegel über der Flurkommode. War mein Aufzug nicht doch etwas zu leger? Andererseits – hätte ich im kleinen Schwarzen zum Frühstück erscheinen sollen? Aufmunternd grinste ich mich im Spiegel an.

Zu Alexanders Stimme mischte sich Katjas fröhliches Lachen. Und ein Fluch in einer mir fremden Sprache, allerdings nicht aus dem Frühstücksraum, sondern einem anderen Zimmer, dessen Tür ebenfalls angelehnt war und aus dem ein verdächtiger Geruch nach Verbranntem entwich. Das ließ nichts Gutes für das Frühstück hoffen!

Ich schwankte noch zwischen dem Frühstücksraum – und damit Alexander – und dem Drang, der Quelle des Gestanks auf den Grund zu gehen, da erleichterten mir ein Scheppern und ein verzweifelter Aufschrei die Entscheidung. Kurz entschlossen stieß ich die Tür auf und fand mich in einer Welt des Chaos. Als Erstes fiel mein Blick auf die zu Boden gefallene Pfanne, die sicher das scheppernde Geräusch verursacht hatte. Ihr Inhalt, eine schwärzliche, undefinierbare Masse, hatte sich malerisch über die Küchenfliesen verteilt. Auf der Arbeitsplatte neben dem Herd türmten sich aufgerissene Toastpackungen, Konservendosen und die Schalen ausgepresster Orangen. Aus einem Toaster stieg Rauch auf. Und mittendrin stand Tony mit einem Gesicht wie eine Gewitterwolke, das Haar zerzaust und Rührei auf der Stirn. Offenbar war dieses Gericht dem Pfannendesaster zum Opfer gefallen. Statt Kilt trug er diesmal Jeans und ein kariertes, offenes Flanellhemd über einem weißen T-Shirt, das ebenfalls mit Eiflecken geziert war.

Einen Herzschlag lang starrten wir uns an. »Guten Morgen«, brach ich das Schweigen. »Brauchen Sie Hilfe?« Ich merkte zu spät, dass ich deutsch sprach, und wiederholte mein Angebot auf Englisch.

»Ja!«, stieß Tony hervor. »Nimm die Pfanne, und schlag mir das Ding über den Schädel, damit ich das Elend hier nicht länger mitmachen muss!«

Nicht sicher, ob ich mein Bedauern über seine Misere äußern oder mich lieber darauf konzentrieren sollte, den aufsteigenden Lachflash zu unterdrücken, presste ich die Lippen aufeinander. Ich blickte von der Pfanne hoch in sein Gesicht und bemerkte das verräterische Funkeln in seinen Augen. Mehr brauchte es nicht, um mich losprusten zu lassen. Tony stimmte in mein Lachen ein. Wir lachten, bis uns die Tränen kamen und Tony sich am Küchentisch abstützen musste und mit einer gespielt dramatischen Geste auf die brikettartigen Platten wies, die mittlerweile aus dem Toaster ragten. »Und ich hab noch nicht mal angefangen, die Baked Beans zu kochen!«

Ich wischte mir eine Lachträne von der Wange. »Baked Beans soll man ja auch nicht kochen, nur aufwärmen«, entfleuchte es mir, und ich kam mir gleich wie eine miese Klugscheißerin vor.

Tony seufzte. »Ja, ich weiß. Aber erklär das mal dem Herd!«

Wir sahen uns an und fingen wieder an zu lachen. Erstaunlich, wie verändert der am Vorabend so mürrisch wirkende Schotte an diesem Morgen aussah. Mir fielen die Lachfältchen in seinen Augenwinkeln auf, und sein belustigtes Glucksen war einfach nur ansteckend.

»Ich kümmere mich um den Toast und das Rührei«, entschied ich spontan.

Tony schenkte mir ein dankbares Grinsen. »Gut, dann übernehme ich die Sauerei hier und starte einen Bohnenversuch.«

Die nächste Viertelstunde werkelten wir überraschend einvernehmlich in der geräumigen Küche und brachten ein annehmbares Frühstücksmenü zustande.

»Früher hat unsere Schwester Matty, Mathilda, das Kochen und Backen übernommen«, erzählte Anthony, während er konzentriert in dem Topf mit Bohnen rührte. »Leider hat sie geheiratet und ist mit ihrem Mann nach Neuseeland gezogen.«

Das erklärte einiges.

»Alexander ist gekommen, um mir zu helfen, aber na ja, wir sind beide nicht sonderlich gut in diesen Dingen.«

»Wie wäre es denn, eine Küchenhilfe einzustellen?«, schlug ich vor und biss mir sogleich verärgert auf die Lippe. Ich war schließlich nicht hier, um Tony Tipps zu geben, sondern um nach Gründen für eine Beendigung des Kooperationsvertrages zu suchen.

Tony lehnte sich an den Tisch und verschränkte die Arme. »Das ist nicht so einfach. Wir wohnen hier ziemlich abgelegen und außerdem ...« Er betrachtete verlegen seine Socken, die mir sofort gefielen. Schön wollig und dick. »... unsere finanzielle Situation ist zurzeit nicht gerade rosig.«

Das glaubte ich ihm aufs Wort, denn leider hatten sich die schlechten Bewertungen in sämtlichen Reiseportalen auf das Buchungsverhalten unserer Kundschaft ausgewirkt. Niemand wollte mehr ins Otterview.

Die Küchentür flog auf und Alexander kam herein. Er sah aus, als wollte er für eine Werbebroschüre des Tourismusverbandes Modell stehen. Wie am Abend zuvor trug er wieder Kilt und ein weißes Hemd, und seine Augen schienen noch blauer zu leuchten, als ich es in Erinnerung hatte. Seine missbilligende Miene verwandelte sich in ein leicht gezwungenes Lächeln, als er mich entdeckte. »Guten Morgen. Ich will doch hoffen, dass mein Bruder dich nicht zum Küchendienst verdonnert hat?« Bei seinen letzten Worten warf er Tony einen verärgerten Blick zu, den dieser ungerührt schweigend erwiderte.

»Nein«, sagte ich schnell. »Ich hab nur guten Morgen gesagt. Bin dann mal weg!«

Ich hoffte nur, dass Tony allein mit den Bohnen klarkam.

Im lichtdurchfluteten Frühstücksraum, der mit den deckenhohen Fenstern und vielen Pflanzen eher an einen Wintergarten erinnerte, standen fünf Tische, von denen zwei besetzt waren. An einem saßen ein Herr um die sechzig mit weißem Haar und randloser Brille, der mich mit seinem Tweedanzug an einen schottischen Professor erinnerte, und eine Frau im gleichen Alter, die mit dem rosafarbenen Twinset und toupiertem Haar so aussah, wie ich mir die Besitzerin eines Bed and Breakfasts vorgestellt hatte. Sie wünschten mir freundlich einen guten Morgen.

An einem Tisch am Fenster saß Katja und winkte mir fröhlich zu. Sie trug einen silbrig schimmernden Jumpsuit in einem kühlen Mauveton und hätte damit eher in ein trendiges Bistro gepasst als in eine schottische Pension. Ich setzte mich zu ihr. Bei dem Anblick der dampfenden Kaffeetasse, die vor ihr stand, überkam mich der dringende Wunsch, mir ebenfalls eine ordentliche Dosis Koffein zuzuführen. Hätte ich daran bloß eben in der Küche gedacht!

»Hallo Jess, hoffentlich habe ich dich heute Morgen nicht aus dem Schlaf gerissen!«, sagte Katja reumütig. »Und ich fürchte, es dauert noch ein wenig mit dem Frühstück. Vorhin roch es verdächtig nach verbranntem Toast.«

»Ach, ich glaube, das wird schon«, gab ich zur Antwort und verkniff mir ein Schmunzeln, weil mir das Bild von dem im Chaos verzweifelnden Anthony vor Augen stand. Humor hatte er auf jeden Fall. Doch der reichte leider nicht, um eine Pension vernünftig zu führen.

Ich wollte Katja gerade fragen, ob sie schon Pläne für den Tag geschmiedet hatte, da betrat Alexander den Raum wie eine Theaterbühne. Mit großer Geste und einem Übermaß an Charme versorgte er zunächst die anderen Gäste mit einem üppigen Frühstück und kam dann an unseren Tisch. »Verzeiht die Verspätung, die Damen«, sagte er mit einer eleganten Verbeugung und dem unvermeidlichen Augenzwinkern. »Frühstück kommt sofort. Was darf ich dir kredenzen, liebe Jessica?«

Mein dummes Herz schlug einen Purzelbaum, und ich konnte nur verdattert in diese unglaublichen, strahlenden Augen sehen. Verlegen fasste ich mich und griff nach der laminierten Menükarte, die auf dem Tisch lag. Es fiel mir schwer, den Blick von Alexander loszureißen und mich auf das Frühstücksangebot zu konzentrieren. »Ein vegetarisches Scottish Breakfast, bitte«, bestellte ich und dachte mit gemischten Gefühlen an die Baked Beans.

»Wenn es mit dem Omelett und den frischen Früchten zu kompliziert sein sollte, würde ich das auch nehmen«, warf Katja ein und brachte das Kunststück fertig, jegliche Spur von Vorwurf aus ihrer Stimme zu halten. Respekt, schließlich wartete sie schon mindestens eine halbe Stunde auf ihr Frühstück.

Mit entsetzter Miene winkte Alexander ab. »O nein, das Omelett wird sofort geliefert. Nur noch einen Moment Geduld bitte. Und ich bitte vielmals um Verzeihung für die Wartezeit. Darf ich den Damen als kleine Entschädigung einen Ausflug anbieten?«

Katja sah mich an, ihre Augen funkelten schelmisch, und ich konnte nicht anders, als ihr unternehmungslustiges Grinsen zu erwidern.

»Klar, gerne«, sagte Katja zu Alexander. »Wohin fahren wir denn?«

»Das wird eine Überraschung.« Alexander zwinkerte.

Kaum hatte er den Raum verlassen, zwinkerte Katja mir ebenfalls zu. »Na, da bin ich ja mal gespannt.«

Das war ich auch. Vor allem aber war ich überrascht darüber, dass ich mich sofort fragte, ob Tony uns wohl auch begleiten würde.

Kapitel 5

Tony war mit von der Partie. Er wartete schon am Jeep und bedachte mich mit einem komplizenhaften Grinsen. Ich war froh, dass er die gleiche Kleidung wie vorhin in der Küche trug, denn im Gegensatz zu Katja, die sich umgezogen hatte, war ich ebenfalls bei meinem Outfit geblieben und hatte es lediglich mit einer Regenjacke mit Fleecefutter komplettiert. Neben Katja fühlte ich mich wie eine graue Maus. Sie strahlte in ihren Designerjeans, ihrem edlen camelfarbenen Merinopullover und ihrem Wollmantel in einem etwas dunkleren Farbton schlichte Eleganz aus. Sogar die leuchtend roten Wanderschuhe wirkten trendy an ihr. Dazu passte eine rote Baskenmütze, die sie sich keck schräg auf die zu einem tiefen Pferdeschwanz gebundenen Haare gesetzt hatte.

Sie trat mit Alexander aus der Haustür, und beide hätten sofort an einem Modeshooting teilnehmen können. Resigniert betrachtete ich meine noch vom Vorabend schlammigen Schuhe und die verblichene, schon leicht aus der Form geratene Jeans. Das war zwar meine Lieblingshose, doch irgendwie mochte ich sie gerade gar nicht mehr leiden. Da munterte es mich kaum auf, dass mir Tony die Autotür öffnete und mir zuraunte: »Danke für die Hilfe.«

»Hat ja super geklappt mit den Bohnen«, erwiderte ich und kam mir gleich unsagbar dumm vor. Hätte mir da nichts Schlagfertigeres einfallen können? So ein Satz fiel schon in die Kategorie *Ich habe eine Wassermelone getragen.* Doch Tony lachte, als hätte ich einen guten Witz gerissen. Immerhin schien er mir meinen Mistelzweig-Fauxpas verziehen zu haben. Er stieg ohne jedes Gegrummel zu mir auf den Rücksitz, während Alexander und Katja wie selbstverständlich die vorderen Plätze für sich beanspruchten.

»Wohin fahren wir denn?«, fragte Katja. »Ich bin so neugierig!«

»Zum Dunvegan Castle«, antwortete Tony prompt und hörte sich fast schon wieder so mürrisch an wie am Vorabend.

Alexander fuhr auf dem Fahrersitz herum und bedachte ihn mit einem geradezu mordlüsternen Blick. »Tony! Das sollte doch eine Überraschung sein.«

»Ach so. Tut mir leid.« Das klang in meinen Ohren eher gehässig als entschuldigend. Herrschte da dicke Luft zwischen den Brüdern?

»Eine Burg! Das gefällt mir«, sagte Katja schnell. Ihr schien die kriselnde Stimmung auch nicht entgangen zu sein.

»Können wir da überhaupt rein außerhalb der Saison?«, entschlüpfte es mir. Mist, das hätte ich eher nicht sagen sollen, wenn ich mich nicht als Tourismusexpertin outen wollte. Andererseits konnte man das wohl aus jedem Reiseführer erfahren. »Ich habe in einer Broschüre gelesen, dass die Burganlage im Winter geschlossen ist«, fügte ich vorsichtshalber hinzu.

Alexander ließ den Motor an. »Ja, das stimmt. Aber diese Beschränkung gilt nicht, wenn ihr mit mir unterwegs seid.« Er hatte schon wieder sein charmantes Lächeln aufgesetzt. »Und an der Burg habe ich dann noch etwas ganz Besonderes geplant. Das erlebt ihr auch nur mit mir.«

Tony ließ ein genervtes Stöhnen vernehmen, doch als ich ihn fragend ansah, grinste er nur schief und hob die Schultern, als wollte er sagen: *So ist mein Bruder nun mal.*

Diesmal machte es mir nichts aus, dass er schweigend neben mir saß. Das Gespräch von Alexander und Katja plätscherte an mir vorbei, während ich gebannt aus dem Fenster schaute und den Blick auf die Landschaft genoss. Meine Gedanken schweiften zu Tonys Geständnis in der Küche. Ob bei *ErlebeTraumreisen* überhaupt bekannt war, dass nicht mehr seine Schwester das Bed and Breakfast führte? Ich hätte vor der Abreise einen Blick in den Vertrag werfen sollen. Unprofessionell von mir, dass ich so schlecht vorbereitet war. Zu meiner Ehrenrettung konnte ich nur anführen, dass ich erst vor einer Woche von dem Auftrag erfahren hatte und dass die Verträge nicht in meinen Zuständigkeitsbereich fielen. Meine Aufgabe bestand darin, Reiseangebote für interessierte Menschen zusammenzustellen. Die Akquise oder Überprüfung von Unterkünften gehörte nicht dazu. Wenn eine Unterkunft als buchbar gelistet war, musste ich davon ausgehen können, dass sie den Ansprüchen von *ErlebeTraumreisen* entsprach. Nur weil eine Kollegin ausgefallen war, hatte mich meine Vorgesetzte überhaupt für diese geheime Mission abgeordnet und mich mit dem Versprechen geködert, dass mich bei Erfolg womöglich eine Versetzung in meinen Wunschbereich erwarten könnte.

Womöglich. Könnte.

War es die karge Landschaft, durch die wir fuhren, die meinen Geist klärte und mir erstmals vor Augen führte, dass sich das, was mir wie eine abgemachte Sache vorgekommen war, bei näherer Betrachtung doch eher schwammig ausnahm?

Wie dem auch sei, ich würde meinen Auftrag erfolgreich abschließen. Und statt schweigend neben Tony zu hocken und mich von der wilden Schönheit Schottlands bezaubern zu lassen, sollte ich lieber Recherche betreiben.

Nach einem letzten Blick aus dem Fenster drehte ich mich zu Tony um, der mit mürrisch nach unten gezogenen Mundwinkeln vor sich hin starrte. »Tony«, sagte ich höflich. »Hat Mathilda die Pension früher allein geführt?«

Tony sah gleich noch schlechter gelaunt aus. »Nein«, grummelte er, ohne mich eines Blickes zu würdigen. Offenbar war seine nette Phase schon wieder vorbei. »Das haben wir zusammen gemacht. Matty war für die Bewirtung und die Zimmer zuständig und ich für alles, was am Haus so anfällt, und die Touren.«

Ich horchte auf. Dunkel konnte ich mich erinnern, dass die Touren in älteren Bewertungen lobend erwähnt worden waren. In den neueren gar nicht mehr. »Was denn für Touren?«

»Wandertouren, Campingausflüge, Wild Swimming, Tierbeobachtungen, Navigationskurse, Fotokurse«, zählte Tony auf. Mit jedem Wort hellte sich seine düstere Miene etwas mehr auf. »Meine Aufgabe bestand darin, den Gästen die Natur hier näherzubringen. Denn sie ist es doch, die diese Insel besonders macht. Darum kommen die Leute her.«

»Bestand?«, fragte ich nach. »Gibt es die Touren denn nicht mehr?«

»Nein. Keine Zeit«, erwiderte Tony kurz angebunden.

»Und Alexander?«

»Was soll mit dem sein? Der hat es nicht so mit Natur.«

»Was ist seine Aufgabe gewesen?« Außer Touristinnen mit seinem Charme einzuwickeln, natürlich.

»Als Matty noch hier war, brauchten wir Alexander nicht«, erklärte Tony schroff. »Der ist erst vor ein paar Wochen hier aufgekreuzt. Um mir zu helfen.«

Sein finsteres Gesicht sprach Bände, was er davon hielt.

»Das ist ja … nett von ihm«, sagte ich und wartete ab. Ich hoffte auf einen kleinen Hinweis, warum Alexanders Hilfe nicht willkommen war, doch Tony stimmte mir nur mit einem grollenden Laut zu und wandte sich zum Seitenfenster.

Bevor ich mir eine neue Frage überlegen konnte, bogen wir auf einen Parkplatz ab, der irgendwie überdimensioniert wirkte, weil kein Auto dort stand. Innerhalb der Saison war der vermutlich von Reisebussen belegt. Wir stiegen aus, und ich hielt neugierig Ausschau nach der Burg, konnte jedoch nur ein schmiedeeisernes Tor in einer mannshohen Hecke auf der anderen Straßenseite entdecken.

»Die Burg selbst können wir heute leider nicht besichtigen«, erklärte Alexander. »Aber dafür haben wir die Gartenanlagen für uns allein, und wir werden einen ganz speziellen Ausflug machen, der euch sicher gefallen wird.«

Mit großer Geste zog er einen Schlüssel hervor, mit dem er das Tor öffnen konnte.

Die Gartenanlagen von Dunvegan Castle waren berühmt, und ich empfahl sie allen Leuten, die bei mir buchten. Ein komisches Gefühl, dass ich sie nach all den Monaten, in denen ich sie angepriesen hatte, nun mit eigenen Augen sehen würde. Wenn ich erst im Mittelamerikabereich arbeiten durfte, wollte ich das anders angehen und mir zunächst vor Ort selbst ein Bild machen.

Während ich an die Faultiere in Costa Rica dachte, schlenderte ich neben Katja einen gekiesten Weg entlang, der durch einen kunstvoll angelegten Wassergarten führte. Selbst im Winter, ohne blühende Pflanzen, gefielen mir die kleinen Brücken und künstlichen Wasserfälle. Im Frühling und Sommer war es hier sicher atemberaubend, wenn sich die gesamte Blütenpracht entfaltete. Ja, alles sehr schön, doch ein paar Grad mehr wären mir schon ganz recht gewesen, dabei empfand ich die Luft als erstaunlich mild. Das schottische Klima hatte ich mir rauer vorgestellt. Was nichts daran änderte, dass ich nun mal eher der Typ für die schwüle Hitze des tropischen Regenwaldes war.

Alexander führte uns zum Castle, das genauso aussah, wie man es von einer Burg erwartete. Grau und trutzig thronte sie am Wasser, und oben auf den Zinnen eines Turms wehte die schottische Flagge.

»Diese Burg wird seit über achthundert Jahren von den MacLeods bewohnt«, dozierte Alexander. Obwohl ich noch nie persönlich hier gewesen war, hatte ich meine Hausaufgaben gemacht und wusste, dass Dunvegan Castle sogar die einzige Burg war, die sich so lange im Besitz eines einzigen Clans befand. Die Fakten kannte ich also, und die Legenden, die sich um die MacLeods rankten, waren mir nicht fremd. Trotzdem lauschte ich gebannt, wie Alexander von der magischen Feen-Flagge erzählte, die den Clan beschützte. Er machte das wirklich gut. Auch Katja hing an seinen Lippen, und da er ihr zwischendurch immer wieder ein Lächeln schenkte, gewann ich den Eindruck, dass er sich extra für sie solche Mühe gab. Ich war wie gewohnt in die Rolle der Unsichtbaren geschlüpft. Für meinen Auftrag mochte das Vorteile bieten. Dennoch versetzte es mir einen Stich, dass Alexander mich dermaßen ignorierte.

Gerade wollte ich mich wieder in meine Träume vom Pura Vida an Karibikstränden flüchten, da sprach mich Tony an.

»Jessica«, sagte er. Aus seinem Mund klang mein Name beinahe exotisch. Ich mochte den schottischen Akzent einfach. »Sieh mal, was ich gefunden habe!«

Er streckte mir die Handfläche hin. Irritiert betrachtete ich die wollige Wurst, die er mir präsentierte wie ein kostbares Schmuckstück. »Ah. Ähm. Interessant?«, riet ich.

»Das ist das Gewölle einer Schleiereule. Siehst du, hier kann man die unverdauten Knochen ihrer letzten Mahlzeit erkennen. Vermutlich eine Spitzmaus.«

Das war wirklich interessant! So etwas hatte ich noch nie gesehen und betrachtete das filzige Ding genauer. »Hier gibt es Schleiereulen?«

»Ja, allerdings habe ich länger keine gesehen. Daher bin ich froh, dass ich das hier gefunden habe. Ist noch nicht alt.«

»Tony!«, rief Alexander uns zu. »Zeig doch unserem Gast nicht so was Ekliges. Kommt, es ist Zeit für meine Überraschung!«

Katja hakte sich bei ihm ein, und sie gingen weiter die schmale Asphaltstraße entlang, die an der Burg vorbeiführte. Ein schönes Paar, musste ich zugeben.

»Tja, wie gesagt, Alexander hat es nicht so mit der Natur«, sagte Tony beinahe entschuldigend und legte seinen Fund behutsam ins Gras.

Die Straße beschrieb einen Bogen, sodass wir bald die Rückseite der Burg betrachten konnten. Nun sah ich auch, dass sie direkt am Wasser auf einer Klippe lag. Mit ihren grauen Mauern wirkte sie bei trübem Wetter bestimmt einschüchternd, doch im strahlenden Sonnenschein unter blauem Himmel sah sie einfach nur malerisch aus. Leider traf das auch auf Alexander zu. Mit seinem Kilt und dem wie Rabengefieder bläulich schimmernden Haar wirkte er vor dem Hintergrund der Burg wie der lebendig gewordene Buchcoverheld eines romantischen Highlander-Zeitreise-Romans.

Er zeigte auf ein kleines Häuschen am Ufer. »Dies ist das Bootshaus. Sind die Damen bereit für eine Bootsfahrt auf dem Loch Dunvegan?«

Nein!

Eine eisige Hand umklammerte meine Kehle und schnürte mir die Luft ab. Alles, nur das nicht! Wenn ich eins hasste, waren es Bootsausflüge. Das Schwanken, die unergründliche Tiefe unter mir, das Gefühl, ausgeliefert zu sein und nicht jederzeit auf festen Boden entkommen zu können – all das jagte mir Angst ein. Allein die Vorstellung, in die hölzerne Nussschale, die an dem Bootssteg lag, einsteigen zu müssen, trieb mir den Schweiß auf die Stirn.

Katja klatschte in die Hände. »Das ist ja großartig! Was für eine herrliche Idee!«

Wie konnte ich nur dem Wahn verfallen, diese Frau sympathisch zu finden?

»Ich hole nur eben die Schwimmwesten!«, rief Alexander und verschwand im Bootshaus. Als ob mich so eine bunte Plastikweste beruhigen könnte …

Mit leuchtenden Augen drehte sich Katja zu mir um. »Ist das nicht toll? Dann können wir die Burg noch mal aus einer völlig anderen Perspektive sehen.«

Ja, und zwar aus einer Perspektive des Grauens und der panischen Angst.

»Toll«, krächzte ich mit tauben Lippen.

»Alles in Ordnung?«, hörte ich Tony leise fragen.

Reflexartig nickte ich.

Er ging um mich herum, sodass er mir in die Augen sehen konnte. »Sicher? Du musst nicht mitfahren.«

O nein. Diese Blöße würde ich mir nicht geben. War ich eine Frau oder ein Feigling? Trotzig hob ich das Kinn. »Natürlich werde ich mitfahren. So eine Bootstour kann ich mir doch nicht entgehen lassen!«

Kapitel 6

Meinen Entschluss bereute ich spätestens in dem Moment, als ich vom Steg in das wackelnde Etwas steigen sollte, das von Nahem sogar noch winziger aussah. Wie sollten wir da alle hineinpassen?

Alexander stand breitbeinig und verwegen in der Mitte des Bootes und hielt es mithilfe eines Pollers am Steg. Vorher hatte er natürlich Katja beim Anlegen der Schwimmweste geholfen. Mir hatte er nur eine zugeworfen, und ich plagte mich mit den Verschlüssen ab. Meine Finger zitterten so, dass ich sie einfach nicht zubekam.

»Darf ich?«, fragte Tony.

Resigniert ließ ich die Hände sinken. Geschickt klipste Tony die Schnallen zu und justierte die Weste nach, bis sie gut saß. »Wirklich alles gut?«

Ich sah in seine grauen, sanften Augen, registrierte den ehrlich besorgten Ausdruck darin und stand kurz davor, mit dem Kopf zu schütteln und wie ein kleines Kind in Tränen auszubrechen. Ärgerlich biss ich die Zähne zusammen und nickte.

»Tony, genug geflirtet, hilf der Lady beim Einsteigen!«, rief Alexander uns zu.

Tony verdrehte übertrieben die Augen, was nur ich sehen konnte, da er seinem Bruder den Rücken zudrehte. Trotz meiner Furcht musste ich grinsen. Das verging mir aber schnell, denn nun kam der schlimmste Teil. Das Einsteigen.

Obwohl sich Alexander alle Mühe gab, das Boot ruhig zu halten, wusste ich doch, dass es kippeln würde, sobald ich einen Fuß hineinsetzte. Alexander hielt mir die Hand hin, mit der er sich nicht am Poller festhielt. Sein Lächeln wirkte ein wenig ungeduldig. Katja hatte es sich bereits im Bug bequem gemacht und zog ihr Smartphone hervor, um Fotos von der Burg zu schießen. Zögernd streckte ich den Arm aus. Gerade als ich den Schritt nach vorn wagen wollte, bewegte sich das Boot vom Steg weg und ich zuckte zurück.

Alexander schüttelte den Kopf und ließ die Hand sinken. »Tony, steig auch ein, ich halte das Boot mit beiden Händen am Steg, und du hilfst Jessica«, kommandierte er.

Katja steckte ihr Smartphone weg, drehte sich um und erhob sich halb. Damit brachte sie das Boot wild zum Schwanken. »Kann ich helfen?«

»Bleib sitzen!«, riefen Alexander und Tony wie aus einem Mund.

Tony sprang mit einer geschmeidigen Lässigkeit ins Boot, für die ich ihn nur beneiden konnte. Er streckte mir beide Hände entgegen. Mit dem Mut der Verzweiflung griff ich danach und machte einen großen Schritt. Mit dem rechten Bein in der Luft merkte ich, dass etwas nicht stimmte. Mein linker Schuh hing irgendwo am Steg fest! Entsetzt schrie ich auf und kippte nach vorn, ein Bein im Boot, das andere schräg nach hinten gestreckt. Im nächsten Moment prallte ich gegen Tonys Brust, und kräftige Arme schlossen sich um mich.

»Hab dich«, raunte Tony mir ins Ohr.

Ich klammerte mich an ihm fest und rang panisch nach Luft, bis mir auffiel, dass sich mittlerweile auch Bein Nummer zwei im Boot befand.

»Habe ich da irgendwo einen Mistelzweig übersehen?«, fragte Alexander. Über Tonys Schulter sah ich ihn grinsen. Wehe, wenn der sich jetzt unterstand, auch noch zu zwinkern! Aber er drehte sich schon um und ließ den Außenbordmotor an.

Verlegen machte ich mich von Tony los. Mit wild klopfendem Herzen sank ich auf eine der hölzernen Bänke. Mein Puls raste natürlich nur wegen des ausgestandenen Schreckens. Mit Tony hatte das gar nichts zu tun.

Er ließ sich mit dem Gesicht zu mir auf der gegenüberliegenden Bank nieder. Seinen Blick konnte ich nicht deuten. Ob er dachte, mein Beinahe-Sturz wäre ein verbrämter Annäherungsversuch gewesen? Hitze schoss mir in die Wangen. Erst der Mistelzweig und nun das ... Doch bevor ich mich weiter in meiner Scham suhlen konnte, knatterte der Motor los und das Boot setzte sich in Bewegung.

Krampfhaft umklammerte ich die Sitzbank und zwang mich, tief zu atmen. Das hier war nur ein ruhiger See. Das Boot würde nicht sinken. Es würde kein Riesenkrake auftauchen, um uns mit seinen Tentakeln über Bord zu zerren. Ich kniff die Augen zu, aber mir wurde sofort übel, und ich riss sie wieder auf.

»Die Tafelberge dahinten nennt man MacLeods Tables«, rief Alexander laut genug, um das Dröhnen des Motors zu übertönen.

Ah ja. Ich gab mir Mühe, meinem Gesicht einen Ausdruck höchsten Interesses zu verleihen, und spähte in die Richtung, in die Alexander zeigte. Die beiden abgeflachten Berge konnte man kaum übersehen.

»Dazu gibt es eine Geschichte«, sagte Tony. »Alasdair Crotach, der achte Chief der MacLeods, war ein stolzer Highlander. Sehr von sich und seinen Besitztümern überzeugt. Und er wusste nicht, wann er besser die Klappe halten sollte.«

Irgendwie konnte ich mich des Eindrucks nicht erwehren, dass Ähnlichkeiten mit Anwesenden nicht ganz zufällig waren, schon wegen der bezeichnenden Pause, die Tony einlegte.

»Als er zu Besuch bei König James IV. in Edinburgh war, behauptete er, dass es auf seinem Gut eine größere Tafel als bei Hofe gebe, auch hellere Kerzen und sogar eine höhere Decke«, fuhr Tony fort. »Der König kündigte daraufhin an, Alasdair zu besuchen, um sich selbst von dieser Großartigkeit zu überzeugen. Der arme Alasdair überlegte panisch, wie er aus dieser Nummer wieder herauskommen sollte. Doch als er verzweifelt hier am Loch Dunvegan stand, fiel ihm auf, dass er tatsächlich all das besaß, von dem er so prahlerisch berichtet hatte. Als der König kam, führte er ihn auf das flache Plateau des Healabhal Mhòr, das ist dieser Berg …« Tony zeigte auf einen der Tafelberge. »Dort servierte er dem König Speisen und Getränke und fragte ihn, ob seine Tafel nicht wahrlich größer sei. Der König gab das zu, wollte jedoch wissen, wo sich denn das gepriesene hohe Gewölbe befand. Da zeigte Alasdair in den Himmel und sagte: Gott selbst hat es gemacht.«

Über Tonys Geschichte hatte ich eine Weile völlig vergessen, in welch grauenvoller Lage ich mich befand. Dieser Mann war der geborene Storyteller. Er hatte nicht nur geredet, sondern auch mit Gesten und Mimik den von sich überzeugten Alasdair und den skeptischen König dargestellt und ihnen unterschiedliche Stimmen verliehen. Mit ihm durch die Natur zu wandern musste sehr unterhaltsam sein, wenn er dabei die Legenden Schottlands so beeindruckend zum Leben erweckte.

»Und nun kommen wir zum Höhepunkt der Tour«, ließ sich Alexander vernehmen.

Seltsam, seine Stimme kam mir nun flach und nichtssagend vor. Er schaltete den Motor aus. Zu meinem Schrecken bewegte sich das Boot sofort stärker. Es neigte sich abwechselnd zur linken und zur rechten Seite, und ich hätte um ein Haar wieder aufgeschrien, aber Katja kam mir zuvor. Nur klang ihr Ausruf nach Begeisterung und nicht nach Todesangst. »Wie süß!«

Sie zückte ihr Smartphone. »Das muss ich filmen! Die sind ja niedlich!«

Mühsam riss ich meinen starren Blick von der sich auf und ab bewegenden Kante des Boots los und richtete ihn auf die nahen Felsen. Robben! Natürlich, von denen hatte ich auch gelesen und sogar meine Kundschaft öfter darüber informiert, dass sie hier welche zu sehen bekommen konnten. Vor lauter Angst hatte ich gar nicht mehr an sie gedacht, und nun lagen sie hier auf den kantigen Steinen wie auf einem bequemen Sofa und fläzten sich in der Sonne. Wir waren nur wenige Meter von ihnen entfernt, doch sie ließen sich nicht stören, bewegten träge die Flossen, beinahe, als wollten sie uns zuwinken.

»Das ist so toll!«, jubelte Katja. »Danke, Alex und Tony, dass ihr das möglich gemacht habt.«

Alexander verbeugte sich strahlend, und selbst Tony schmunzelte. Während ich die Robben beobachtete, fiel die schlimmste Furcht von mir ab. Tony erwähnte beiläufig, dass wir nicht weiter hinausfahren würden, sondern auf direktem Weg zurück zum Bootssteg, was mich zusätzlich beruhigte. Zwischen den felsigen Inselchen war das Wasser ruhig genug, um die Bootstour auch für mich erträglich zu machen. Tony zog ein paar wollene Fäustlinge aus der Jackentasche und reichte sie mir. Erst da fiel mir auf, dass ich nervös meine klammen Finger aneinanderrieb. Zuerst wollte ich verlegen ablehnen, aber Anthony schenkte mir ein so warmes Lächeln, dass ich die Handschuhe anzog. »Es tut mir leid wegen vorhin«, sagte ich. »Ich bin manchmal etwas tollpatschig.«

»Aye«, sagte er und grinste. Nicht schadenfroh, sondern verständnisvoll. Gefiel mir besser, als wenn er mir versichert hätte, was für eine geschickte Person ich doch sei.

Meine Erleichterung, nach einer gefühlten Ewigkeit wieder festen Boden unter den Füßen zu haben, kannte keine Grenzen. In Wahrheit waren wir kaum länger als eine halbe Stunde unterwegs gewesen. Wie selbstverständlich befreite mich Tony von der Schwimmweste. Er hielt mir einen ziemlich großen Flachmann hin, und obwohl es nicht meine Art war, mich mit Alkohol zu beruhigen, griff ich dankbar zu. Nur um nach dem ersten Schluck irritiert zu husten. »Was ist das?«

»Tee natürlich«, sagte Tony trocken.

Natürlich. Und ich musste zugeben, dass der heiße Tee wirklich guttat. Meine Knie fühlten sich nicht mehr nach flüssiger Gelatine an, sondern nur noch nach etwas zu lange gekochten Linguini. Katja hakte sich bei mir unter, und wir spazierten los, um uns den Rest der Gartenanlage anzuschauen, gefolgt von Tony und Alexander. Alexander telefonierte mit jemandem, und Tony spähte mit zusammengekniffenen Augen in die Bäume. Vermutlich hielt er Ausschau nach Schleiereulen.

»Das war richtig schön, oder?«, schwärmte Katja. Für ihre Begeisterungsfähigkeit bewunderte ich sie. »Hast du vorher schon mal Robben aus nächster Nähe gesehen? Außer im Zoo, meine ich. Und wie gut Tony erzählen kann. Ich finde, er kann seine Talente in dieser Pension gar nicht richtig einsetzen.« Es schien sie nicht zu kümmern, dass er sie hören konnte, doch nun zog sie mich rasch einige Schritte weiter und flüsterte mir zu: »Wenn du dafür sorgst, dass dein Reiseveranstalter die Zusammenarbeit mit dem Otterview kündigt, tust du sogar noch ein gutes Werk.«

»Wieso das denn?«

»Na, wenn das Bed and Breakfast schließen muss, kann sich Tony wieder um das kümmern, was ihm liegt und was er liebt. Alexander hat mir erzählt, dass er eigentlich Tourguide und zertifizierter Wanderführer ist.«

Es kam mir zwar merkwürdig vor, dass sich Alexander mit Katja ausgerechnet über seinen Bruder unterhielt, doch etwas anderes nagte stärker an mir. Bisher hatte ich mir keine Gedanken darüber gemacht, aber womöglich musste das Otterview wirklich zumachen, wenn *ErlebeTraumreisen* der Pension keine Gäste mehr vermittelte. Wenn ich also meine wahrheitsgetreue und daher leider schlechte Bewertung bei meiner Vorgesetzten ablieferte, besiegelte ich damit das Schicksal der Pension und somit auch das der Brüder MacMurray. Kein gutes Gefühl.

Ich schluckte noch an dieser neuen Erkenntnis, da wieselte Alexander an unsere oder vielmehr Katjas Seite und bot ihr galant den Arm. »Und nun zeige ich dir die Sonnenuhr, die du so gerne sehen wolltest. Sie ist etwas Besonderes, denn ...«

Resigniert ließ ich mich zurückfallen.

»Jessica!« Tony eilte auf mich zu und zeigte mir eine weitere filzige, mit winzigen Knöchelchen durchsetzte Hinterlassenschaft der hiesigen Schleiereulenpopulation. »Hab noch eins gefunden. So viel Glück hatte ich lange nicht.«

Ich zwang mich zu einem Lächeln. So war es eben. Katja gehörte zu den Frauen, denen die Männer die Sonne und die Sterne vom Himmel holen wollten. Und ich war die Frau für ... das Gewölle.

Kapitel 7

Auf der Rückfahrt kehrten wir in einem Café ein. Zum Lunch gab es frisch belegte Sandwiches, und Alexander überredete Katja und mich dazu, einen speziellen Softdrink zu probieren. Irn-Bru, das schottische Nationalgetränk, wie Alexander behauptete. Natürlich mit einem Augenzwinkern. Ein Mann mit seinem attraktiven Aussehen hätte mir vermutlich sogar einen Becher Gift kredenzen können, und ich hätte ihn mit verklärtem Lächeln in mich hineingeschüttet. Daher trank ich todesmutig einen großen Schluck des grellorangen Sprudelgetränks und … wurde angenehm überrascht. »Hm, gar nicht schlecht!«, kommentierte ich die lukullische Erfahrung, auf die Katja, ihrem angewiderten Gesichtsausdruck nach zu urteilen, lieber verzichtet hätte.

»Lecker«, brachte sie hervor und verzog den Mund gleichzeitig mit so deutlichem Ekel, dass wir alle lachen mussten, auch Katja.

»Daran muss man sich wohl erst gewöhnen«, sagte Alexander großmütig, der die mangelnde Würdigung seiner Getränkeempfehlung offenbar nicht persönlich nahm.

Mir fiel auf, dass Tony auf das Irn-Bru verzichtete. »Nicht dein Fall?«, erkundigte ich mich.

»Ich bleibe bei Tee«, erklärte er, nicht ohne Alexander einen mürrischen Blick zuzuwerfen. Alexander merkte es nicht, da er Katja auf einer Landkarte, die er aus seiner Tasche gezaubert hatte, die schönsten Orte auf Skye zeigte. Jedenfalls behauptete er das. »Und der Old Man of Storr ist auf jeden Fall einen Besuch wert, nicht wahr, Tony?«

»Das sind alles die üblichen Touristenhotspots«, kommentierte Tony und zog die Mundwinkel nach unten. »Völlig überlaufen. Da findet man schon vormittags keinen Parkplatz mehr, und dann sieht man vor lauter Menschen nichts mehr von der Natur.«

Mit einem charmanten Lächeln wandte sich Alexander wieder an Katja. »Das ist im Winter natürlich nicht der Fall. Allerdings ist die Witterung in den nächsten Tagen zu ungemütlich für eine Wanderung, da empfehle ich eher einen Besuch unseres schönen Portrees. Davon habt ihr ja noch gar nichts gesehen. Bei eurer Ankunft war es zu dunkel, um die herrliche bunte Häuserfassade bewundern zu können.«

Tony gab einen erstickten Laut von sich, und ich sah ihn besorgt an, da ich fürchtete, er könnte sich an seinem geliebten Tee verschluckt haben, doch an dem belustigten Funkeln in seinen Augen erkannte ich, dass er sich ein Lachen verkniff. Er fing meinen Blick auf und raunte mir zu: »Mein Bruder schwafelt mal wieder, als würde er einen Werbespot für den Tourismusverband kommentieren.«

Nun ja, ich fand, dass er das ziemlich gut machte, und an der Stelle des besagten Tourismusverbandes hätte ich Alexander für einen dieser Spots an Land gezogen, vor allem, wenn er selbst darin auftrat. Auch Katja schien recht angetan von seinen Empfehlungen, und die beiden redeten noch angeregt miteinander, als wir zurück zum Auto gingen. Tony dagegen verfiel auf der Fahrt wieder in sein brütendes Schweigen. Eigentlich müsste er sich doch darüber freuen, dass Alexander sich so charmant um die Gäste kümmerte. Ihm schien das ja nicht sonderlich zu liegen. Zugegeben, es war genau genommen nur Katja, der Alexander seine ungeteilte Aufmerksamkeit schenkte. Ich existierte für ihn nicht mehr, was mir erneut einen winzigen Stich versetzte.

An der Pension angekommen, zog ich mich auf mein Zimmer zurück. Weder Katja noch Alexander hatten mich beachtet und waren fröhlich plaudernd im Common Room verschwunden, und Tony war sogleich aus dem Wagen gesprungen und hatte sich hinter das Haus davongemacht. Ich setzte mich auf das Bett und schaute aus dem Fenster. Die Aussicht war so schön, dass es wie ein Gemälde wirkte. Ich hätte sie auch gerne noch länger genossen, doch nun forderte die Aufregung der Bootstour ihren Tribut. Meine Lider wurden schwer, und ich gähnte. Sprach irgendetwas gegen ein Mittagsschläfchen? Da mir kein Argument einfiel, legte ich mich, wie ich war, auf die Tagesdecke und schloss die Augen. Nur für einen Moment ...

Ich schreckte aus einem wirren Traum von Robben und Gewölle hoch. Wie lange hatte ich geschlafen? Sofort fühlte ich mich schuldig. Schließlich war ich nicht hier, um mich auszuruhen, sondern um Argumente für die Auflösung des Vertrages zu finden. Ich griff nach meinem Smartphone, das auf dem Nachtschränkchen lag, und stellte erleichtert fest, dass ich nur eine Stunde ins Reich der Träume abgedriftet war. Außerdem wurden mir drei entgangene Nachrichten angezeigt, alle von Katja.

In der ersten fragte sie mich, ob ich Lust hätte, mit nach Portree zu fahren. In der nächsten teilte sie mir die Abfahrtszeit mit, die nun bereits eine halbe Stunde zurücklag. Und in Nummer drei stand, dass sie sich jetzt allein mit Alexander auf den Weg machen würde, garniert mit einem traurigen Smiley. Ich war mir nicht sicher, ob sie wirklich enttäuscht darüber war, mit dem schönen Alexander Zeit zu zweit zu verbringen. Ich wäre es an ihrer Stelle jedenfalls nicht.

Seufzend rieb ich mir die Augen, unterließ das dann aber rasch, weil das zu Fältchen führt, und schwang die Beine aus dem Bett. Draußen schien zwar nicht die Sonne, doch es regnete auch nicht, und ich hatte Lust auf frische Luft und Bewegung. Ich ging die Treppe hinunter und wollte mir gerade die Wanderschuhe anziehen, die auf dem Schuhregal neben der Tür standen, als Tony aus der Küche kam.

»Alexander und Katja sind nach Portree gefahren«, teilte er mir mit. »Zum Shoppen.« Er bemühte sich so auffallend um eine neutrale Miene, dass ich fast lächeln musste, hätte sich mir nicht das Bild von Alexander und Katja aufgedrängt, wie sie Arm in Arm durch die Gässchen des bestimmt wunderschönen Städtchens schlenderten und gemeinsam lachten und scherzten. Meine Fantasie gaukelte mir auch noch ein Eis in Katjas Hand vor, und mein Neid kannte keine Grenzen mehr.

»Schön«, sagte ich knapp. Tony hob die Brauen, und ich fügte hinzu: »Hab Katjas Nachricht zu spät gesehen.«

»Hm.« Tony rieb sich das Kinn. »Lust auf einen Spaziergang?«

Sofort hob sich meine Laune. Wenn mich Tony begleitete, konnte ich zwei Fliegen mit einer Klappe schlagen. Ich konnte ihn unauffällig ein wenig über die Pension und seine Pläne dafür aushorchen und vernachlässigte dadurch meine Arbeit nicht. Gleichzeitig hegte ich die Hoffnung, dass mir Tony Interessantes über die schottische Natur erzählen würde. »Ja, gerne!« Da fiel mir etwas ein. »Können wir zum Fluss gehen? Dem hinter dem Haus? Ich glaube, heute Morgen habe ich dort einen Otter entdeckt.«

»Kann schon sein, da gibt es Otter.« Tony, der bisher sein Pokerface bewahrt hatte, lächelte erfreut. »Dann brauchst du aber andere Schuhe.« Kritisch beäugte er meine Füße, die ich sogleich am liebsten versteckt hätte. Ging nur schlecht bei Schuhgröße zweiundvierzig. Ich hatte mich schon immer für meine Quadratlatschen geschämt, und auch jetzt schoss mir Hitze in die Wangen. Tony schien meine Empfindungen nicht zu teilen, denn er nickte zufrieden. »Mattys Gummistiefel müssten dir passen. Ich hole sie.«

Wenig später kam er mit quietschroten Gummistiefeln zurück, dazu ein Paar dicke Wollsocken. »Damit sind sie bequemer.«

Ähnliche Socken hatte ich ja schon an ihm bewundert. »Hat deine Schwester die selbst gestrickt?«, fragte ich, während ich sie überstreifte.

Mit einem verlegenen Grinsen schüttelte er den Kopf. »Nein, das mache ich. Stricken ist ein Hobby von mir.«

Das hätte ich ihm nicht zugetraut, und ich ärgerte mich sogleich darüber. Warum sollte ein Naturbursche wie er nicht gerne stricken? Manchmal war ich aber auch wirklich zu festgefahren. Sogleich erlebte ich die nächste Überraschung, denn die Gummistiefel passten trotz der dicken Socken perfekt. Tonys Schwester lebte also ebenfalls auf großem Fuß. Dafür konnte ich dankbar sein, wie ich, bereits kurz nachdem wir das Haus verlassen hatten, feststellte. Denn es gab nicht, wie ich mir eingebildet hatte, einen Pfad, der zum Fluss führte. Tony stapfte einfach querfeldein drauflos, und mir blieb nichts anderes übrig, als ihm zu folgen. Schon nach wenigen Schritten sank ich mit dem linken Stiefel bis fast zum Schaftende in den Schlamm und ruderte in dem Versuch, den Fuß zu befreien, wild mit den Armen.

Tony drehte sich zu mir um, und ich erwartete, er käme zurück, um mir zu helfen, doch er stand einfach nur da und beobachtete ungerührt, wie ich den Fuß, zum Glück samt Gummistiefel, mit einem schmatzenden Geräusch aus dem Schlammloch zog.

»Hier gibt es Wasserlöcher«, teilte er mir lapidar mit. »Tritt am besten in meine Spuren.«

Super Tipp. Wir gingen weiter, er voraus, und ich hüpfte in die Spuren seiner Stiefel. Das machte Spaß, und der Anflug von Groll angesichts seiner mangelnden Hilfsbereitschaft schwand. Sein Verhalten konnte ich auch anders deuten. Er traute mir zu, mir selbst zu helfen und bei einer ungewohnten Situation nicht gleich klein beizugeben. Die Umgebung tat ihr Übriges, um meine Stimmung zu heben. Selbst im Dezember leuchtete das Gras in einem satten Grün, malerisch umrahmt von erdigen Brauntönen und dem Grau der Felsen. In der Ferne ragten die schroffen Berggipfel aus dem Dunst, und gerade die diesige Luft verlieh der Landschaft einen mystischen Zauber.

Wir erreichten den Fluss, der klar über die Steine gluckerte.

»Vorsicht am Uferbereich«, warnte Tony mich. »Hier ist es rutschig.«

Ihn schien das nicht zu stören, denn er stieg bis zum Wasser hinunter, bückte sich und hob etwas auf. Wieder Gewölle? Neugierig folgte ich ihm. Diesmal hielt er mir hilfreich die Hand hin, und ich ergriff sie, ohne weiter darüber nachzudenken. Seine kräftigen Finger schlossen sich warm und sicher um meine Hand, und mein Herz schlug ein wenig schneller. Das war bestimmt nur die Aufregung, weil ich eine rutschige Böschung mit fremden Gummistiefeln bewältigen musste. Sobald ich neben ihm stand, ließ er meine Hand los, was ein unbestimmtes Gefühl von Bedauern in mir auslöste.

»Sieh mal hier.« Mit einem freudigen Lächeln hielt er mir seinen Fund auf der Handfläche hin. Es handelte sich um einen unregelmäßig geformten grauen Klumpen, aus dem dünne Stöckchen ragten. Moment, waren das …?

Interessiert beugte ich mich vor. »Sind das Fischgräten?«

»Ja, genau! Das hier ist Otterlosung. Findet man an Flussufern und sehr häufig unter Brücken. Riech mal!«

Auffordernd hob er die Hand, und ich widerstand dem Drang, zurückzuzucken. Für gewöhnlich gehörte es nicht zu meinen bevorzugten Tätigkeiten, an Tierkot zu schnuppern. Aber Anthony sah mich so treuherzig an, dass ich meine Nase zögernd auf das Klümpchen zubewegte und die Luft einsog. Erstaunt richtete ich mich auf. »Hm, riecht nach … Moschus? Und leicht fischig.«

»Ja, das kommt so hin«, stimmte Tony mir zu und roch nun ebenfalls an der Otterhinterlassenschaft. »Angeblich riecht Otterkot sogar ab und zu leicht nach Veilchen. Damit markieren Otter ihr Revier, und vermutlich hinterlassen sie auch Botschaften.«

»Botschaften?«

»Ja, so was wie *Hier gibt es gute Fische* oder *Verschwinde, hier jage ich.*« Tony grinste mich schelmisch an. »Leider ist mein Geruchssinn nicht so gut wie der eines Otters, also sind das nur Vermutungen.« Um seine Augen bildeten sich die Fältchen, die mir zuvor schon aufgefallen waren und die ihn äußerst sympathisch wirken ließen. Ich konnte mir gut vorstellen, wie er Touristengruppen herumführte und ihnen unterhaltsam die Natur nahebrachte.

Aufmerksam schaute ich mich um. »Und wo sind nun die Otter?«

»Tja, leider ist das hier kein Zoo. Otter sind scheue Tiere und haben gute Ohren. Falls sie sich hier in der Nähe aufhalten, haben sie uns längst gehört und sind verschwunden. Du hattest Glück, dass du heute aus dem Zimmer einen gesehen hast.«

»Wie schade.« Ich gab mir keine Mühe, meine Enttäuschung zu verhehlen. Aber was hatte ich erwartet? Dass hier pünktlich bei unserer Ankunft eine Otterfamilie für uns posieren würde?

»Am frühen Morgen hat man meist größere Chancen, einen Otter zu sehen«, sagte Tony aufmunternd. »Wenn du Lust hast, können wir mal vor Sonnenaufgang einen Beobachtungsposten hier einnehmen.«

»Beobachtungsposten – das klingt professionell. Ja, sehr gern.«

Wir gingen ein Stück am Fluss entlang.

»Ist es den Ottern nicht zu kalt jetzt im Winter?«, fragte ich, denn meine Finger wurden allmählich klamm. Ich steckte sie in die Jackentaschen und fand die Handschuhe, die Tony mir während der Bootsfahrt geliehen hatte. Ich wollte sie ihm zurückgeben, doch er bedeutete mir, sie anzuziehen. »Otter haben übrigens keine wärmende Fettschicht wie zum Beispiel Robben. Sie müssen aber nicht frieren, da ihr Fell sehr dicht ist. Auf einem Quadratzentimeter Haut wachsen über 70.000 Haare. Die sind auch noch mit Widerhaken miteinander verbunden, so ähnlich wie ein Reißverschluss.«

Ich wollte eine Frage stellen, vergaß sie aber, denn ich hörte ein Platschen und sah, wie sich wenige Meter vor uns die Gräser am Ufer bewegten.

Kapitel 8

Mit angehaltenem Atem griff ich nach Anthonys Arm. »Ein Otter!«, flüsterte ich entzückt. Zwar sah ich das Tier selbst nicht, wohl aber eine Spur Luftblasen, die sich keilförmig auf dem Wasser ausbreitete.

»Ah, ja!« Tony schenkte mir ein überraschtes Lächeln. »Du hast ja wirklich Glück mit Ottern!«

Unwillkürlich verzog ich das Gesicht, da mir dazu sofort in den Sinn kam, dass mir dafür das Glück mit Männern nicht hold war. Tony bemerkte es nicht, da er sich schon von mir abgewandt hatte und mit zusammengekniffenen Augen die Wasseroberfläche beobachtete. Ich merkte, dass meine Hand noch auf seinem Oberarm lag, und zog sie verlegen weg. Er schien es nicht zu registrieren und trat näher an den Fluss heran. »Hier am Fluss ist ein guter Ort für Otter. Hier kommen auch kaum Menschen her. Außer uns jetzt gerade. Leider ist Skye ab dem Frühling bis weit in den Herbst hinein sehr überlaufen.«

Das wusste ich, schließlich trug ich mit meinen Routenvorschlägen für Schottland nicht unwesentlich dazu bei. Die Isle of Skye war bei einer Roundtour einfach ein Muss. Das Bed and Breakfast von Tony bald nicht mehr, jedenfalls nicht als Buchungsmöglichkeit über *ErlebeTraumreisen.* Würde das wirklich das Aus für die Pension bedeuten? Bisher hatte ich mir nicht viel Gedanken darüber gemacht, was die Vertragsaufhebung für eine so kleine Unterkunft wie das

Otterview bedeutete. Es war für mich nichts weiter als eine gesichtslose Übernachtungsmöglichkeit gewesen. Doch nun, da ich Tony und Alexander kannte, überlegte ich, was aus den beiden werden würde, wenn sie die Pension schließen mussten.

»Also würdest du mir keine Wanderung zum Old Man of Storr empfehlen?«, fragte ich.

»Doch, warum nicht. Alexander hat schon recht. Im Winter ist es nicht so voll. Und wenn wir frühmorgens starten, werden wir dort erfahrungsgemäß kaum jemanden treffen.«

Wir? Hatte ich da richtig gehört? »Du bietest mir eine Tour an?«, fragte ich erstaunt. Hatte mir Tony nicht vor wenigen Stunden noch erzählt, er hätte keine Zeit dafür?

Ihm schien das auch einzufallen, denn er kratzte sich im Nacken und grinste verlegen. »Eigentlich ist es eher so, dass ich sowieso mal wieder dort wandern und Fotos für unsere Website machen wollte. Ich würde mich freuen, wenn du mich begleitest.«

Mein Magen zog sich zusammen. Das hörte sich nicht so an, als wäre Tony bereits darauf vorbereitet, sein Bed and Breakfast aufzugeben. Nicht, wenn er sogar die Website pflegen wollte. Oder schätzte ich die Lage völlig falsch ein, und die Pension würde auch ohne die Unterstützung von *ErlebeTraumreisen* weiterhin bestehen können? Womöglich arbeitete Anthony noch mit anderen Reiseveranstaltern zusammen. Ich hoffte es, denn ich fühlte mich zunehmend schlechter damit, über das Wohl und Wehe des Otterviews entscheiden zu müssen – und damit über Tonys Zukunft. Als ich den Auftrag angenommen hatte, war ich mir über die Last der Verantwortung gar nicht bewusst gewesen, und nun lag sie wie ein Gewicht auf meinen Schultern. Ich merkte, wie ich in mich zusammensackte, und richtete mich energisch auf. Schließlich war es nicht meine Schuld, wenn Anthony die Gäste vergraulte. Irgendwie war es ihm gelungen, innerhalb weniger Monate das beliebte Bed and Breakfast seiner Schwester herunterzuwirtschaften, und dafür konnte ich rein gar nichts.

»Sehr gern«, sagte ich. »Solange ich nicht als Model herhalten muss. Dafür wäre Katja besser geeignet.«

Tony runzelte die Stirn. »Finde ich nicht«, sagte er so geradeheraus, dass mein Herz schon wieder schneller schlug. Er musterte mich nachdenklich, aber nicht auf unangenehme Art, sondern anerkennend und respektvoll, als überlegte er gerade, wo er mich am besten ablichten könnte. Schließlich grinste er jungenhaft. »Du könntest auch mich fotografieren. Oder wir machen Fotos von uns beiden, wie wir unsere schlammigen Gummistiefel präsentieren, mit Selbstauslöser. Interessierst du dich für Fotografie?«

»Bisher mache ich nur Fotos mit meinem Smartphone«, gab ich zu. »Für richtig gute Fotos bräuchte ich wohl erst mal eine teure Kamera.«

»Du kannst eine von meinen haben, und ich zeige dir auf der Wanderung die Grundlagen«, bot Tony sogleich an. Er warf einen Blick auf seine Armbanduhr, ein beeindruckendes Outdoormodell, das garantiert wasserdicht und mit GPS-Funktion ausgestattet war. »Ich muss leider zurück. Was vorbereiten für die neuen Gäste. Alexander bringt sie gleich mit.«

Hatte er eben noch gut gelaunt und offen gewirkt, beinahe schon ausgelassen, verdüsterte sich seine Miene nun und wurde wieder zu der mürrischen Maske, die ich bereits kennengelernt hatte. Katjas Worte fielen mir ein. Womöglich war es für ihn im Endeffekt sogar besser, wenn er die Pension schließen musste, denn besonders glücklich schien er mit seinen aktuellen Tätigkeiten hier ja nicht zu sein. Wandertouren, Fotokurse – dafür begeisterte er sich und war, soweit ich das bisher beurteilen konnte, auch sehr gut darin.

Schweigend gingen wir zurück zum Haus, wieder querfeldein. Ich hätte nun gerne einen Tee getrunken, und Tony hätte mir sicher einen gekocht, wenn ich ihn darum gebeten hätte. Doch dieser Service, oder eher das Fehlen desselben, gehörte genau zu den Dingen, die ich hier auskundschaften und dokumentieren sollte, also bedankte ich mich nur für die Ottertour und ging auf mein Zimmer. Leider gab es dort keinen Wasserkocher mit Teeauswahl, wie es in guten Pensionen mittlerweile zum Standard gehörte. Ob das immer schon so gewesen war?

Ich packte mein Laptop aus und stellte erfreut fest, dass es zumindest stabiles WLAN gab. Das Passwort fand ich auf einem laminierten Zettel auf dem Nachtschränkchen. In Ermangelung eines Tisches, der sowieso nicht mehr in dieses Zimmer gepasst hätte, machte ich es mir auf dem Bett bequem. Schließlich war ich zum Arbeiten hier. Und nicht, um ausgiebig aus dem Fenster zu schauen, wie ich mich nach einigen Minuten zur Ordnung rufen musste. Die Aussicht war aber auch einfach zu schön …

Zunächst trug ich in das von *ErlebeTraumreisen* verwendete Dokument zur Qualitätskontrolle einige der Punkte ein, die mir aufgefallen waren. Bei der Checkliste zu Ausstattungsmerkmalen konnte ich die Möglichkeit zur Teezubereitung nicht abhaken, dafür aber die Pflegeprodukte im Bad. Nachdem ich mich durch die älteren Bewertungen diverser Portale gescrollt hatte, stellte ich fest, dass mich meine Erinnerung nicht getäuscht hatte. Anfang bis Mitte des Jahres hatten einige der Gäste die gute Teeauswahl und das schöne Geschirr auf den Zimmern noch gelobt. Ich hatte keine Ahnung, warum Tony diesen Service nicht wenigstens beibehielt. War es ihm zu viel Arbeit, die benutzten Tassen zu spülen? Oder rührte der fehlende Ausstattungsservice von Desinteresse? Es waren genau diese Kleinigkeiten, die Gäste an einer Unterkunft liebten und die aus Zufallsbuchenden Stammgäste machten.

Außerdem gab es hier Otter! Auch wenn Aufstehen vor Sonnenaufgang nicht zu meinen bevorzugten Urlaubsaktivitäten gehörte, wollte ich zu gerne auf Tonys Angebot zurückkommen und einen Beobachtungsposten beziehen. Eine Weile verlor ich mich in der Internetrecherche über Otter. Ich hatte nicht gewusst, um was für interessante Tiere es sich handelte. Zum Beispiel mussten sie wegen ihres rasanten Stoffwechsels futtern, was das Zeug hielt, und nahmen täglich zwischen zehn und fünfundzwanzig Prozent ihres Körpergewichts in Nahrung auf. Ottermännchen nahmen sogar Otterkinder als Geiseln und ließen sich für die Freilassung von ihren Müttern mit Futter bezahlen.

Mein Smartphone dudelte, und ein Blick aufs Display bescherte mir sogleich ein schlechtes Gewissen. Bis auf eine kurze Textnachricht über meine Ankunft hatte ich mich noch nicht bei meiner Tante gemeldet. Nach dem frühen Tod meiner Eltern war ich bei ihr aufgewachsen, und sie war es wohl auch, der ich meine Liebe zu Fernreisen verdankte. Uns hatte zwar das Geld für solche Reisen gefehlt, doch es war meiner Tante gelungen, unsere gemeinsamen Campingausflüge zum nahe gelegenen Baggersee wie exotische Abenteuer zu gestalten. Während ihrer Studienzeit war sie viel gereist, und sie besaß Unmengen von Reiseführern und Bildbänden. So manches Wochenende hatten wir damit verbracht, uns Reisedokus und Naturfilme anzuschauen oder ihre alten Fotoalben durchzublättern. Als Kind liebte ich die Fotos meiner Tante, auf denen sie in kakifarbener Kleidung samt Tropenhut vor Inkapyramiden im Regenwald stand, und bildete mir ein, sie wäre in Wahrheit eine Forscherin, unterwegs in geheimer Mission, und ihre Tätigkeit an der Supermarktkasse diente nur als Tarnung und Überbrückung bis zu ihrem nächsten Auftrag. Später wusste ich es besser, doch die Sehnsucht nach fernen Ländern hatte eindeutig sie mir vermittelt.

»Hallo, Tante«, meldete ich mich. Wie befürchtet wollte sie eine detaillierte Beschreibung meiner Ankunft in Schottland, doch es machte mir erstaunlich viel Spaß, sie an der Reise teilhaben zu lassen. Sogar von der Kuss-Panne unter dem Mistelzweig erzählte ich ihr und konnte mit ihr gemeinsam darüber lachen.

»Von der wundervollen Aussicht aus meinem Zimmer schicke ich dir gleich noch Fotos«, schloss ich meinen Bericht, der besonders gegen Ende zu einer wahren Schwärmerei geraten war.

»Hört sich an, als hätte Schottland bereits dein Herz erobert«, sagte meine Tante, und ich hörte das vielsagende Schmunzeln in ihrer Stimme. »Oder etwa ein gewisser Schotte?«

»Alexander hat nur Augen für Katja«, erinnerte ich sie. »Da habe ich keine Chance.«

»Ich dachte auch nicht an Alexander. Was ist mit diesem Tony?«

»Tony?« Ich merkte irritiert, dass meine Wangen heiß wurden. »Der ... ist gar nicht mein Typ.«

Und ich wohl auch nicht seiner, wenn ich daran dachte, wie hemmungslos er mir Gewölle und Kot präsentierte. Oder war das seine skurrile Art, eine Frau zu beeindrucken?

Wir plauderten noch ein wenig, meine Tante wünschte mir weiterhin viel Spaß, und nach dem Auflegen zog sich meine Brust zusammen. Hatte ich etwa jetzt schon Heimweh? Da würde ich ja bald eine großartige Globetrotterin abgeben! Allerdings würde ich dieses Jahr das erste Mal, seit ich denken konnte, das Weihnachtsfest nicht mit meiner Tante verbringen, sondern allein. Nun ja, allein nicht wirklich, aber mit fremden Menschen, die mir nichts bedeuteten und ich ihnen auch nicht. Bevor ich komplett in Selbstmitleid ertrinken konnte, hörte ich lebhafte Stimmen. Das mussten Alexander und Katja mit den neuen Gästen sein.

Dass ich mich auf den Weg nach unten machte, hatte natürlich rein gar nichts mit persönlicher Neugier zu tun, sondern berufliche Gründe. Schließlich musste ich beobachten, wie die Gäste hier begrüßt wurden. Als Anschauungsmaterial nur Katja und mich zu verwenden, erschien mir nicht repräsentativ genug für meinen Bericht.

Bei den Neuankömmlingen handelte es sich, wie ich schon von der Treppe aus sehen konnte, um ein Paar um die dreißig, beide in die typische Kleidung eines in Deutschland beliebten Outdoor-Ausstatters gehüllt. Und tatsächlich erkannte ich an ihrem Akzent, dass sie wie ich aus Deutschland kamen, als die Frau Alexander nun in nörgelndem Ton fragte, wann sie mit der Ankunft ihres Gepäcks rechnen durfte.

Alexander sah wieder so gut aus, dass mir für einen Moment die Luft wegblieb. Ob da wohl irgendwann ein Gewöhnungseffekt eintrat? Seine Augen schienen noch blauer zu leuchten als am Vormittag, und er lächelte besonders charmant. »Ich werde mich gleich beim Flughafen erkundigen. Wenn ich Sie zunächst in unser Kaminzimmer bitten dürfte? Wir werden Ihnen eine kleine Erfrischung servieren, wenn es Ihnen recht ist.«

Sogleich verwandelte sich die genervte Miene der Frau in ein schmachtendes Strahlen. Hoffentlich machte ich nicht auch so ein Gesicht in Alexanders Gegenwart! Wie ein frisch verknallter Teenager wollte ich nicht aussehen.

»Nur zu gern, Mr Alexander«, flötete sie, während nun ihr Begleiter eine saure Miene zog.

Alexander führte die beiden in den Common Room. Mir stieg ein verdächtiger Geruch in die Nase, der mich ein wenig an das Frühstücksdesaster erinnerte. Doch bevor ich meinen Beobachtungsposten auf der Treppe aufgeben und nachsehen konnte, stürmte Katja mit roten Wangen und blitzenden Augen ins Haus, beladen mit Einkaufstüten. »Huhu, Jess!«, rief sie mir zu. Im Gegensatz zu Alexander und den neuen Gästen entdeckte sie mich sofort. »Schade, dass du nicht mitgekommen bist. Es war so schön in Portree! Wir müssen unbedingt noch mal zusammen hinfahren.«

Ihre Begeisterung zauberte ein Lächeln auf mein Gesicht. Hilfsbereit streckte ich die Hand aus, um ihr ein paar Tüten abzunehmen.

»Das ist alles leichtes Zeug«, wehrte sie ab. »Ich bringe das nur schnell hoch und geh aufs Klo. Hast du Lust, gleich rüberzukommen? Dann zeige ich dir meine Beute!«

Die lockere Art, in der sie ihren geplanten Toilettenbesuch erwähnte, brachte mich zum Lachen. Sie war so herrlich unkompliziert.

»Übrigens hab ich auch dieses göttliche schottische Shortbread. Und Whiskytrüffel!«, fügte sie hinzu und stieg bereits die Treppe hoch. »Bis gleich dann!«

Immer noch lächelnd wandte ich mich der Küchentür zu. In Erinnerung an den Morgen fürchtete ich mich ein wenig davor, was mich wohl dahinter erwarten könnte. Der brenzlige Geruch ließ nichts Gutes ahnen ...

Kapitel 9

Dichter Rauch empfing mich. Hustend wedelte ich mit der Hand vor meinem Gesicht, um zumindest ein bisschen erkennen zu können. Der Umriss von Tony schälte sich aus dem Qualm, und dann schlug mir frische Luft entgegen. Einige Sekunden später verzog sich der Rauch ein wenig, und ich erkannte, dass Tony sämtliche Fenster aufgerissen hatte. Auf dem Tisch in der Küchenmitte stand ein Backblech mit undefinierbaren schwarzen Klumpen.

»Was sollte das denn werden?«, entfuhr es mir.

Tony sah mich derart bedröppelt an, dass ich sofort Mitleid bekam. »Das wollte ich den neuen Gästen zur Begrüßung servieren.«

»Ah. Und du glaubst, sie werden sich über Kohle freuen? Soll ja gut für den Darm sein.«

Tony starrte mich grimmig an, und ich bereute die für mich untypische Schlagfertigkeit sofort. Da war ich wohl zu weit gegangen. An Tonys Stelle wäre ich auch nicht zu Scherzen aufgelegt gewesen.

»Bei diesen Meisterwerken der Backkunst handelt es sich keineswegs um Brennmaterial oder Arznei«, erklärte er und reckte das Kinn. »Wisse denn, o grausame Kostverächterin, dass dies die Scones nach dem Rezept der backmagiebegabten Mathilda McMurray sind, bis weit über die Grenzen Schottland hinaus bekannt.«

Ein Kichern stieg in mir hoch. »Ich bitte ergebenst um Verzeihung, werter Küchenmeister. Doch fürwahr, Ihr scheint mit besagter Backmagie nicht gesegnet zu sein.«

Tony grinste schief und ließ sich auf einen der Küchenstühle sinken. »Da hast du leider recht«, gab er zu, nun wieder in normalem Ton. »Das ist mir schon öfter passiert, dabei habe ich mich genau an Mattys Rezept gehalten.« Er fuhr sich in einer hilflosen Geste durch das Haar. »Irgendetwas mache ich falsch!«

Ich beugte mich über die verbrannten Scones. »Hm, sieht so aus, als wären sie einfach nur zu lange im Ofen gewesen.« Suchend sah ich mich um und entdeckte ein vorbereitetes Tablett, auf dem bereits eine große Kanne und zwei Tassen standen.

»Gibt es etwas anderes, was du den Gästen zum Tee anbieten kannst?«

»Es müssten noch Kekse da sein«, sagte Tony ohne großen Enthusiasmus und mit einem bedauernden Blick auf die traurigen Klumpen, die mal Scones hätten werden sollen. »Aber die Leute hatten extra die Scones bestellt. Sie waren schon mal hier, letztes Jahr um diese Zeit, und haben sich auf Mattys Scones gefreut.«

Oje. Ich sah die nächste schlechte Bewertung schon vor mir. Eigentlich sollte ich mich da nicht einmischen, aber ...

»Ich mache neue Scones!«, hörte ich mich zu meinem Schreck sagen. Schweiß brach mir aus, da mir klar wurde, dass ich damit gleich zwei meiner Vorsätze brechen würde. Nummer eins: Nie wieder etwas backen! Nummer zwei: Diese Pension für meinen Arbeitgeber beurteilen, ohne mich persönlich einzubringen. Und wenn ich es recht bedachte, konnte ich auch gleich noch Nummer drei hinzufügen: Nicht versuchen, ein Bed and Breakfast zu retten, das aus dem Angebotskatalog gelöscht werden soll.

Selbst wenn ich versuchen würde, den Ruf des Otterviews wiederherzustellen – in den paar Tagen, die ich hier verbringen würde, konnte mir das nicht gelingen. Und auch wenn ich mehrere Wochen Einsatz zeigen könnte – es würde nichts nützen. So vermessen war ich nicht, um meine Fähigkeiten als Pensionsretterin derart hoch anzusetzen.

Warum sollte ich das überhaupt tun wollen?

Weil Tony nett zu mir gewesen war und mich gerade jetzt so dankbar anlächelte, als wäre ich ein Engel?

»Das würdest du wirklich tun?«, fragte er mit so viel Hoffnung in der Stimme, dass ich nur stumm nicken konnte. Für einen Rückzieher war es zu spät. Elanvoll sprang Tony auf. »Dann ans Werk! Alexander hat eingekauft, Zutaten sind also genug da! Wir müssen sie nur eben aus dem Wagen holen.«

Ich folgte ihm nach draußen und zog der Einfachheit halber wieder die Gummistiefel an. So unbequem waren die gar nicht, und ich mochte das Rot.

Am Auto beugte sich Tony mit zusammengezogenen Brauen über den geöffneten Kofferraum. »Hm, sieht so aus, als hätte mein Bruder die Sachen schon reingebracht.«

Besagter Bruder trat soeben aus dem Haus, und ausnahmsweise lächelte er mal nicht charmant, sondern verzog reumütig das Gesicht. »Tony, ich muss dir was beichten. Hab mich ein bisschen mit Katja verquatscht, und dann musste ich schon die neuen Gäste abholen. Daher bin ich leider nicht zum Einkaufen gekommen. Das müssen wir morgen erledigen.«

Tony starrte ihn an. »Ist das dein verdammter Ernst?«

»Tut mir wirklich leid, Tony.«

»Ich brauch die Sachen, um morgen Frühstück zu machen! Oder soll ich den Gästen Toast mit ohne nichts anbieten?«

Alexander kratzte sich am Kopf. »Tja ...«

»Tja? TJA? Mehr fällt dir dazu nicht ein?«

Mir war es äußerst unangenehm, diesen Streit mit anhören zu müssen. Unauffällig verzog ich mich ins Haus und streifte gerade die Stiefel ab, da kamen die neuen Gäste aus dem Common Room. »Haben Sie uns vergessen?«, rief der Mann. »Wir warten nun schon eine Ewigkeit auf den Tee!«

»Und auf diese himmlischen Scones von Mathilda«, fügte die Frau hinzu.

»Matty ist nicht mehr hier!«, blaffte Tony und stapfte an ihnen vorbei. »Und Scones gibt's nicht!« Er verschwand in der Küche und knallte die Tür hinter sich zu.

Schockierte Blicke, offen stehende Münder. Ich konnte es den Gästen nicht verdenken.

Alexander eilte zurück ins Haus und pflasterte sich das gewohnte unwiderstehliche Lächeln ins Gesicht. »Entschuldigen Sie vielmals. Was mein Bruder eigentlich sagen wollte: Heute haben wir uns etwas ganz Besonderes für Sie überlegt. Da Sie Feinschmecker und Fischkenner sind, habe ich mir erlaubt, eine Überraschung für Sie vorzubereiten. Heute Abend habe ich einen Tisch für Sie in einem renommierten Sternerestaurant reserviert. Und natürlich werde ich Sie persönlich chauffieren. Sobald Sie sich umgezogen und frisch gemacht haben, können wir fahren. Ich verspreche Ihnen, Sie werden nicht enttäuscht sein. Das Restaurant ist seit Wochen ausgebucht, aber dank meiner Beziehungen war es mir möglich …«

In einer Tour redend lotste er die sprachlosen Gäste zurück ins Kaminzimmer. Improvisieren konnte er! Ich glaubte nämlich nicht, dass er tatsächlich einen Tisch reserviert hatte. Was mich zu der Überlegung führte, was ich zu Abend essen sollte. Vor meiner Ankunft war mir nicht klar gewesen, wie abgelegen das Otterview wirklich war, und ich hatte bisher nicht die Gelegenheit gehabt, mich mit Snacks einzudecken.

»Psst, Jess!«, zischte jemand. Verdutzt blickte ich auf und sah Katja über mir am Treppenabsatz stehen. Sie winkte mir, nach oben zu kommen. Hatte sie Tonys Entgleisung mitbekommen?

Kaum war ich bei ihr angelangt, zog sie mich schon in ihr Zimmer. »Was war das denn eben?«, sagte sie kopfschüttelnd. Also ja. Tonys Auftritt war ihr nicht entgangen. »Dieser Tony ist schon ein Original, oder? Die Bewertungen wundern mich nicht mehr.« Sie grinste. »Ich mag ihn. Er ist so echt.«

Ohne sie zu fragen, ob es ihr recht war, ließ ich mich auf die Kante ihres Himmelbetts sinken. »*Echt* ist bei den meisten Gästen eher nicht gefragt. Jedenfalls nicht, wenn es unhöflich und rücksichtslos beinhaltet.«

Katja setzte sich neben mich und zog eine ihrer Einkaufstüten näher heran. »*Der Pensionswirt ist ein grober Klotz, der nicht einmal die Grundregeln der Höflichkeit beherrscht*«, zitierte sie. »Tja, das scheint wirklich zu stimmen. Ich hoffe, dein Nachmittag mit Mr Grobklotz war nicht allzu schrecklich.«

»Er ist gar nicht so. Wir haben einen Spaziergang gemacht, und Tony war sehr nett und ...« Gluthitze stieg mir in die Wangen, als ich merkte, wie vehement ich Tony verteidigte. »Ich hab einen Otter gesehen«, schloss ich ablenkend.

Katja quietschte begeistert. »Wie toll! Hast du gewusst, dass Otter nachts Händchen halten, damit sie im Schlaf nicht voneinander weggetrieben werden? Die sind so süß! Genau wie die hier übrigens.« Sie hielt mir eine Schachtel mit verlockend aussehenden Pralinen hin. »Hier, probier mal. Whiskytrüffel, handgemacht. Hab sie schon im Laden probiert.«

Dankbar, dass sie nicht näher auf meinen kleinen Ausflug mit Tony einging, nahm ich eine Praline und schob sie mir in den Mund. Hm, köstlich! Die knackige Bitterschokolade umhüllte einen cremigen Kern mit Whiskyaroma, der im Mund zerging.

»Was ist denn mit den Scones passiert?«, fragte Katja, nahm sich gleich eine zweite Praline und wackelte auffordernd mit der Schachtel. »Die sind wohl nichts geworden. Helen hat die ganze Fahrt davon geschwärmt.«

»Leider sind die verkohlt. Und …« Ich biss mir auf die Lippe. Beinahe hätte ich Katja erzählt, dass Alexander das Einkaufen vergessen hatte, doch dann wäre ich mir wie eine Petze vorgekommen. Oder, noch schlimmer, wie eine missgünstige, neidische Zicke, die Alexander vor Katja schlechtmachen wollte.

»Du hättest gerne geholfen, konntest aber nicht, oder?«, fragte Katja mit erstaunlichem Spürsinn. »Schließlich ist dir ja daran gelegen, deinen Auftrag hier so schnell und reibungslos wie möglich zu erledigen.«

Ich fühlte mich in die Defensive gedrängt. Das hörte sich so an, als wäre ich eine gemeine Bürokratin ohne Herz, die nur ihren Job erledigen wollte. Na ja, war ich das nicht? Offenbar zeigten sich diese Gedanken deutlich auf meinem Gesicht, denn Katja hob beschwichtigend die Hände. »Das meine ich überhaupt nicht negativ! Schließlich bist du nicht hier, um diese Pension zu retten. Du sorgst dafür, dass die Leute, die bei dir buchen, weiterhin mit den Unterkünften zufrieden sind. Daran ist nichts verwerflich.«

Und warum kam es mir dann immer verwerflicher vor, je länger Katja redete?

»Wie ich schon sagte«, fuhr sie fort. »Tony verkauft sich hier unter Wert. Ich glaube, er führt die Pension nur noch seiner Schwester zuliebe weiter und wird froh sein, wenn er sie los ist.«

»Kann sein«, murmelte ich und stopfte mir rasch noch eine Praline in den Mund.

Katja rieb mir sacht die Schulter. »Du musst dir wirklich keine Vorwürfe machen. Ist sowieso schon zu spät für das Otterview. Du kennst doch den Spruch: Ist der Ruf erst ruiniert …«

Ich seufzte. Katja hatte recht. »Es ist nur so jammerschade. Die Gegend ist wunderschön und dieses Cottage auch. Mathilda McMurray hat das Bed and Breakfast so lange vorbildlich und mit Liebe geführt und jetzt …«

»… ist sie mit ihrem neuen Mann in Neuseeland und lebt ihr bestes Leben«, ergänzte Katja. »Hat Alexander mir zumindest erzählt. Er versucht schon seit Wochen, seinen Bruder zum Verkauf zu überreden, doch Tony scheint ziemlich stur zu sein.« Sie tippte sich an die Unterlippe. »Wer weiß, vielleicht gibt es den entscheidenden Schubs, wenn dein Reiseanbieter die Zusammenarbeit kündigt. Dann kann er endlich die Vergangenheit hinter sich lassen, sich von den lästigen Verpflichtungen lösen und einen Neuanfang wagen.«

»Vielleicht solltest du mal versuchen, ihn zu überreden«, sagte ich patziger als gewollt. Schließlich kannte Katja Tony doch gar nicht. Was maßte sie sich an, für ihn zu entscheiden, was gut für ihn war? Außerdem hörte sie sich an wie einer dieser nervigen Motivations-Coaches. Hatte sie nicht gesagt, sie sei Speditionskauffrau?

Katja nahm mir meine spitze Bemerkung wohl nicht übel, denn sie lachte. »Wäre einen Versuch wert. Alexanders Dankbarkeit wäre mir gewiss. Dem fällt hier die Decke auf den Kopf.«

Der gemeine Stachel des Neides bohrte sich in meine Brust. Wie mochte es sein, vom schönsten Schotten der Insel hofiert zu werden? Katja war es vermutlich gewohnt, dass die Männer ihr zu Füßen lagen. Wusste sie das überhaupt zu würdigen?

»Magst du ihn?«, fragte ich zögernd.

»Na ja, er sieht echt gut aus«, räumte Katja freimütig ein und wühlte in der Einkaufstüte. »Aber er ist irgendwie auch seltsam. So … schleimig?«

Ich musste lachen. Wie es aussah, ließ sich Katja zumindest nicht sofort von einem charmanten Lächeln einwickeln, wie es mir an ihrer Stelle garantiert passiert wäre.

Triumphierend hielt Katja eine tartangemusterte Packung hoch. »Original schottisches Shortbread. Dazu fehlt uns nur noch eine Kanne Tee. Da der grobe Klotz uns da im Stich lässt, müssen wir uns den wohl selbst besorgen.«

Es gefiel mir nicht, dass Katja auf dieser schlechten Bewertung und der fiesen Bezeichnung für Tony herumritt. Um das zu verbergen, stand ich auf. »Ich hole welchen. In der Küche kenne ich mich ja schon aus.«

Die Küche sah aus, wie ich sie verlassen hatte, nur Tony fehlte. Ein Blick aus dem nun geschlossenen Fenster zeigte mir, dass der Wagen fort war. Das bedeutete vermutlich, dass es Alexander gelungen war, die neuen Gäste zu beschwichtigen, und er sich mit ihnen auf dem Weg zu dem Nobelrestaurant befand. Da ich nicht davon ausging, dass Tony sie begleitete, sah ich auch noch aus dem rückwärtigen Fenster und entdeckte ihn tatsächlich, wie er in einiger Entfernung über das Sumpfgelände stapfte. Dafür hatte ich Verständnis. Er hatte richtig wütend auf Alexander gewirkt und wollte sich jetzt wohl an der frischen Luft abreagieren. An seiner Stelle wäre ich auch nicht begeistert über Alexanders Prioritätensetzung gewesen. Ob es nicht das erste Mal war, dass sein Bruder ihn im Stich gelassen hatte? Aber immerhin war Alexander hergekommen, um ihm mit der Pension zu helfen ... oder doch eher, um ihn zum Verkauf zu überreden, wie Katja erzählt hatte?

Kapitel 10

»Brauchst du Hilfe?«

Vor Schreck ließ ich beinahe das Tablett fallen, das ich soeben angehoben hatte. Darauf standen eine Kanne mit frischem Tee und zwei Tassen. Auf Katjas Auftauchen in der Küche war ich nicht vorbereitet gewesen.

»Entschuldigung!«, rief sie. »Ich wollte mich nicht anschleichen. Dachte, du hättest mich gehört.«

Das hätte ich vermutlich auch, wenn ich mit den Gedanken nicht ganz woanders gewesen wäre. Bei einem unhöflichen Schotten nämlich. »Ist ja nichts passiert. So, der Tee ist fertig.«

Katja hielt die Kekspackung hoch. »Super! Ich schlage vor, wir machen es uns im Kaminzimmer bequem. Unsere Gastgeber sind ja ausgeflogen. Bestimmt haben sie nichts dagegen, wenn wir uns zu unserem Abendessen auch noch ein Gläschen Whisky gönnen.«

»Ich weiß nicht ...«

»Ach, das dürfen wir!«, erklärte Katja überzeugt, schon auf dem Weg aus der Küche. »Alexander hat doch gesagt, wir sollten uns hier wie zu Hause fühlen.«

Zu Hause hatte ich jedenfalls keinen Schrank mit hundert Whiskyflaschen, wie es ihn hier gab, wie ich wenig später feststellte. Katja pfiff bewundernd durch die Zähne. »Da sind richtig gute Sorten dabei.«

»Kennst du dich damit aus?«

»Ein bisschen. Ich habe mal eine Whiskywanderung auf der Isle of Islay gemacht und dabei einiges gelernt, wenn du verstehst, was ich meine.« Sie versuchte sich an einer Imitation von Alexanders Zwinkern, scheiterte, und wir prusteten beide los.

Ohne jede Spur von Hemmungen schenkte Katja uns großzügig zwei Gläser voll mit der bernsteinfarbenen Flüssigkeit, ließ sich in einen der Sessel vor dem Kamin fallen und zog die langen Beine unter sich. Es war ihr gelungen, das Feuer in Gang zu bringen, also konnten wir uns an gemütlicher Kaminatmosphäre erfreuen. Ich nahm den anderen Sessel und nippte vorsichtig am Whisky. Der schmeckte mir schon besser als der Erste im Pub. Kurz vor dem Mistelzweigfiasko ... Bisher war mir der verunglückte Kuss nur unsäglich peinlich gewesen, doch als ich daran dachte, wie sich Tonys Lippen unter meinen angefühlt hatten, flatterte es verdächtig in meinem Magen.

»Nur der gute Stoff für uns«, kommentierte Katja zufrieden.

»Wanderung hier in Schottland?«, hakte ich nach. »Ich dachte, dir gefällt es auch besser an wärmeren Orten.«

»Ja, du weißt schon.« Katja wedelte mit der Hand in der Luft herum. »Der Mann, mit dem ich damals zusammen war, wollte unbedingt diese Whiskytour machen, und da haben wir uns auf einen Kompromiss geeinigt. Ich komme mit nach Schottland, und er fliegt dafür später im Jahr zwei Wochen mit mir auf die Malediven.«

»Welch hartes Los«, sagte ich trocken.

Katja nickte vielsagend. »Für ihn schon, er hasste nämlich die Hitze. Egal, der Mann ist Vergangenheit.«

»Und du bist jetzt hier und nicht auf den Malediven?« Meine Frage sollte nur eine Neckerei sein, doch Katjas Wangen röteten sich, und sie stand auf, ging zum Schrank und wandte mir wie zufällig den Rücken zu. Beinahe, als hätte sie etwas zu verbergen. Das machte mich natürlich erst recht neugierig. Warum war sie denn eigentlich hier? Schon während der Busfahrt hatte sie elegant das Gespräch auf mich gelenkt, und später hatte es sich nie ergeben, dass ich darauf zurückkam, was sie ausgerechnet an Weihnachten auf die Isle of Skye verschlug.

»Die Herren McMurray haben sogar einen zwölfjährigen Glenlivet«, rief sie begeistert. »Na, den gönnen wir uns aber!«

»Bist du sicher, dass wir uns einfach so hier bedienen dürfen?« Ich hatte kein gutes Gefühl dabei. Zwar kannte ich mich mit Whisky nicht aus, aber einige waren bestimmt sehr teuer. »Vielleicht sind die Flaschen für besondere Gelegenheiten gedacht? Die ist auch noch gar nicht geöffnet ...«

Es knackte verdächtig, und Katja hielt den Schraubverschluss hoch. »Jetzt schon! Und was diese Sache mit den besonderen Gelegenheiten angeht – hast du eine Ahnung, wie viele Leute jetzt im Grab liegen und einen ganzen Haufen Zeug zurückgelassen haben, das sie für diese Gelegenheiten aufgespart hatten? Mein Motto lautet: Genieße die Gegenwart!« Wieder zwinkerte sie mir zu, diesmal klappte es schon besser. »Und außerdem ist das doch jetzt eine besondere Gelegenheit. Wir sitzen gemütlich am Kamin, genießen unseren Urlaub ... Na ja, ich genieße den Urlaub, und du machst Pause von der Arbeit.«

Urlaub ... soso. Ich konnte noch nicht nachvollziehen, warum sie sich als Reiseziel ausgerechnet Schottland ausgesucht hatte. Sicher war es mal wieder so ein Vorurteil von mir, aber wenn jemand es bevorzugte, Weihnachten allein zu verbringen, witterte ich eine tragische Geschichte. Außer in meinem Fall natürlich. Allerdings war es schon tragisch genug, dass ich seit Jahren im Nordeuropa-Ressort versauerte, während mein Herz für Costa Rica, Belize und Mexiko schlug.

Katja reichte mir ein gefülltes Glas und prostete mir zu. »Sláinte!«

Falls an dem Whisky etwas besonders sein sollte, war die Spezialität an mich verschwendet, denn ich schmeckte wieder nur … Alkohol. Und der stieg mir bereits zu Kopf. Kein Wunder, auf fast nüchternen Magen. Seit dem Sandwich zum Lunch hatte ich nur ein paar Pralinen zu mir genommen. Rasch schob ich ein Shortbread nach.

Katja betrachtete die Kekse ohne große Begeisterung. »Morgen bitten wir Alexander darum, uns auch mal in dieses großartige Fischrestaurant zu fahren, oder?«

Ich nickte, obwohl mich die Aussicht, einen Abend mit Katja und Alexander zu verbringen, nicht gerade in Verzückung versetzte. Da würde ich mich doch nur wie das fünfte Rad am Wagen fühlen. Es sei denn, Tony käme mit … dann konnte es interessant werden. Katja nippte an ihrem Whisky und schaute sich im Zimmer um. »Irgendwie schade, dass es hier so gar nicht weihnachtlich aussieht. Schließlich ist in drei Tagen schon Heiligabend, und im ganzen Haus ist nichts dekoriert oder geschmückt. Weißt du eigentlich, ob noch mehr Gäste kommen? Kannst du das über deinen Reiseanbieter einsehen?«

»Nein, das geht nicht. Ich weiß lediglich, dass über *ErlebeTraumreisen* nur ich das Otterview gebucht habe.« Tatsächlich war ich schon vor Wochen angewiesen worden, diese Pension zunächst außen vor zu lassen, bis die Beschwerden der Kundschaft geklärt worden waren. Damals hatte ich noch nicht gewusst, dass diese Aufgabe mir zufallen würde. »Allerdings hat es auch eine eigene Website, über die Buchungen vorgenommen werden können, und es gibt die großen Buchungsportale, an die viele Bed and Breakfasts angeschlossen sind.«

»Klar, über eins davon habe ich reserviert. Und mir nicht mal die Zeit genommen, mir die Bewertungen anzuschauen.« Katja lachte und schüttelte den Kopf. »Kannst du mal sehen, wie dringend ich eine Auszeit brauchte.«

Ich horchte auf. Würde ich jetzt erfahren, warum sie hergekommen war?

»Mir gefällt es richtig gut«, fuhr sie fort. »Vor allem, weil ich ja dich kennengelernt habe.« Bevor ich mich von der Überraschung erholt hatte, redete sie schon weiter. »Aber die neuen Gäste waren nicht begeistert, als Alexander ihnen gestehen musste, dass Mathilda nicht mehr hier ist. Und dann noch die Sache mit den Scones ... Meinst du, Tony bekommt das morgen hin?«

»Ohne Mehl sicher nicht.« Nun musste ich wohl doch damit herausrücken. »Offenbar hat Alexander es mit den nötigen Einkäufen nicht so genau genommen.«

Katja verzog das Gesicht. »Oje. Daran bin sicher ich schuld. Ich wollte unbedingt noch in diesen süßen kleinen Strickladen, und danach haben wir uns in einem Café verquatscht.«

»Eigentlich war es besser so«, rutschte es mir heraus. »Sonst hätte ich nämlich meinen wichtigsten Vorsatz gebrochen.«

»Welchen denn? Keinen netten Schotten in der Küche zu helfen?«

Ich musste lachen. »Du meinst wohl ›unhöflichen Klötzen‹.« Sofort schämte ich mich. Nun fing ich schon selbst damit an. Außerdem machte mich der Whisky viel zu geschwätzig. Aber es war so gemütlich hier am Kamin und Katja so lustig und nett, und ich fühlte mich einfach wohl mit ihr, so als würden wir uns schon länger kennen. Fast, als wäre ich mit einer guten Freundin unterwegs. Und warum sollte ich es ihr nicht erzählen?

»Na schön, dann darfst du nun die Wahrheit über mein Cupcake-Trauma erfahren«, erklärte ich gewichtig und registrierte erfreut, dass Katja jetzt schon kicherte und sich bequem zurechtsetzte, während sie mich aufmerksam mit funkelnden Augen ansah. »Aber nur, wenn du mir auch etwas verrätst. Warum bist du wirklich hier? Steckt eine tragische Geschichte dahinter?«

Katja errötete erneut. »Dir kann ich wohl nichts vormachen. Da ich nun leider viel zu neugierig auf deine Cupcake-Geschichte bin, bleibt mir wohl nichts anderes übrig, als dir die Wahrheit zu sagen. Aber du darfst nicht lachen. Mein großer Traum ist es seit Langem, einen Roman zu schreiben. So einen richtig schönen Liebesroman, mit viel Drama und Gefühl. Bisher ist es bei ein paar verunglückten Versuchen geblieben, und ich hab mir gedacht, dass ich hier die Ruhe und Inspiration finde, es endlich anzugehen.«

Sie sah mich ungewohnt unsicher an, als erwartete sie tatsächlich, dass ich sie auslachen würde. Nichts lag mir ferner. »Das ist ja …« Ich suchte nach dem passenden Wort. »… großartig! Ich finde es richtig toll, dass du deinen Traum nicht aufgibst, und ja, hier ist ein wunderbarer Ort, um einen Roman zu schreiben. Was für ein guter Plan!«

Katja strahlte. »Ja, nicht wahr? Und er scheint aufzugehen. Es ist noch viel inspirierender hier, als ich erwartet habe. Aber nun zu dir. Was war da los mit den Cupcakes? «

»Vor einigen Jahren war ich unsterblich in einen Studienkollegen verliebt. Wir waren ein paarmal zusammen aus, und nach einer schwierigen Prüfung wollte ich ihn mit einer Überraschung vom Lernstress ablenken. Damals habe ich noch richtig gerne gebacken.«

»Ach! Was denn so?«, fragte Katja. Sie sah ehrlich interessiert aus. »Ich backe nämlich auch gerne. Am liebsten Torten, die ich chic dekorieren kann.«

»Na ja, bei mir war das etwas bodenständiger«, gab ich zu. »Ich habe mich vor allem an traditionelle Rezepte gehalten, erst aus meiner Heimat und dann meistens Spezialitäten aus den Ländern, die mich gerade interessiert haben. Eine Weile habe ich versucht, die perfekten Bagels zu backen, und danach waren spanische Churros dran.«

»Hm!« Katja leckte sich über die Lippen. »Die sind aber auch lecker! Aber entschuldige, ich habe dich unterbrochen. Zurück zum Cupcake-Trauma!«

Ich schluckte, da mir der fettig-süße Geschmack von Churros auf der Zunge tanzte. »Da ich wusste, dass mein Schwarm auf Kuchen stand, wollte ich ihm eine besondere Freude machen und habe Cupcakes für ihn gebacken. Schön verziert und alles. Drei verschiedene Sorten. Er wohnte in einer WG, und ich fuhr voller Vorfreude hin, stellte mir vor, wie wir die Küchlein gemeinsam verzehren und uns dabei näherkommen ...« Zu meinem Leidwesen konnte ich mich noch allzu gut in die Situation hineinversetzen, fühlte sogar wieder das aufgeregte Kribbeln in meinem Bauch, das Herzklopfen, das nicht nur daher kam, dass ich die fünf Treppen zu der Wohnung in Rekordtempo zurückgelegt hatte.

»Tja, sein Mitbewohner ließ mich rein. Er grinste schon so seltsam, als er mich sah. Das hätte mich stutzig machen sollen, der konnte mich nämlich nicht leiden. Nichts Böses ahnend und immer noch sehr optimistisch gestimmt, was den weiteren Verlauf des Abends anging, marschierte ich zu der Tür meines Schwarms, die Schachtel mit meinen Cupcakes in der Hand. Ich klopfte nur kurz, öffnete die Tür ...«

Es war lange her, doch offenbar nicht lange genug. Mein Magen krampfte sich zusammen, als wäre es erst gestern passiert, und mein Gesicht wurde heiß, als mich wie damals Scham und Enttäuschung überfluteten. Warum erzählte ich das?

»Und dann?«, fragte Katja. Sie sah mich so mitfühlend an, dass mir Tränen in die Augen stiegen. »Ich fürchte, ich weiß schon, wie es weitergeht. Du hast ihn mit einer anderen Frau erwischt.«

Ich nickte und schluckte mehrmals, bevor ich wieder sprechen konnte. »Ja, sie lagen nackt im Bett und ... na ja. Mir ist die Schachtel mit den Cupcakes aus der Hand gefallen. Die Cupcakes sind durch das Zimmer gerollt. Und Mirco und die

Frau haben gelacht. Die Frau hat noch so was gesagt wie ›Deine Kuchenbestellung ist da!‹.«

Tatsächlich hatte sie Mirco auch gefragt, ob die fette Kuh seine Freundin sei. Und das tat immer noch so weh, dass ich es nicht schaffte, es auszusprechen.

»O nein«, sagte Katja. »Das ist schlimm. Tut mir total leid. Und seitdem backst du nicht mehr?«

»Hab die Freude daran verloren«, murmelte ich und leerte mein Whiskyglas in einem Zug. Nun würde Katja mir vorhalten, wie schade es sei, dass ich mir von einem Typ wie Mirco den Spaß an meinem Hobby hatte nehmen lassen. Dass ich mir die Lust am Backen von niemandem verderben lassen sollte. Dass ich albern sei, weil mich dieses eine Erlebnis von etwas abhielt, was mich glücklich gemacht hatte. Dass ich mein Trauma überwinden müsse und einfach wieder etwas backen sollte.

Doch Katja schenkte uns nur Whisky nach und sagte grimmig: »Versteh ich. Was für ein Albtraum. Und Anthony soll sich seine Scones gefälligst selbst backen. Darauf trinken wir!«

»Sláinte!«

Wir stießen an.

Einige Gläser Whisky später hüpften wir auf dem Sofa herum und sangen *Whiskey in the Jar.* Allerdings war ich mir nicht sicher, ob Katja bei meiner Metallica-Version mitmachte oder sich am Dubliners-Klassiker versuchte. Katja hatte die halb leere Flasche als Mikro zweckentfremdet, und ich verwendete das Silbertablett als Requisite für mein episches Luftgitarrensolo.

»Was ist denn hier los?«, brüllte jemand und übertönte unsere zwar nicht schöne, aber umso lautere Gesangseinlage. Mir fiel das Tablett aus der Hand, was meinem virtuosen Riff ein jähes Ende bereitete. Katja dagegen schraubte die Flasche auf und nahm einen Schluck. »Huhu, Tony!«, rief sie.

Tony stand mit in die Seiten gestützten Fäusten in der Tür und musterte uns mit zusammengezogenen Brauen. Von denen besaß er gleich vier. Aus irgendeinem Grund fand ich das unglaublich witzig und prustete los.

»Was macht ihr da?«, fragte Tony.

Ich sah ihn nur verschwommen und blinzelte irritiert. Was sollte denn die Frage? »Singen, natürlich!«, teilte ich ihm hoheitsvoll mit.

»Und wieso steht ihr dabei auf dem Sofa?«

»Weil das unsere Bühne ist!«, schmetterte Katja, hob die Flasche und sang gleich weiter.

Tony durchquerte den Raum und streckte mir die Hand hin. Vermutlich wollte er mir zu meinem Gitarrentalent gratulieren. Huldvoll ergriff ich sie, verlor das Gleichgewicht und kippte nach vorn. Oder kippte das Sofa nach hinten? Jedenfalls landete ich in Tonys Armen. »Stagediving«, hörte ich Katja jubeln.

Mir war ein bisschen schlecht.

Kapitel 11

Es dauerte etwas, bis ich die Augen öffnen konnte. Aus unerfindlichen Gründen klebten mir die Wimpern zusammen. In meinem Mund steckte ein nach alten Socken schmeckender Lappen, und erst mit Verspätung fiel mir auf, dass es sich dabei um meine Zunge handelte. Stöhnend setzte ich mich auf. Die Sonne schien durch das Fenster, und ausgerechnet für diesen Morgen wünschte ich mir wirklich ein Wetter, wie man es allgemein von Schottland erwartete. Bewölkt, regnerisch, vor allem aber weniger hell. Das Licht stach mir in die Augen und brachte sie zum Tränen. Benommen tastete ich nach meinem Smartphone. Nicht da.

Wo hatte ich …? O nein!

Wie ein Mosaik des Grauens setzten sich die einzelnen Teile meiner Erinnerung eines nach dem anderen zusammen und ergaben ein unglaublich peinliches Bild des vergangenen Abends. Nur an der Ecke fehlten ein paar Puzzlestücke. Wie war ich ins Bett gekommen? Und, noch wichtiger, wer hatte mich ausgezogen? Denn ich trug lediglich Slip und BH, wie mir ein prüfender Blick unter die Decke zeigte. Ich konnte nur hoffen, dass ich das gewesen war und nicht etwa ein gewisser Schotte. Der mich, wie ich mich dunkel erinnerte, die Treppe hochgetragen hatte.

Sogleich fasste ich einen neuen Vorsatz: Nie mehr als drei Whisky nacheinander trinken! Oder, besser noch, gar keinen

Whisky mehr trinken! Nur Tee. Oder Wasser. Ja, Wasser war gut.

Niedergedrückt von Scham und zu viel Alkohol schleppte ich mich ins Bad. Nach einer Dusche und vier Gläsern Wasser ließen das Schwindelgefühl und die Übelkeit zwar nach, nicht aber die Erkenntnis, dass ich mich bis auf die Knochen blamiert hatte. Was sollte Tony bloß von mir denken? Erst drängte ich ihm einen Kuss auf, und dann warf ich mich sturzbetrunken in seine Arme! Ich konnte von Glück sagen, dass er mich nicht einfach fallen gelassen hatte. Denn das hatte er nicht. Zu genau erinnerte ich mich an seine starken Arme, die mich fest und sicher gehalten hatten und … wie hatte er es bloß geschafft, mich die schmale Treppe hoch in den ersten Stock zu schleppen? Ich war ja nun wirklich kein Leichtgewicht.

Gerade als ich beim Trockenrubbeln meiner Haare wieder darüber nachdachte, ob womöglich er mich vom Großteil meiner Kleidung befreit hatte, dudelte mein Smartphone. Ich ließ das Handtuch fallen und stürzte zurück ins Zimmer. Nun zahlte es sich aus, dass es so winzig war, denn es gab kaum Möglichkeiten, etwas zu verstecken, auch keinen so kleinen Gegenstand wie ein Smartphone. Es lag oben auf den ordentlich zusammengelegten Jeans und Shirts auf dem Koffer. Meine Hand zitterte, als ich danach griff. Das lag natürlich nicht am Alkohol. Ich musste völlig unterzuckert sein.

Das Display zeigte Katja an, und ich nahm das Gespräch an.

»Guten Morgen, erste Gitarristin!«, rief sie für meinen Geschmack ein wenig zu fröhlich. »Aufgewacht? Ich hab die Dusche gehört. Kommst du frühstücken? Du wirst nicht glauben, was es heute gibt!«

Nichts könnte mir gleichgültiger sein als das Frühstücksmenü. »Hast du mich ausgezogen?«

»Natürlich!«, rief Katja empört. »Denkst du, ich lasse das einen groben Klotz von Schotten übernehmen? Wozu hat man Freundinnen!«

Erleichtert atmete ich auf.

»Er hätte es auch nicht gemacht«, fügte Katja mit gesenkter Stimme hinzu. »Ganz der Gentleman.« Saß sie etwa schon unten im Frühstücksraum? Sie hatte doch mindestens genauso viel getrunken wie ich. Offenbar vertrug sie mehr. »Er hat sich übrigens ziemliche Sorgen um dich gemacht.«

»Sorgen?«

»Du warst ziemlich hinüber.« Nun klang Katja reumütig. »Ich glaube, wir hätten nicht ganz so viel trinken sollen.«

Das glaubte ich nicht nur, da war ich mir sogar sicher!

»Aber«, fuhr sie, wieder in fröhlichem Ton, fort, »... es war lustig, oder? Ich hatte schon lange keinen so schönen Abend mehr.«

»Ich will gar nicht wissen, wie deine unschönen Abende aussehen«, murmelte ich. Katjas Kichern brachte mich aber doch zum Lächeln. Sie versicherte sich, dass es mir halbwegs gut ging und ich es in den Frühstücksraum schaffen würde, und kurze Zeit später schlich ich die Treppe hinunter. Mir graute davor, Tony gegenübertreten zu müssen. Sorgen hatte er sich gemacht? Vermutlich hatte er befürchtet, dass ich mich in das Gästebett übergab.

Ungesehen stahl ich mich in den Frühstücksraum. Katja saß am Tisch und grinste mich komplizinnenhaft an. Sie sah aus wie direkt nach dem Besuch eines Schönheitssalons. Das zu einem hohen Pferdeschwanz gebundene Haar fiel ihr dekorativ über eine Schulter, ihre Wangen schimmerten rosig, und ihre Augen strahlten. Sie trug einen dünnen Wollpullover mit einzelnen glänzenden Fäden und ein Seidentuch in passender Farbe um den Hals geschlungen. Mir meiner eigenen desolaten Erscheinung nun noch bewusster, rieb ich mir über die geschwollenen Lider und ließ mich auf den Stuhl fallen. An mein heutiges Outfit hatte ich keinen Gedanken verschwendet, mir die erstbesten Jeans aus dem Koffer gegriffen und T-Shirt und Pullover übergezogen. Ich hatte die Jeans doch hoffentlich an? Unauffällig schielte ich an mir herunter. Ja. Hose war vorhanden. Komischerweise störte mich Katjas beneidenswertes Aussehen nicht im Geringsten, und auch die üblichen Minderwertigkeitskomplexe blieben aus. Das konnte natürlich daran liegen, dass sie mir sofort Kaffee aus einer beruhigend großen Kanne eingoss.

»Erst mal Kaffee«, sagte sie ungewohnt mütterlich.

»Seh ich so schlimm aus?«, krächzte ich.

»Nein«, log Katja, ohne rot zu werden. »Aber ich weile erst seit meiner dritten Tasse wieder unter den Lebenden.«

Tatsächlich half mir der Kaffee, die Ereignisse des Abends nicht mehr ganz so trübe zu sehen. Gut, es war schon ein wenig peinlich gewesen, aber Katja hatte recht, auch ich hatte mich gut amüsiert. Und wir hatten nichts kaputt gemacht. Hatten wir doch nicht, oder?

Zumindest das Silbertablett war heil geblieben, denn das erschien gerade im Raum. Getragen leider ausgerechnet von Tony. Wo war Alexander, wenn man ihn brauchte? Allerdings wusste auch er sicher bereits über Katjas und meinen unrühmlichen Auftritt Bescheid.

»Morgen«, sagte Tony. Nicht so schmalzig freundlich wie Alexander, aber nicht unhöflich. Er platzierte das Tablett auf dem Nachbartisch und stellte ein wenig ungelenk die Teller und Platten vor uns ab. Toast, verschiedene Konfitüren, eine Schale Rührei, garniert mit Petersilie, zwei große Gläser Orangensaft und ... Scones. Die kein bisschen verkohlt aussahen.

»Das sieht ja alles wunderbar aus!«, lobte Katja.

»Ja. Danke«, piepste ich. Ich wagte kaum, Tony anzusehen, musste es aber dann doch tun, um mich wenigstens zu vergewissern, ob er noch richtig gehen konnte oder sich wegen meines Transports womöglich den Rücken gezerrt hatte. Nein, er stand entspannt da und schenkte mir sein schiefes, etwas schüchternes Lächeln. Seine Augen funkelten schelmisch, und in mir blitzte das furchtbare Bild von mir auf, wie ich mit dem Silbertablett auf dem Sofa hüpfte und mein Gitarrensolo zum Besten gab. Tja, noch lächerlicher konnte ich mich kaum machen.

»Guten Appetit«, sagte er. »Meldet euch, wenn ihr noch etwas braucht. Ich bin in der Küche.«

Sobald er weg war, stieß ich die Luft aus, dankbar dafür, dass er keine wie auch immer geartete Bemerkung zum peinlichsten Abend des Jahres vom Stapel gelassen hatte.

Katja lud sich bereits Rührei auf ihren Teller und sah mich fragend an. »Auch was?«

Herzhaftes Essen konnte nicht schaden, also nickte ich. »Wo ist eigentlich Alexander?« Ich schaute mich im bis auf uns gästefreien Zimmer um. »Und die Neuankömmlinge von gestern? Ist Alexander schon auf Tour mit ihnen?«

»Nein.« Katja verzog das Gesicht. »Die haben sich gestern spontan entschieden, lieber in dem Restaurant zu bleiben. Das vermietet auch ein paar Zimmer. Alexander ist vorhin losgefahren und bringt ihnen das Gepäck nach.«

»O nein. Und dabei hätte es heute sogar Scones gegeben.« Testweise schnitt ich einen durch. Hätte etwas fluffiger sein dürfen, doch er duftete gut, und wie ich nach einem ersten Bissen feststellen konnte, schmeckte er auch einwandfrei.

»Ja, Tony ist heute früh extra losgefahren, um Einkäufe zu erledigen. Es gab eine kleine Unstimmigkeit mit Alexander, weil der den Wagen nehmen wollte, doch sie haben sich irgendwie geeinigt«, berichtete Katja.

»Seit wann bist du denn schon wach?«

»Lange genug!« Sie unterdrückte ein Gähnen. »Wenn ich zu viel getrunken habe, schlafe ich leider schlecht.«

Ich seufzte und stützte den Kopf in die Hände. Er schien mit einem Mal zu schwer für meinen Hals zu sein. »War ich sehr peinlich?«, nuschelte ich.

Katja strich mir über die Schulter. »Aber nein. Es war lustig. Wir hatten Spaß. Es ist nichts Schlimmes passiert.«

»Also war ich sehr peinlich.«

»Auch nicht peinlicher als ich.« Ich hörte das unterdrückte Lachen in Katjas Stimme. »O Mann! *Whiskey in the Jar*. Schade, dass uns niemand gefilmt hat.«

»Ja, sehr schade.« Ich musste auch lachen. »Du glaubst gar nicht, wie froh ich darüber bin.« Nach kurzem Zögern fügte ich hinzu: »Hat Tony irgendwas gesagt?«

»Hm, er wollte nur wissen, wie viel genau du getrunken hast. Das konnte ich ihm leider nicht sagen, ich wusste ja nicht mal, wie viele Whisky ich in mich hineingekippt habe. Zu viele auf jeden Fall! Und dann hat er mich gebeten, nachts ab und zu mal nach dir zu sehen.«

Das wurde ja doch noch peinlicher! Ich stöhnte wohl so verzweifelt, dass Katja mir nun sacht übers Haar strich. »Er war nur nett, Jess. Wirklich. Ach ja …«

Was kam noch? Ich setzte mich gerade hin und wappnete mich für den nächsten Eintrag im Kapitel *Die beschämendsten Situationen meines Lebens*. Irgendwie sah es danach aus, als könnte das Cupcake-Desaster seinen Platz eins nicht mehr lange verteidigen.

»Er hat was von einer Wanderung heute gesagt. Und überlegt, ob du wohl fit genug dafür sein wirst.«

Definitiv nicht!

»Da hab ich natürlich Ja gesagt«, fuhr Katja zu meinem Schrecken fort. »Schließlich sind wir ja Frauen und keine Waschlappen.«

»Ich bin einer«, gab ich ohne falschen Stolz zu. Eigentlich wollte ich nach dem Frühstück nur wieder ins Bett und mich in meiner Verlegenheit suhlen. »Du kannst gerne mit Anthony wandern gehen.«

»Das geht nicht«, erklärte Katja ohne eine Spur von Bedauern. »Ich habe Alexander schon versprochen, ihn heute zum Flughafen zu begleiten. Das vermisste Gepäckstück von Helen ist aufgetaucht, und er holt es ab.«

»Obwohl sie gar keine Gäste mehr hier sind?«

Katja hob die Schultern. »Ist doch nett von ihm.«

Oder er wollte nur die Gelegenheit nutzen, Zeit allein mit Katja zu verbringen ...

Der Stich des Neides blieb diesmal aus. Mir ging es wohl doch noch schlechter als gedacht.

»Also musst du wohl unsere Ehre retten und mit Tony den Berg erklimmen«, sagte Katja fröhlich. »Das wird bestimmt toll bei dem schönen Wetter.«

»Berg ... erklimmen?«, ächzte ich. Was immer Tony vorhatte, ich war nicht bereit dafür. Doch ich wollte mir auch keine Blöße geben und ihn in seiner vermutlich schon gefassten Meinung bestärken, ich wäre eine schamlose, versoffene Touristin, die nichts anderes tat, als nachts seinen teuren Whisky zu vernichten und tagsüber wie ein Wrack im Bett zu liegen. Außerdem war ich schließlich beruflich hier. Wenn ich meinen Bericht objektiv verfassen wollte, musste ich die Freizeitangebote der Unterkunft testen. Und nicht nur die Alkoholvorräte.

Kapitel 12

Die Stimmung im Geländewagen war, gelinde gesagt, frostig. Und das lag nicht an den frischen Temperaturen draußen.

Alexander hatte sich dazu bereit erklärt, Tony und mich zum Startpunkt unserer Wanderung zu fahren und später am Endpunkt wieder abzuholen. Dass er vorher mindestens vier Stunden unterwegs sein würde, um das Gepäck einzusammeln, stimmte mich nicht gerade optimistisch. Schon die Vorstellung, *eine* Stunde wandern zu müssen, vertrug sich nicht mit meinen wackligen Knien und der Watte in meinem Kopf.

Durch das zum Lüften geöffnete Zimmerfenster hatte ich beim Umziehen eine ausreichend lautstarke Meinungsverschiedenheit der Brüder mit angehört, die auf der kleinen Terrasse hinter dem Haus ausgetragen worden war. Tony hatte Alexander vorgeworfen, die Einkäufe vergessen zu haben. Der hatte damit gekontert, dass Tony die Gäste mit seinem ruppigen Benehmen vergraulte. Tony beschuldigte seinen Bruder daraufhin, dass er den Gästen angeboten hatte, ohne Stornierungsgebühren auszuziehen. Wie der Streit weiterging, bekam ich nicht mit, da sich die Brüder ins Haus zurückzogen. Und nun herrschte Funkstille zwischen den beiden.

Tony gab Alexander knappe Anweisungen, wohin er fahren sollte. Alexander führte diese schweigend aus. Ich fühlte mich immer unwohler und konnte die Fahrt nicht richtig genießen, obwohl uns eine großartige Landschaft umgab. Schließlich erreichten wir den Startpunkt der Wanderung. Ich verabschiedete mich von Katja, die mir die nach oben gestreckten Daumen zeigte und mir ein aufmunterndes Lächeln schenkte. Sobald ich den Wagen verlassen hatte, kam ich mir vor, wie mitten in einem Bildband über Schottland gelandet. Rechts neben der kurvigen Straße schimmerte ein See tiefblau in der Sonne, links von uns erhoben sich grüne Hügel und schroffe Berggipfel. Um das Klischee perfekt zu machen, grasten auch noch einige rothaarige Highlandrinder auf einer Wiese. Völlig versunken in den Anblick der ausladenden Hörner verpasste ich fast den Beginn der Wanderung. Erst als Tony meinen Namen rief, riss ich mich von den flauschigen Rindern los und folgte ihm.

Das Auto mit Katja und Alexander brauste davon und verschwand hinter der nächsten Kurve. Außer Anthony und mir war weit und breit kein Mensch zu sehen. Auch kein Auto. So viel zu den von Touristen überlaufenen Orten. Tony hatte bestimmt einen seiner Geheimtipps ausgewählt …

Für gewöhnlich hätte ich mich auf die Wanderung gefreut, doch der ungewohnte Alkoholexzess steckte mir in den Knochen. Daher überwog meine Sorge, nicht mithalten zu können. Leider wurde sie allzu bald bestätigt. Tony folgte keinem Wanderweg, zumindest keinem, den ich als solchen erkannte. Er marschierte querfeldein und zudem noch bergauf einen mit Felsen durchsetzten Grashang entlang. Diesmal ohne Gummistiefel, sondern mit meinen trittsicheren Wanderstiefeln ausgestattet, hätte das eigentlich kein Problem für mich darstellen sollen.

Eigentlich trank ich abends aber auch keine Flasche Whisky.

Während ich darüber spekulierte, ob ich tatsächlich eine ganze Flasche geschafft hatte, keuchte ich hinter Tony her.

Der ging doch mit Absicht so schnell! Bestimmt wollte er es der versoffenen Touristin mal so richtig zeigen. Ich schwor mir, dass er mich nicht kleinkriegen würde, biss die Zähne zusammen und zwang meine zittrigen Muskeln zu einem zügigeren Tempo. Auf eine Unterhaltung legte Tony offenbar keinen Wert, und mir war das recht, denn dazu fehlte mir die Luft.

Nach einer Weile spielte ich mit dem Gedanken, mich einfach auf den nächstbesten Stein in Sitzhöhe fallen zu lassen und so zu tun, als wollte ich die Aussicht genießen. Die war wirklich grandios und wurde immer besser, je höher wir kamen. Hatte Tony nicht sowieso etwas von Fotografie versprochen? Ich konnte nicht erkennen, dass er eine Kamera dabeihatte. Vielleicht in dem Rucksack? Auch ich trug einen Rucksack, allerdings einen kleineren, und darin war keine Kamera, sondern meine Trinkflasche mit Wasser. Da mir immer wärmer wurde, beschloss ich schließlich, zumindest die Regenjacke auszuziehen und in diesem Rucksack zu verstauen. Ich blieb stehen, setzte ihn ab und merkte entsetzt, wie schwer ich atmete. Gut in Form war ich nicht! Zwar war ich Mitglied in einem Fitnessstudio, doch in letzter Zeit hatte ich das Training schleifen lassen. Bei dem winterlichen Schmuddelwetter hatte ich selten Lust verspürt, nach der Arbeit noch mal loszuziehen, um in vollen, stickigen Räumen an Zumbakursen und Spinningrunden teilzunehmen. Meine Faulheit rächte sich nun.

Tony war endlich aufgefallen, dass ich zurückblieb. Er blieb stehen und wartete geduldig, bis ich wieder zu ihm aufschloss. Bemüht, nicht allzu schlimm zu röcheln, zwang ich mich zu einem Lächeln, das sicher reichlich verzerrt ausfiel.

»Ist alles in Ordnung?«, erkundigte sich Tony. Na, wenn das mal nicht scheinheilig klang. Im Gegensatz zu mir atmete er überhaupt nicht schneller, und auf seiner Stirn zeigte sich keine Spur von Schweiß.

»Ja, schön hier«, erwiderte ich knapp. Das schien meinem ja auch nicht gerade redseligen Begleiter zu genügen, denn er nickte und ging weiter. Noch schneller als vorher.

Na schön! Challenge accepted! Wenn er glaubte, er könnte mich zum Aufgeben zwingen, täuschte er sich. Getrieben von Trotz und Stolz marschierte ich hinter ihm her, doch sosehr ich mich auch abmühte, der Abstand zwischen uns wurde größer und größer. Und meine Gedanken mit jedem Schritt finsterer. Im Geiste verfasste ich bereits den Bericht, den ich an *ErlebeTraumreisen* schicken wollte, und Tony kam nicht gut darin weg. Bisher hatte ich noch geglaubt, seine Qualitäten als Wanderführer wären überzeugender als seine Eignung als Gastgeber. Wie es aussah, stimmte das nicht. Wenn er seine Gäste immer so gnadenlos durch die Gegend scheuchte wie nun mich, wunderten mich die durchweg schlechten Bewertungen nicht mehr.

Unter meinen Rippen begann es zu stechen, vor meinen Augen tanzten farbige Flecken, und die Zunge klebte mir am vom Röcheln trockenen Gaumen. Schweiß rann mir über das Gesicht und den Rücken hinunter, und die Wanderschuhe, die ich für gut eingelaufen gehalten hatte, drückten am großen Zeh. Sogar meine bequeme Trekkinghose, die ich extra anstelle der Jeans angezogen hatte, klebte mir fies im Schritt und war zu eng in der Taille. Vermutlich bei der letzten Wäsche zusammengeschnurrt. Diese Wanderung wurde zunehmend zur Qual! Und das Schlimme daran: Es gab kein Zurück. Alexander, und damit unsere einzige Rückfahrgelegenheit, war fort und würde erst in ein paar Stunden zurückkommen. In dieser Einöde, fernab jeder Straße, konnte ich nicht einfach so ein Auto anhalten und mich in die Zivilisation mitnehmen lassen.

Zivilisation ... wie gerne hätte ich jetzt in einem gemütlichen Café in Portree gesessen und einen Latte macchiato geschlürft, dazu noch ein paar Scones mit Clotted Cream ... Ich beneidete Katja, und zwar nicht, weil sie Zeit mit Alexander verbringen durfte, sondern allein darum, weil sie in einem warmen, bequemen Auto saß.

Der Wind frischte auf. Bisher hatte ich die meiste Zeit angestrengt auf meine Füße gestarrt, um auf dem unebenen Pfad nicht zu stolpern, doch nun hob ich den Kopf und bemerkte mit Schrecken, dass sich dunkle Wolken über uns zusammenballten. Tony schritt weiterhin frohgemut aus, ohne sich auch nur einmal nach mir umzudrehen. Ich mobilisierte meine letzten Kräfte, um zu ihm aufzuschließen. Ganz gelang es mir nicht, doch immerhin kam ich nahe genug an ihn heran, dass er mich hören konnte, ohne dass ich allzu laut schreien musste. »Tony!«, rief ich.

Er drehte sich um. »Ist nicht mehr weit!«

Nicht mehr weit? Auch wenn mir die Wanderung gefühlt wie eine Ewigkeit erschien, schätzte mein objektives Urteilsvermögen unsere bisherige Gehzeit auf höchstens eine Stunde. Wir konnten das Ziel noch nicht erreicht haben. Im Übrigen bestand das, wie ich Anthonys dürftige Erklärung vor dem Aufbruch verstanden hatte, ohnehin nur aus einer Kreuzung mitten im Nirgendwo, an der uns Alexander aufsammeln würde. Alexander, der sich jetzt noch auf dem Weg zum Flughafen befand.

Zähneknirschend stapfte ich hinter Tony her über die nächste Anhöhe. Der Wind zerrte an meinen verschwitzten Haaren, und ein paar vereinzelte eisige Tropfen peitschten mir ins Gesicht. O nein. Bitte nicht auch noch Regen! Und ich Optimistin hatte gerade meine Jacke ausgezogen. Keuchend blieb ich stehen und strich mir die feuchten Strähnen aus den Augen. Vor mir breitete sich ein idyllisches Tal aus, durch das ein Flüsschen mäanderte, und am Ufer stand eine Hütte. Aus Bruchsteinen gemauert und mit einem niedrigen Dach versehen wirkte sie urig und einladend. Bei dem aufziehenden Unwetter hätte vermutlich aber sogar ein Dixi-Klo wie eine verlockende Unterkunft für mich ausgesehen.

Tony hielt bereits auf das Häuschen zu, und ich beeilte mich mit neuer Motivation, ihm zu folgen. Die Hütte kam wie gerufen! Hoffentlich war sie nicht verschlossen. Nein, Tony öffnete die Tür. »Wir warten hier den Schauer ab!«

Schauer … da war wohl jemand noch optimistischer als ich.

Nachdem ich die tief über den Himmel jagenden Wolken mit einem letzten skeptischen Blick bedacht hatte, folgte ich Tony in die Hütte. Durch die kleinen, staubbedeckten Fenster fiel Licht auf eine Holzempore und, Halleluja, einen Ofen, neben dem Torfstücke gestapelt lagen. Ansonsten beschränkte sich die Möblierung auf einen einfachen Holztisch mit zwei Bänken und einige Regale an den Wänden, auf denen Töpfe und Becher standen. Auch ein paar Nudelpackungen konnte ich entdecken.

Tony kniete schon vor dem Ofen und schob Holzscheite hinein. Er schien sich hier zu Hause zu fühlen. Unschlüssig blieb ich an der Tür stehen und setzte schließlich zögerlich meinen Rucksack ab. Nun, da ich mich nicht mehr bewegte, fröstelte ich und zog die Jacke wieder an. Ich war dankbar dafür, dass Tony offenbar geübt in der Benutzung dieses Ofens war, denn allein hätte ich es vermutlich nicht geschafft, ein Feuer in Gang zu bringen. Schon knisterten die Flammen, und Tony erhob sich und deutete einladend auf die Bänke. »Setz dich doch. Jetzt trinken wir erst mal einen Tee.«

Er rieb sich die Hände und grinste so freudig, als würde uns gleich ein Luxusdinner serviert. »Das hier ist übrigens ein Bothy«, erklärte er, während er eine große Thermoskanne aus seinem Rucksack holte. »Eine Schutzhütte, in der man auch übernachten kann.«

Aha, daher die Empore, darauf sollten dann wohl die Schlafsäcke ausgebreitet werden.

Tony goss Tee in zwei Becher. »Das haben wir ja gut vor dem Regen geschafft. Wird übrigens nicht lange dauern, in einer halben Stunde dürfte der vorbeigezogen sein.«

Mir ging allmählich auf, dass Tony diese Rast eingeplant hatte. Ich setzte mich auf eine der Bänke und umschloss den Becher mit beiden Händen, um meine klammen Finger zu wärmen. »Bist du darum so losgerast? Damit wir rechtzeitig die Hütte erreichen?«

Tony nahm ebenfalls Platz und runzelte die Stirn. »Losgerast?« Ein reumütiger Ausdruck flog über sein Gesicht. »Oh! War ich dir zu schnell? Warum hast du nichts gesagt?«

Darauf gab es so viele Antworten, dass ich lieber vielsagend schwieg.

»Das tut mir leid«, sagte Tony mit einem so entwaffnenden Lächeln, dass sich mein Unmut legte. »Ja, ich wollte schon ganz gerne an der Hütte sein, bevor es anfängt zu regnen. Nicht, dass Regen schlimm wäre, aber …« Nun fiel ihm offenbar nichts ein. Ich verstand schon. Er dachte, dass eine verweichlichte Touristin nicht gerne durch den strömenden Regen marschieren wollte, womit er, zumindest was mich anging, recht hatte.

Nun war wohl auch von mir eine Entschuldigung fällig. Ich atmete tief durch. »Mir tut es auch leid. Es war nicht in Ordnung, wie ich mich gestern benommen habe. Für den Whisky bezahle ich natürlich.«

»Ach nein, das ist nicht nötig. Und mir ist nichts Schlimmes an deinem Benehmen aufgefallen. Du hattest Spaß, und das freut mich.«

Da ich nicht wagte, ihn anzusehen, fiel mir besonders deutlich auf, wie angenehm seine Stimme klang. Und ich hörte, dass er lächelte. »Ist lange her, dass sich Gäste im Otterview so gut amüsiert haben.«

Nun sah ich ihn doch an. Ja, er lächelte, aber seine Miene zeigte Resignation.

»Läuft es nicht so gut mit dem Bed and Breakfast?«, hörte ich mich fragen und ärgerte mich darüber. Ich fühlte mich gar nicht gut dabei, Tony für meinen Bericht auszufragen. Wie eine Verräterin.

»Nein«, gab Tony offen zu. »Seit Matty weg ist, kommen die Stammgäste nicht mehr. Sie war das Herz und die Seele des Otterviews. Sieht so aus, als würde ich es nicht hinbekommen.« Seine Mundwinkel bogen sich nach unten, und er sah so bekümmert aus, dass meine Hand in dem Bedürfnis zuckte, sich tröstend auf seinen Arm zu legen. Rasch umfasste ich den Becher fester.

»Ich habe den Streit mit Alexander mit angehört«, sagte ich verlegen.

Die Falten auf Tonys Stirn vertieften sich. »Alexander würde das Otterview lieber heute als morgen verkaufen«, sagte er bitter. »Wahrscheinlich sollte ich ihm noch dankbar dafür sein, dass er sich trotzdem solche Mühe gibt, die Gäste zu bespaßen.«

Ich lachte ein wenig unbehaglich. »Besonders, wenn es sich um attraktive Frauen handelt, oder?«

Tony schob seinen Teebecher auf der grob gemaserten Platte des Holztisches herum. »Vielleicht zum Teil. Allerdings hat er herausgefunden, dass eine Mitarbeiterin eines großen Reiseveranstalters das Otterview gebucht hat, um uns zu überprüfen.«

Ich verschluckte mich. Tee gurgelte mir durch die Kehle und hoch in meinen Rachen, gelangte bis in die Nase. Hustend suchte ich in meiner Jackentasche nach einem Taschentuch. Bevor ich die Packung fand, reichte mir Tony ein Stofftaschentuch. Das war zum Glück ausreichend groß, dass ich mein heißes Gesicht dahinter verbergen konnte.

Er war mir auf die Schliche gekommen!

Kapitel 13

Tausend Gedanken kreisten wild in meinem Kopf. Wie war das herausgekommen? Gab es eine undichte Stelle bei *ErlebeTraumreisen?* Und, noch wichtiger, hatte Tony mich etwa extra in diese einsame Hütte gelockt, um mir Vorhaltungen zu machen oder, schlimmer, mich zu bedrohen?

Mit tränenden Augen starrte ich ihn an und wartete darauf, dass er mich wütend zur Rede stellte. Stattdessen musterte er mich besorgt. »Geht es wieder?«

Hüstelnd nickte ich. Flüchtig huschte mir der Gedanke durch den Kopf, dass er die unliebsame Kontrolleurin mit vergiftetem Tee aus der Welt schaffen wollte, doch das war nun wirklich zu albern. Schließlich befand ich mich hier nicht in einem Krimi. In einer Romanze leider auch nicht. Eher in einer ... Tragikomödie?

Gefasst entschloss ich mich, die Flucht nach vorn anzutreten. Gut, ich war enttarnt. Also würde ich Tony nicht länger etwas vormachen und mit offenen Karten spielen. »Tony, ich ...«, fing ich an.

»Darum schmeißt er sich so an Katja heran«, sagte Tony gleichzeitig und verzog das Gesicht. »Mir gefällt das überhaupt nicht. Wenn die Reiseveranstalter meinen, sie müssten uns heimlich kontrollieren, sollen sie das von mir aus tun. Ein offenes Gespräch wäre mir zwar lieber, aber ich verstehe das schon. Die wollen das Otterview aus der Sicht eines normalen Gastes erleben, ohne Sonderbehandlung.«

»Ja«, krächzte ich matt. Allmählich sickerte Begreifen in mein Bewusstsein. Katja. Sie hielten Katja für die Mitarbeiterin von *ErlebeTraumreisen.* Darum also bemühte sich Alexander so um sie, während er mich links liegen ließ. Ich hatte ganz selbstverständlich angenommen, dass der einzige Grund für seine Bevorzugung Katjas Attraktivität sein musste. Nun sah ich sein beflissenes, geradezu schleimiges Benehmen in einem völlig anderen Licht. Er wollte sich bei Katja einschmeicheln, damit sie einen positiven Bericht über das Otterview verfasste. Nur leider hatte er sich verkalkuliert und machte der falschen Frau den Hof. Das war so mies, dass es beinahe schon wieder komisch war.

Mir fiel auf, dass Tony mich erwartungsvoll ansah und offenbar auf einen Kommentar von mir hoffte. »Und ich dachte, er steht einfach auf Katja«, sagte ich das Erstbeste, was mir einfiel.

Tony schnaubte. »Das ist doch schon peinlich, wie er sich bei deiner Freundin anbiedert.«

»Eigentlich ist Katja nicht meine Freundin, wir haben uns erst im Bus nach Skye kennengelernt«, warf ich ein und kam mir schon wieder wie eine Verräterin vor.

»Ja, ich weiß, aber ihr versteht euch gut. Hoffentlich macht sie sich keine falschen Hoffnungen, was meinen Bruder betrifft.«

Meine Kehle schnürte sich zu. Statt wütend auf Katja zu sein, weil sie sich vermeintlich als Spionin ins Otterview eingeschleust hatte, machte er sich Sorgen um sie. Er sah mich mit seinen warmen, grauen Augen an. »Mach dir bitte keine Vorwürfe. Ich weiß, dass du keine Ahnung hattest, warum Katja wirklich hier ist.«

Offenbar deutete er meine beschämte Miene völlig falsch. »Also, ich glaube nicht, dass Katja auf einen Charmeur wie Alexander hereinfällt«, sagte ich zögernd. Hatte mir Katja nicht noch am Abend zuvor erzählt, dass sie sein Verhalten seltsam fand? Da hatte ihr Instinkt sie nicht getrogen. Und sie besaß eindeutig bessere Menschenkenntnis als ich.

Tony nickte ernst. »Das hoffe ich, und ich habe Alexander deutlich gesagt, was ich von seiner verlogenen Charmeoffensive halte. Wirst du ihr erzählen, dass wir von ihrem Auftrag wissen?«

»Hm, also ...« Am liebsten hätte ich mich erneut hinter dem Taschentuch versteckt, das ich nervös in meiner Hand zerknüllte. Nun wäre ein guter Zeitpunkt für mein Geständnis. Doch aus irgendeinem Grund wollten mir die Worte, mit denen ich mich outen würde, nicht über die Lippen kommen. Nicht, wenn Tony mich so freundlich und mitfühlend anschaute.

»Ich verstehe gut, wenn du sie nicht belügen möchtest«, fügte er hinzu und machte alles noch schlimmer. »Mir gefällt dieses Versteckspiel auch nicht. Alexander hat mir das Versprechen abgenommen, mitzumachen und nichts zu sagen. Er meint, das wäre unsere letzte Chance, das Otterview zu retten, und ich weiß nicht ... vielleicht stimmt das ja. Aber damit hast du nichts zu tun.«

O doch. Wenn er wüsste ... Dann würde er nicht mehr hier mit mir am Tisch sitzen, mich so verständnisvoll ansehen und mir Tee nachschenken.

»Und jetzt habe ich es dir gesagt und dich damit zur Mitwisserin gemacht«, sagte er zerknirscht. »Ich glaube, eigentlich wäre es mir ganz lieb, wenn du es Katja weitererzählen würdest. Nur, damit sie nicht doch denkt, Alexander hätte ernstere Absichten.«

Nun musste ich schmunzeln. »Ach? Für so unwiderstehlich hältst du deinen Bruder?«

»Ja«, brummte Tony. »Ich hab schon hundertmal miterlebt, wie das läuft. Alle Frauen verlieben sich in Alexander. Ist ja auch kein Wunder, attraktiv und charmant, wie er ist. Da braucht er sich gar nicht so ins Zeug zu legen wie jetzt bei Katja.«

Sprach da etwa eine Spur von Neid aus seinen Worten?

»Und du?«, rutschte es mir heraus.

»Ich?« Tony schenkte mir wieder sein schiefes, etwas schüchternes Grinsen, das ihn so sympathisch machte. »Mir liegt das nicht so, dieses Flirten und der ganze Kram.«

Mittlerweile war ich bestimmt rot wie eine Tomate. »Nein, ich meine, bist du denn gar nicht verärgert darüber, dass sich jemand von dem Reiseveranstalter in eure Pension eingeschlichen hat?«

Tony runzelte die Stirn. »Die feine Art ist das nicht. Ich kann so was nicht leiden. Ein offenes Gespräch wäre mir lieber. Schließlich haben sich wirklich mehrere Gäste beschwert.«

Oje. Er musste die Bewertungen gelesen haben. Natürlich. Er wusste, dass ihn jemand als unhöflichen Klotz bezeichnet hatte. Zum ersten Mal dachte ich darüber nach, wie schlimm das für ihn sein musste. Oder prallte das an ihm ab? Er wirkte so in sich ruhend, so selbstsicher auf seine gelassene Art.

»Es ist nun mal nicht mein Ding, mich zu verbiegen«, fuhr er fort. »Wenn die Leute auf so ein aufgesetztes Rumgeschleime stehen, wie Alexander es bevorzugt, ist das Otterview wohl nicht der richtige Ort für sie.«

»Na ja, die meisten Gäste erwarten eben, dass sie höflich und freundlich behandelt werden. Wenn du das als Verbiegen ansiehst.« Das konnte ich mir nicht verkneifen.

»Offenbar erwarten viele Gäste aber, dass man ihnen rund um die Uhr in den Hintern kriecht«, erwiderte Tony unerwartet ruppig. Er seufzte und rieb sich mit den Händen über das Gesicht. »Entschuldige. Ich sollte dich im Urlaub wirklich nicht mit meinen Problemen belästigen. Ist nur schon ziemlich lange her, dass ich mit jemandem darüber sprechen konnte, der so gut zuhört wie du. Ich weiß auch nicht, in deiner Gesellschaft fühle ich mich so wohl, als würden wir uns schon länger kennen.«

Sollte das ein Kompliment sein? Sah Tony mich als eine Art Kumpel, der hilfreich in der Küche war und dem er seine Sorgen anvertrauen konnte? Enttäuschung stieg in mir hoch. Gleichzeitig ärgerte ich mich über mich selbst. Was hatte ich denn erwartet? Ich sollte froh sein, dass Tony mein seltsames Verhalten während unseres Gesprächs nicht misstrauisch machte. Und schließlich war er ehrlich zu mir. Ich dagegen konnte mich weiterhin nicht dazu aufraffen, ihm die Wahrheit zu sagen. Denn dann wäre es mit dem Wohlfühlen garantiert schnell vorbei.

»Tony, ich muss dir …«, setzte ich erneut an, doch Tony verstaute gerade klappernd die Thermoskanne in seinem Rucksack und hörte es nicht.

»Ich glaube, das liegt daran, dass wir uns ähnlich sind«, sagte er nachdenklich. »Du bist auch nicht der Typ, der sich verstellt, um Vorteile zu erlangen oder vor anderen gut dazustehen.«

O nein. »Du kennst mich doch gar nicht«, entfuhr es mir. »Wer weiß, vielleicht bin ich nur mit zu dieser Wanderung gekommen, um einen guten Eindruck zu machen. Und mein peinliches Verhalten von gestern wieder auszubügeln …«

Tony lachte herzlich. »Ja, genau. Das meine ich.« Er stand auf und ging zum Fenster, spähte hinaus. »Es hat fast aufgehört zu regnen«, verkündete er. »Ich schlage vor, dass wir weitergehen, damit wir rechtzeitig am Treffpunkt ankommen.« Mit einem reumütigen Lächeln fügte er hinzu: »Diesmal gehen wir langsamer. Damit wir die Landschaft besser genießen können.«

Wie diplomatisch er das ausdrückte. Schließlich hätte er auch die Wahrheit sagen können: Damit ich nicht wieder wie eine asthmatische Schildkröte hinter ihm hertorkeln musste. Also konnte er durchaus höflich sein, wenn er wollte.

Nach einer halben Stunde leuchtete der Himmel so strahlend blau und wolkenlos, dass ich beinahe glaubte, ich hätte mir das Unwetter nur eingebildet. Tony hielt sein Versprechen und passte sein Tempo an meins an. Zuerst packte mich ein Anflug von Ehrgeiz, und ich wollte möglichst schnell gehen, aber dann siegte die Vernunft. Warum sollte ich mich unnötig stressen? Nur um vor Tony Eindruck zu schinden? Um mir zu beweisen, dass ich das gar nicht nötig hatte, wanderte ich sogar etwas langsamer, als ich es für gewöhnlich bevorzugte. Doch irgendwann fiel ich sowieso in meinen liebsten Rhythmus. In letzter Zeit hatte ich leider viel zu wenig Zeit für Wandertouren gehabt. Oder, besser gesagt, ich hatte sie mir nicht genommen. Zugegeben, im Winter reizte mich die deutsche Natur, die auf mich dann grau in grau wirkte, nicht im Geringsten. Auch die kalten Temperaturen schreckten mich ab. Ich mochte es üppig grün, heiß, exotisch.

Nun, grün war es hier zumindest. Und die karge, schroffe Felslandschaft, durchsetzt von Seen und Tälern, übte durchaus einen Reiz auf mich aus. Ich wunderte mich nicht mehr darüber, dass es in den Bildbänden über Schottland nur großartige Fotos gab. Die Landschaft war hier einfach grandios. Da hätte selbst ich gute Fotos hinbekommen, bildete ich mir ein.

»Wie sieht es denn eigentlich mit dem Fotografieren aus?«, fragte ich Tony. Natürlich galt mein Interesse nur dem Bericht, in den ich eine umfassende Bewertung seiner Fähigkeiten einfließen lassen wollte. Wenn *ErlebeTraumreisen* schon das Otterview aus dem Programm nehmen wollte, könnte Tony zumindest als Tourguide weiterhin von uns gebucht werden. Diese Idee gefiel mir so gut, dass sich meine Füße gleich viel leichter anfühlten. Das konnte allerdings auch daran liegen, dass die Luft, die mir prickelnd und angenehm mild die Lungen füllte, die letzten Reste des Katers vertrieb.

»Heute habe ich die Kamera nicht mitgenommen.« Tony kratzte sich im Nacken. »Ich hab nicht daran gedacht, weil ich mich so über Alexander geärgert habe. Aber du bleibst doch noch ein paar Tage, das können wir nachholen. Natürlich nur, wenn du Lust hast.« Er warf mir einen ungewohnt schüchternen Seitenblick zu.

»Ja, natürlich, gerne«, erwiderte ich prompt. »Was bietest du denn noch für Touren an?«

»Beobachtung von Vögeln und anderen Wildtieren, Orientierung und Navigation im Gelände und wildes Schwimmen«, zählte er auf.

»Wildes Schwimmen?« Ich horchte auf. »Aber doch nicht im Winter, oder?«

»Doch, gerade im Winter! Es gibt nichts Belebenderes als ein Bad im kalten Meer im Dezember!« Tony breitete die Arme aus, als wäre er jederzeit bereit, sich mit Freuden in die eisigen Fluten zu stürzen. »Bei dem schönen Wetter heute werde ich später noch zum Strand fahren und eine Runde schwimmen.« Wieder dieser scheue Blick. »Kann ich dich vielleicht dafür begeistern?«

Allein bei der Vorstellung, in Wasser mit einer Temperatur nahe dem Gefrierpunkt zu steigen, klapperten mir die Zähne. »Nein danke. Da wähle ich lieber den Fotokurs.«

Tony sah so enttäuscht aus, dass mir meine Ablehnung schon leidtat. »Was ist denn so toll daran, sich eine Lungenentzündung zu holen?«

»Das wird nicht passieren«, erklärte Tony überzeugt. »Schwimmen im kalten Wasser ...« Er suchte nach Worten. Seine Augen strahlten so, dass er mich beinahe überzeugt hätte. »Es fühlt sich an, als würdest du deine Sorgen abwaschen, und wenn du wieder an Land gehst, ist dein Geist wach und klar, deine Seele rein, und du fühlst dich lebendig und dankbar.« Röte stieg ihm ins Gesicht, als machte ihn sein Enthusiasmus verlegen. »Ich glaube, das muss man einfach selbst erlebt haben.«

»Ich überlege es mir«, sagte ich spontan und bereute es sofort, da Tony gleich anfing zu strahlen, als hätte ich bereits zugesagt. »Aber nicht heute«, fügte ich rasch hinzu.

»Wir könnten das mit der Fotowanderung verbinden. Ich kann dir gleich ein paar Fotos von guten Stellen für wildes Schwimmen zeigen. Es muss ja nicht gleich im Meer sein. Es gibt da einen Ort, an dem ... Aber damit möchte ich dich lieber überraschen.«

Das klang nun wirklich spannend und verlockend. Mir gefiel Tonys Begeisterung, und ich konnte mir gut vorstellen, dass er ohne die Belastung des Otterviews und nur auf seine Touren konzentriert ganz gut verdienen könnte. Er musste sich nur gut vermarkten, und dabei könnte *ErlebeTraumreisen* hilfreich sein.

Erst jetzt bemerkte ich, wie sehr mich die Vorstellung niedergedrückt hatte, dass ich zumindest mit schuld an der Zerstörung einer Existenz sein könnte. Mit meiner neuen Idee konnte ich aktiv dazu beitragen, dass Tony eine Alternative zum Otterview fand.

Kapitel 14

Der Rest der Wanderung verlief so kurzweilig, dass ich kaum glauben konnte, als wir eine Straße erreichten und Tony erklärte, dass dies der Treffpunkt sei. Ein Blick auf meine Uhr bestätigte, dass wir tatsächlich fünf Stunden unterwegs gewesen waren. Selbst meine Füße schmerzten nicht mehr, was daran liegen konnte, dass sie einfach taub geworden waren, aber egal. Ich hatte keinen Gedanken mehr an sie verschwendet, da Tony mir unterhaltsam von schottischen Legenden und Mythen erzählt und mir unterwegs Pflanzen gezeigt hatte, die mir ohne ihn sicher nicht aufgefallen wären.

Galant breitete er seine Regenjacke über einen bemoosten Stein am Straßenrand, damit ich mich setzen konnte. Diese Aufforderung nahm ich dankbar an und streckte die Beine von mir. »Bringt Alexander wieder Gäste mit?«, fragte ich.

Das hätte ich wohl besser nicht gefragt, denn Tonys eben noch entspannte Miene verhärtete sich. »Nein. Es kommen keine mehr, bis auf einen Herrn, der aber erst nach Weihnachten anreisen wird. Die Reiseveranstalter, mit denen ich zusammenarbeite, haben die Vermittlung für das Otterview gestoppt.«

Das wusste ich, zumindest von *ErlebeTraumreisen*, doch offenbar hatten auch die anderen Veranstalter sich von den schlechten Rückmeldungen der Gäste beeinflussen lassen. »Das tut mir leid«, murmelte ich, und obwohl ich es ehrlich meinte, fühlte ich mich wie eine Betrügerin. Ich musste Tony endlich verraten, dass ich diejenige war, die hier spionierte, und nicht Katja. Während ich noch nach den passenden Worten suchte, bog ein bekanntes Auto um die Kurve. Alexander holte uns pünktlich ab. Also musste ich mein Geständnis verschieben. Darüber war ich nicht wirklich böse.

Im Auto fand ich es, nachdem ich so lange draußen an der frischen Luft gewesen war, richtig stickig. Aber es duftete würzig nach Essen, und mein Magen knurrte prompt so laut, als hätte ich auf der Wanderung mehrere grummelige Otter gefangen und in meinen Rucksack geschmuggelt.

»Wir haben unterwegs Abendessen eingekauft«, informierte Katja uns, die das Knurren garantiert gehört hatte, netterweise aber nicht kommentierte. »Ihr mögt hoffentlich indisches Essen?«

Tony und ich bejahten gleichzeitig mit so viel Begeisterung, dass wir alle lachen mussten. Endlich schien das Eis zwischen Tony und Alexander gebrochen zu sein, denn sie unterhielten sich angeregt über gemeinsame Bekannte, die Alexander am Flughafen getroffen hatte.

Katja drehte sich zu mir um. »Und, wie war es?«

»Super«, sagte ich ehrlich. »Es ist einmalig schön hier.«

»Keine Sehnsucht nach Costa Rica?«

Über die Antwort musste ich erstaunlicherweise nicht lange nachdenken. »Kein bisschen. Ich muss zugeben, dass Schottland mich wirklich begeistert.«

Ein schelmisches Funkeln blitzte in Katjas Augen auf. »Schottland?« Ihr bezeichnender Blick Richtung Tony sprach Bände. Zum Glück unterhielt sich Tony mit seinem Bruder und bekam nichts davon mit. Mir dagegen schoss glühende Hitze ins Gesicht. Das schien Katja schon zu reichen, denn sie schenkte mir noch ein vielsagendes Grinsen, bevor sie sich wieder nach vorn drehte.

Aus irgendeinem Grund hatte ich erwartet, dass Alexander und Tony sich zum Abendessen zu uns gesellen würden, doch als ich nach der dringend nötigen Dusche in den Frühstücksraum kam, war dort nur für zwei Personen gedeckt. Katja wartete schon und hätte mit ihrem Strickkleid und dazu passendem Tuch auch in jedes Nobelrestaurant gehen können. Das Haar trug sie lässig hochgesteckt. Ich hatte keine Lust gehabt, mich in Schale zu werfen, und wieder meine geliebten Jeans und dazu einen Hoodie angezogen. Alexander servierte uns das Essen appetitlich in Schüsseln und auf Platten angerichtet. Nichts wies darauf hin, dass es aus einem Take-away stammte. Beim Anblick des Naan-Brotes, des Linsen-Dhals und all der anderen leckeren Gerichte lief mir das Wasser im Mund zusammen. Die Wanderung hatte mich hungrig gemacht.

Nachdem der erste Appetit gestillt war, brachte ich meine Meinung zu dem Essensarrangement zum Ausdruck. »Findest du es nicht komisch, dass Alexander und Tony nicht mit uns essen?«

Katja runzelte die Stirn. »Doch, ein bisschen. Aber sie sind ja keine Gäste hier, sondern die Pensionswirte. Das ist ja nicht üblich, dass die sich einfach so zu den Gästen setzen und mitessen.«

»Aber …« Ich schluckte. Katja hatte recht. Tony war auf der Wanderung so unkompliziert und lustig gewesen, dass mir mein Unterbewusstsein vorgaukelte, ich sei hier zu Besuch bei Freunden oder zumindest guten Bekannten. Doch so war es nicht. Nicht im Geringsten. Ich war nicht mal nur ein urlaubender Gast, sondern eine Spionin!

»Ich dachte nur, dass Alexander sich die Gelegenheit nicht entgehen lassen würde, dich weiter zu umgarnen«, sagte ich lahm.

Katja lachte fröhlich. »Vielleicht braucht sogar der gute Alexander mal eine Pause von seiner Rolle als verführerischem Bilderbuchschotten.«

»Du meinst also, er spielt nur eine Rolle?«

»Ein bisschen zumindest.« Sie hob die Schultern und tunkte Naan-Brot in die scharfe Soße. »Oder sogar ein bisschen mehr. Ist ja auch nicht schlimm.«

Ob ich es ihr sagen sollte? Ich fühlte mich mies dabei, Tony zu verschweigen, warum ich wirklich hier war, und nun auch noch Katja vorzuenthalten, was hinter Alexanders übertriebenem Charme steckte.

»Er gefällt dir aber schon, oder?«, hakte ich nach.

»Ja klar.« Katja versuchte sich an der Parodie eines schwärmerischen Augenaufschlags und presste die Handflächen auf die Brust. »Ein attraktiver Schotte im Kilt! Da kann doch keine Frau widerstehen.«

Das stimmte, schließlich hatte ich genau das gedacht, als ich Alexander das erste Mal gesehen hatte. Unter dem Mistelzweig.

Was wäre passiert, wenn es die Verwechslung nicht gegeben hätte? Wenn Alexander richtigerweise mich für die Angestellte von *ErlebeTraumreisen* gehalten und daher mich hofiert hätte statt Katja?

Die Antwort war so klar, dass mir die Schamröte ins Gesicht stieg. Ich wäre auf ihn hereingefallen, hätte mich über seine Avancen gefreut und sie überglücklich auf mich persönlich bezogen, nicht auf meinen Job. Ein sexy Schotte wie aus einer Highlander-Romanze, der sich für mich interessierte – da wäre ein Traum für mich wahr geworden, und ich hätte alles darangesetzt, nicht daraus aufzuwachen. Ja, sehr wahrscheinlich hätte ich mein Herz an Alexander verloren, nur um es mir brechen zu lassen, wenn ich später herausgefunden hätte, was wirklich hinter seinen Annäherungsversuchen steckte.

Ich wollte nicht, dass Katja das passierte. Um zu wissen, was sich hinter ihrer selbstironischen, pragmatischen Fassade verbarg, kannte ich sie nicht gut genug. Es konnte durchaus sein, dass sie gerade dabei war, sich in Alexander zu verlieben, auch wenn sie vorgab, ihn zu durchschauen. Nein, ich musste es ihr sagen.

»Ich habe mich heute mit Tony unterhalten«, begann ich vorsichtig.

»Das hoffe ich doch«, sagte sie trocken. »Wäre doch seltsam gewesen, stundenlang schweigend durch die Berge zu stapfen.«

Ich ging nicht auf ihren Scherz ein. »Er hat mir erzählt, dass jemand von einem Reiseveranstalter das Otterview unter die Lupe nimmt.«

Katja hob die Brauen. »Auweia. Willst du damit sagen, er hat es herausgefunden? Du bist aufgeflogen?«

»Nein. Das Problem ist, Alexander und Tony halten *dich* für die Angestellte von *ErlebeTraumreisen.*« Ich wagte kaum, Katja anzusehen.

Die prustete los, schlug sich die Hand vor den Mund und fasste sich dann wieder. »Entschuldige. Es ist nur so witzig. Darum legt sich Alexander also so ins Zeug bei mir. Dieses Rätsel hätten wir also gelüftet.«

Forschend musterte ich sie, suchte nach Spuren von Enttäuschung oder verletztem Stolz in ihrem Gesicht, doch sie grinste nur lausbübisch, als würde sie sich bestens amüsieren. »Du hast Tony doch hoffentlich nicht aufgeklärt?«

»Noch nicht«, gab ich zu. »Ich wollte, aber irgendwie ist mir immer etwas dazwischengekommen.«

Na klar. Als ob ich während unserer mehrstündigen Wanderung nicht genug Gelegenheiten gehabt hätte, ihm die Wahrheit zu gestehen.

»Macht es dir denn nichts aus?«, hakte ich nach.

Katja strich sich eine blonde Strähne hinter das Ohr. »Du meinst, weil Alexander nur mit mir flirtet, weil er eine gute Bewertung von mir haben möchte? Wollen Männer nicht immer etwas für sich erreichen, wenn sie sich an eine Frau heranmachen? Ob es nun Sex ist, ein höheres Ansehen, manchmal auch Geld oder Hilfe im Haushalt.«

»Hilfe im Haushalt?«, echote ich.

»Klar. Es gibt doch genug Kerle, die sich nur eine Freundin suchen, damit die für sie kocht und bügelt und putzt – eben das tut, was vorher ihre Mami für sie getan hat.«

Hitze stieg mir ins Gesicht. Da traf Katja einen wunden Punkt. Denn genau diese Erfahrung hatte ich gemacht. Wie oft hatte ich für Mirco gekocht und gebacken oder mich auf seine Bitte hin dazu bereit erklärt, in seiner WG zu putzen. Und dabei waren wir nicht mal richtig zusammen gewesen! Und was war mit Dirk, meinem letzten Freund, der selbstverständlich erwartet hatte, dass ich seine Steuererklärung erledigte, an gemeinsamen Wochenenden seine Wohnung aufräumte und regelmäßig für uns einkaufte, wofür er interessanterweise niemals Zeit gehabt hatte. Dirk hatte sich bereits vor einem Jahr von mir getrennt, weil ich ihm zu langweilig und hausmütterlich war. Genau so hatte er es ausgedrückt, und das, obwohl ich nie etwas für ihn gebacken hatte.

Doch ich schweifte ab. Es ging nicht um meine ernüchternden Beziehungserfahrungen, sondern um Katja.

»Du bist es vermutlich sowieso gewohnt, dass sich die Männer um dich scharen, weil du so gut aussiehst«, entfleuchte es mir, und ich war überrascht über die Bitterkeit in meiner Stimme.

Das ironische Lächeln, das eben noch Katjas Lippen umspielt hatte, verblasste. »Ja, das stimmt. Ich bin normschön, das weiß ich, und das zieht einige Männer an. Gut, viele Männer. Leider sind das auch oft die, denen es eben nur auf das Äußere ankommt. Sie wollen mit mir angeben, sich selbst aufwerten. Um mich geht es ihnen nicht.«

Was für ein Luxusproblem, schoss es mir sogleich durch den Kopf, und ich schämte mich dafür.

»Vermutlich glaubst du mir jetzt nicht«, fuhr sie in bemüht lockerem Ton fort. »Aber ich fand mich ziemlich lange nicht schön. Zu dürr, zu flachbrüstig, zu volle Lippen, ja, lach nicht, in der Schule musste ich unter dem netten Spitznamen Gummilippe leiden. Erst seit ein paar Jahren fühle ich mich wohl mit mir.«

Genau das strahlte sie auch aus. Ich wünschte mir nur die Hälfte von ihrem Selbstbewusstsein.

»Und weißt du, was ich glaube?« Jetzt lächelte sie wieder so frech, wie ich es von ihr kannte. »Alexander verbindet das Angenehme mit dem Nützlichen. Der findet mich nämlich richtig gut. Ich wette, der würde auch mit mir flirten, wenn er mich nicht für die Spionin des Reiseveranstalters halten würde.«

Sagte ich doch. Selbstbewusstsein hatte sie. Ich an ihrer Stelle wäre sofort von Selbstzweifeln überfallen worden und hätte Alexanders Verhalten komplett auf meinen Job bezogen. Tatsächlich hätte ich sogar angenommen, dass es für ihn eine Qual sein müsste, sich vor mir zu verstellen und so zu tun, als fände er mich attraktiv, da er mich natürlich in Wahrheit für langweilig und nichtssagend hielt.

»Jedenfalls ...« Katja hob den Zeigefinger und sah mich so mahnend an wie früher meine Sportlehrerin, wenn ich mal wieder den Sprung über den Barren verweigerte. »Jedenfalls sollten wir den guten Alexander so richtig auflaufen lassen. Stell dir mal vor, ich hätte seine Avancen wirklich ernst genommen und mich in den alten Charmebolzen verliebt. Was Alexander da veranstaltet, ist ja fast schon Heiratsschwindel.« Sie lachte und schüttelte den Kopf. »Na ja, wohl doch nicht. Aber er macht einer armen Frau etwas vor, um Vorteile herauszuschlagen. Das wird sich noch rächen.«

»Was hast du vor?«

»Mal sehen. Ich hätte da schon so eine Idee, bei der ich ihn sozusagen mit seinen eigenen Waffen schlage. Dazu müssen wir das Spiel noch eine Weile weiterspielen.«

»Das gefällt mir nicht«, gab ich zu. »Ich möchte Tony gerne die Wahrheit sagen.«

»Das kannst du ja auch«, beruhigte mich Katja. »Nur nicht sofort. Gib mir noch bis zum ersten Weihnachtstag, ja?«

»Und wenn ich es Tony verrate und ihn bitte, Alexander nichts davon zu sagen?«

Katja musterte mich über den Rand ihres Wasserglases hinweg. »Glaubst du wirklich, Tony könnte seinem Bruder auch nur eine Sekunde etwas vormachen? Der ist so eine ehrliche Haut, der kann sich überhaupt nicht verstellen.«

Da hatte sie sicher recht. Das war wohl ein Teil von Tonys Problemen.

»Morgen werde ich also dafür sorgen, dass sich Alexander so richtig ins Zeug legen muss für mich«, erklärte Katja mit unternehmungslustig funkelnden Augen. »So leicht wollen wir es ihm ja nicht machen. Und du lenkst solange Tony ab.«

Ein sonderlich gutes Gefühl hatte ich nicht dabei, doch ich gönnte Katja ihre kleine Rache an Alexander. Schließlich verhielt der sich wirklich nicht korrekt. Ich konnte froh über die Verwechslung sein, denn sonst hätte ich nicht hier mit Katja sitzen und Pläne aushecken können, sondern hätte jetzt im siebten Himmel geschwebt, weil sich ein attraktiver Schotte vermeintlich in mich verliebt hatte. Nur um mir allzu bald das Herz zu brechen. Also hatte auch ich gute Gründe, dem berechnenden Alexander einen ordentlichen Dämpfer zu verpassen.

Kapitel 15

Auch am nächsten Morgen strahlte die Sonne in mein Zimmerchen. Das beste Wetter für eine Wanderung! Allerdings hatte ich das tags zuvor ebenfalls gedacht, nur um von einem Unwetter überrascht zu werden. Tony hatte das jedoch gut eingeplant. Also würde er auch heute wissen, ob es sich lohnte, eine Tour zu unternehmen. Und außerdem war ich nicht aus Zucker! Wozu hatte ich die sündhaft teure Regenjacke dabei? Sicher nicht, um sie im Rucksack spazieren zu tragen. Die musste doch ausprobiert werden.

Tonys Schwärmerei vom wilden Schwimmen hatte mich bis in meine Träume verfolgt. Ich war durch klares, kühles Wasser geglitten, über bunte Kiesel am Boden eines Flusses oder Sees hinweg, und neben mir schwammen die schlanken, felligen Otter. An weitere Details konnte ich mich nach dem Aufwachen nicht erinnern, wohl aber an das Gefühl tiefen Friedens und Wohlbehagens, dessen Echo ich genoss, während ich aus dem Fenster schaute. Mit dem Fernglas suchte ich das Flussufer und die Wasseroberfläche ab, entdeckte jedoch leider keine Otter, sondern nur einige Kaninchen, die durch das Gras hoppelten.

Diesmal saß ich als Erste am Frühstückstisch. Aus der Küche drangen weder verdächtige Gerüche noch Qualm, also ging ich davon aus, dass Tony das Frühstück im Griff hatte. Alexander kam gerade recht, um Katja mit großer Geste die Glastür aufzuhalten. Mich ließ er wie üblich nach einem eher knappen Morgengruß links liegen, nahm aber immerhin auch meine Frühstücksbestellung auf. Nach dem üppigen Abendessen wollten Katja und ich nur Tee, Toast und Orangensaft.

Bevor er unsere Wünsche an seinen Bruder in der Küche weitergeben konnte, zückte Katja einen Reiseführer. »Ach, Alexander«, sagte sie mit einem filmreifen Augenaufschlag. »Hättest du heute Zeit, mich kurz zu diesem Laden zu begleiten? Er wird im Reiseführer empfohlen, und ich brauche dringend ein schönes Schaffell. Bestimmt kannst du mich da beraten.«

»Aber natürlich, es ist mir ein Vergnügen. Wir werden das schönste Schaffell Schottlands für dich finden! Das schönste Fell für die schönste Dame!«

Hach. Mit seinen tiefblauen Augen, den schwarzen Locken und dem verwegenen Grinsen sah er leider unglaublich gut aus. Ja, ich gab es zu, ich wäre auf ihn hereingefallen. Aber so was von!

Kaum hatte er das Zimmer verlassen, fiel Katjas schwärmerisches Strahlen in sich zusammen, und sie prustete verächtlich. »Was für ein Schleimbolzen. Und dich hat er nicht mal gefragt, ob du auch mitkommen möchtest.«

»Tja.« Ich hob die Schultern. »Das ist meine geheime Superkraft. Ich bin unsichtbar.«

Katja hob wieder den Zeigefinger, diesmal fiel ihr Blick noch strafender aus als am Vorabend. »Meine liebe Jess, nun will ich dir mal ...«

Weiter kam sie nicht, denn die Tür flog auf, und Tony stapfte in das Zimmer. Im Gegensatz zu seinem geschniegelten Bruder, der wieder aus dem Stand für ein Modemagazin für schottisch-moderne Kleidung hätte modeln können, trug er ein offenes kariertes Holzfällerhemd, darunter ein T-Shirt mit dem Logo einer Metalband und Jeans, die sicher sogar noch älter waren als meine Lieblingsjeans. Sahen aber äußerst gut an ihm aus, denn sie hingen ihm geradezu verboten tief auf den Hüften und wirkten auf bequeme Art sexy. Gab es das überhaupt? Offenbar schon, denn sein Outfit reichte, um mein Herz zum Stolpern zu bringen. Konnte auch lediglich Nervosität sein, denn er beachtete, ebenfalls im Gegensatz zu Alexander, Katja kein bisschen, sondern nahm nur mich mit zusammengezogenen Brauen ins Visier.

»Tee und Toast?«, grollte er. Es klang, als spräche er eine Verwünschung aus.

»Äh, ja?«, piepste ich eingeschüchtert.

»Heißt das, du willst heute doch nicht mit mir wandern gehen?«

»Doch!«

Mit einem theatralischen Stöhnen fuhr er sich durch das zerzauste Haar. »Aber dann brauchst du doch eine ordentliche Grundlage!«

Ich hörte Katja kichern. »Was hast du denn vor?«, fragte ich beunruhigt.

Er grinste und sah gar nicht mehr grimmig aus. »Eine Überraschung. Wird dir gefallen. Pack dein Badezeug ein.«

Nun fing mein Herz wirklich an zu rasen. Ein Teil von mir wollte feige einen Rückzieher machen. Wie die Langweilerin, für die mich alle hielten. Doch der abenteuerlustige Teil siegte. »Geht klar«, sagte ich so lässig wie möglich.

»Hast du auch Lust?«, fragte Tony Katja. »Wildes Schwimmen.«

»Brrr!« Katja schüttelte sich. »Auf keinen Fall! Ich bevorzuge Wasser mit einer Temperatur von über zwanzig Grad.«

Tony sah erleichtert aus, oder bildete ich mir das ein? Er verschränkte die Arme und musterte uns kritisch. »Kann ich die Damen denn noch für ein nahrhafteres Frühstück begeistern? Baked Beans? Eier?«

Nun, wo er es sagte, klang das doch recht verlockend ... Meine andere geheime Superkraft bestand nämlich darin, dass ich zu jeder Tageszeit mit Appetit essen konnte. Mit Grauen dachte ich an mein Experiment mit Intervallfasten.

Fünfzehn Stunden ohne Essen kamen mir wie die reinste Folter vor, und ich beneidete alle, die morgens nur an einer Tasse schwarzem Kaffee nippten und, wie sie behaupteten, erst mittags feste Nahrung zu sich nehmen konnten.

»Ich nehme die Beans«, sagte ich schnell. »Und Rührei, bitte.«

»Gebratene Champignons und Tomaten dazu?«

»Ja, bitte!«

»Für mich auch«, sagte Katja. »Danke!«

Nachdem Tony den Raum verlassen hatte, wagte ich kaum, Katja anzusehen. Da sie gar nichts sagte, warf ich ihr schließlich doch einen verlegenen Blick zu. Katja grinste so breit, dass ihre Mundwinkel schmerzen mussten. »Jessony«, sagte sie zufrieden.

»Bitte was?«

»Das ist der Ship Name für Jessica und Anthony. Ihr passt so gut zusammen. Und wie er sich darüber freut, dass er eine Überraschung für dich hat!«

»Ja, die Überraschung besteht vermutlich aus Otterkot, Eulengewölle und einem eiskalten Wasserloch.«

»Hach!« Katja drückte die Handflächen auf ihre Brust und verdrehte die Augen zur Decke. »Romantik pur!« Ihre Miene verwandelte sich in ein teuflisches Lächeln. »Und während du mit Tony romantische Abenteuer erlebst, werde ich Alexander so richtig herumscheuchen. Heute wird er sich ins Zeug legen müssen, um meine Ansprüche zu erfüllen.«

Für diese Wanderung konnten wir direkt vom Haus aus starten. Ohne einen Kater fiel es mir nicht schwer, mit Tony Schritt zu halten. Oder er ging von vornherein aus Rücksicht auf mich langsamer, doch ich fand, dass wir zügig vorankamen. Tief atmete ich ein. Die frische, kühle Luft perlte wie Champagner und erfüllte meinen Körper mit einem angenehm aufgeregten Kribbeln. Ich freute mich auf den Tag mit Tony.

Er war wie gewohnt schweigsam, doch das gab mir Zeit, meinen Gedanken nachzuhängen. Katjas Worte hatten mich nachdenklich gestimmt. Wann hatte ich jemals Ansprüche gestellt? Objektiv und mit genügend Abstand betrachtet hatte ich immer nur versucht, es meinen Freunden recht zu machen und *ihren* Ansprüchen gerecht zu werden. Meine eigenen Wünsche hatte ich wie selbstverständlich hintangestellt. Sogar meine Freude am Backen hatte ich mir verleiden lassen. Doch das würde bald anders werden. Wenn ich erst für *ErlebeTraumreisen* in exotische Länder fahren durfte, würde ich mich von der langweiligen, unsichtbaren Kumpelin in eine selbstbewusste Frau verwandeln, die von ihren spannenden Reisen berichten konnte.

Wir wanderten wieder fernab einer Straße und folgten einem Pfad, den nur Tony erkennen konnte. Hoffentlich. Doch, ich vertraute ihm. Er bewegte sich wie jemand, der die Gegend hier so gut kannte wie sein eigenes Wohnzimmer.

»Bist du hier eigentlich aufgewachsen?«, fragte ich.

»Ja, meine Eltern wohnten hier auf Skye. Meinem Dad gehörte ein Pub, und meine Mom war Lehrerin und hat nebenbei ein Bed and Breakfast in Portree geführt. Nach ihrem Tod haben wir den Pub verkauft und das Geld aufgeteilt. Matty hat das Otterview gekauft und … ah! Sieh mal hier!« Tony machte mich auf Spuren im weichen Boden aufmerksam. »Hier sind Hirsche vorbeigekommen. Ist noch nicht so lange her, mit ein wenig Glück sehen wir sie bald.« Er hob das Kinn und drehte den Kopf. »Der Wind steht günstig. Wir müssen nur leise sein.«

Diesen Wink verstand ich. Schade, ich hörte Tony gerne zu. Er hatte so eine angenehme Stimme und eine ruhige, gelassene Art zu erzählen, die mir sehr gefiel. Schweigend gingen wir weiter, und ich saugte die Weite der Landschaft in mich auf. Wie ein Meer aus trockenen Gräsern, Felsen und Erde erstreckte sich das hügelige Gelände vor uns. In einiger Entfernung konnte ich ein Wäldchen ausmachen. Tony blieb stehen und legte mir die Hand auf die Schulter. »Da drüben, zwischen den Bäumen«, raunte er. Er nahm das Fernglas ab, das er sich um den Hals gehängt hatte, spähte hindurch und reichte es an mich weiter. »Es dürfte passend eingestellt sein«, flüsterte er.

Ich hielt mir das Fernglas vor die Augen und zuckte zusammen, so nah sah das Gras plötzlich aus. Es kostete mich einige Zeit, die Bäume überhaupt zu finden, doch schließlich richtete ich das Fernglas darauf und sog begeistert die Luft ein. Zwischen den Büschen und Baumstämmen bewegten sich Hirsche! Ich konnte sie so scharf sehen, als befände ich mich nur wenige Meter von ihnen entfernt. Eines der majestätischen Tiere hob den Kopf und schien mich direkt anzusehen. Ein paar Sekunden durfte ich das beeindruckende Geweih bewundern, dann senkte der Hirsch den Kopf und ging weiter, tiefer in das Gehölz hinein, und die anderen Tiere folgten.

Atemlos ließ ich das Fernglas sinken und gab es zurück an Tony. »Wie wunderschön!«

Er lächelte, und in seinen Augenwinkeln erschienen die Fältchen, die ihn so sympathisch wirken ließen. »Das war aber noch nicht die Überraschung.«

»Ich bin gespannt!« Ich lächelte zurück und fühlte mich ein bisschen so, als würden wir flirten, aber das war natürlich Unsinn. So war Tony nicht. Er wollte mir als Gast der Pension einfach nur eine schöne Zeit verschaffen, und zwar ohne Hintergedanken. Mein Magen verknotete sich. Wenn er erst erfuhr, dass ich die Angestellte von *ErlebeTraumreisen* war, wäre es damit vorbei. Dann würde ich nicht mehr sicher sein können, ob er mich meinte, wenn er mich anlächelte, oder die Frau, von deren Gunst die Zukunft des Otterviews abhing. Auch wenn er sich nicht gut verstellen konnte ... Mit einem Mal war ich doch ganz froh über die Gnadenfrist bis zum ersten Weihnachtstag, die mein Versprechen an Katja mir verschaffte.

Unser Weg führte uns zwar nicht steil bergauf, wohl aber abwechselnd hinauf und hinunter, sodass ich nach einer kurzen, knackigen Steigung erhitzt neben Tony auf einer Anhöhe ankam. Ich strich mir das mittlerweile windzerzauste Haar aus der Stirn und schnappte schon wieder nach Luft. Kein Wunder, bei der Aussicht, die sich mir bot!

Ein paar Meter unterhalb von uns befand sich eine terrassenartige Stufe im Abhang, die fast komplett von einem tiefblauen kleinen See eingenommen wurde. Und in diesen See ergoss sich ein Wasserfall. Nun wurde mir auch klar, woher das Rauschen kam, das uns schon eine Weile begleitet hatte. Der See, oder eher das Wasserloch, reichte bis zum Rand der Terrasse. Sein Tiefblau ging in das Graublau des Meeres über, das wir von hier aus sehen konnten. Durch das Plätschern des Wasserfalls und das Kreischen der Möwen über uns glaubte ich das gleichmäßige Rauschen der Wellen zu hören. Alles fügte sich zu einer beruhigenden, unaufdringlichen Melodie zusammen, die mir das Herz weit werden ließ. Unwillkürlich breitete ich die Arme aus, um all dies zu umfassen. Den Himmel, über den faszinierende Wolkenformationen zogen, das Meer, den See und den Wasserfall ... und Tony.

»Es sieht wirklich aus wie ein Infinitypool«, platzte es aus mir heraus. »Was für eine tolle Überraschung!« Strahlend drehte ich mich zu Tony um, der tatsächlich ein wenig rot wurde und sich den Nacken rieb.

»Freut mich, dass es dir gefällt. Und? Bereit für eine Runde Schwimmen?«

Mir war nicht kalt, die Sonne schien, und der See sah so idyllisch und verlockend aus mit dem Wasserfall.

»Wir können hier auch einfach eine Rast einlegen und ein Picknick machen«, fuhr Tony fort. Doch ich hatte meine Entscheidung bereits getroffen.

»Auf zum Wild Swimming!«, rief ich übermütig.

Kapitel 16

Mein Vorhaben bereute ich, sobald ich die Zehen in das Wasser streckte. Das war eisig! Ein Wunder, dass der See nicht zugefroren war. Doch wie ich Tony mittlerweile kannte, hätte er ungerührt ein Loch ins Eis geschlagen. Denn mein hartgesottener Wanderführer aalte sich bereits in den Fluten, als handelte es sich bei dem Wasserloch um einen beheizten Whirlpool. Und er besaß auch noch die Unverschämtheit, so entspannt und gut gelaunt dabei auszusehen, als gäbe es nichts Schöneres, als in einem eiskalten Tümpel in den schottischen Highlands zu hocken.

Ich war keine Wasserratte. Ich hasste Boote. Und ich würde niemals in ein Gewässer steigen, dessen Grund ich nicht erkennen konnte. Zum Glück war der Teich so klar, dass ich die rund geschliffenen Steine auf dem Boden sah.

»Gewöhn dich ganz in Ruhe an die Temperatur«, rief er mir fröhlich zu. »Wenn du erst mal drin bist, wird es dir gefallen.«

Na, der hatte Nerven. Mein Fuß, der sich immerhin komplett unter Wasser befand, starb schon langsam ab. Wie könnte mir gefallen, wenn das mit meinem ganzen Körper passierte? Einem Körper, den ich zu meinem Schrecken im Badeanzug präsentieren musste. Das mochte ich überhaupt nicht! Meine Haut kribbelte nervös, weil ich mich derart knapp bekleidet zur Schau stellen musste, und am liebsten hätte ich mich in das Handtuch gehüllt, das am Ufer des Sees auf einem Felsen bereitlag. Und dabei handelte es sich bei meiner Badebekleidung nicht etwa um einen knappen Bikini, sondern um einen züchtigen Einteiler, in Schwarz natürlich, denn, wie ich beim Kauf gehofft hatte: Schwarz macht schlank! Bei meinem eher voluminösen Körper versagte dieser Spruch leider, wie ich zu meinem Leidwesen feststellen musste. Erneut bereute ich meine lange Abwesenheit vom Fitnesscenter. Diese komischen Speckröllchen über den Knien waren doch heute Morgen noch nicht da gewesen! Die schottische Sonne, wenn sie schon mal da war, verbarg aber auch nichts. In ihrem gnadenlosen Licht musste ich mich wohl oder übel den Blicken von Tony aussetzen. Dass ich zu dem Badeanzug auf Tonys Geheiß eine Wollmütze trug, machte die Sache nicht besser.

Tony planschte allerdings vergnügt unter dem Wasserfall herum, als wären wir hier irgendwo im Regenwald von Costa Rica und nicht auf der Isle of Skye, und schien sich nicht im Geringsten dazu bemüßigt zu fühlen, meine Figur zu beurteilen. Bevor er doch auf die Idee kam, mich auf diese abwertend kritische Art zu mustern, die ich nur allzu gut kannte und hasste, musste ich wohl oder übel in den See steigen. Mindestens weit genug, um meine Problemzonen zu verstecken. Also bis zum Hals.

Das Konzept der Body Positivity hatte ich leider noch nicht verinnerlichen können. Vielleicht mit zehn Kilo weniger.

Tony watete auf mich zu. An ihm konnte ich mir ein Beispiel nehmen! So unbeschwert, wie er aus den Fluten stieg und mir seinen nur mit einer Badeshorts bedeckten Körper präsentierte, waren ihm selbstkritische Gedanken zu seiner Figur so fremd wie offenbar ein normales Kälteempfinden. Immerhin lenkte mich sein Anblick von meinem abgestorbenen Fuß ab, denn ich musste mir eingestehen, dass er genau mein Typ war. Breitschultrig, ohne übertriebene Muskeln, und ich mochte sogar die rötlich blonden Locken, die sich auf seiner Brust kräuselten. Und er besaß eher die Figur eines Genießers als eines Asketen.

Im Prinzip hätte man Letzteres auch von mir sagen können, nur dass es mich an mir störte, ihn aber nicht, wie es aussah. Er streckte mir die Hand hin. »Die Steine am Rand könnten etwas glitschig sein. Geh erst mal nur bis zu den Knien rein. Ich halte dich fest. Es ist nicht tief.«

Er lächelte mich so freundlich und ungezwungen an, als wäre das hier gar keine große Sache und als zweifelte er keinen Moment daran, dass mir das Bad im Eis gefallen würde. Ich konnte gar nicht anders, als seine überraschend warme Hand zu ergreifen. Von ihm gehalten, stakste ich weiter in den See, bis ich tatsächlich bis zu den Knien im Wasser stand. Die rund geschliffenen, bunten Kiesel am Boden erinnerten mich an meinen Traum.

»Und jetzt weiteratmen. Du kannst dich ein bisschen nass spritzen«, schlug Tony vor, ohne meine Hand loszulassen.

Mir fiel auf, dass ich wirklich die Luft angehalten hatte, und ich rang keuchend nach Atem. Mit der Hand, die nicht Tonys umklammerte, schöpfte ich Wasser und bespritzte mich damit. »Uah!«, stieß ich hervor.

Statt mich auszulachen, sagte Tony nur trocken: »Erfrischend, was?«

»Kann man wohl sagen!«

»Möchtest du mal zum Wasserfall gehen?«

»Nichts lieber als das«, behauptete ich todesmutig. Meine Beine gewöhnten sich allmählich an die Kälte, und nach dem anfänglichen Stechen auf der Haut breitete sich nun sogar Wärme in ihnen aus. Nach dem steinigen Uferbereich wurde der Boden des Teichs weicher, und ich malte mir lieber nicht aus, was sich da unter meinen Fußsohlen befand.

Tony ging neben mir in die Knie, bis er bis zur Brust im Wasser hockte, und zupfte auffordernd an meiner Hand. Ich wagte es! Tauchte ein in die Kälte und stellte mir einfach vor, nach der Sauna ins Tauchbecken zu steigen. Quietschend fuhr ich wieder hoch. Meine Brust zog sich zusammen, und mein Herz raste wie nach einem Marathon.

»Kalt!«, kreischte ich und musste dennoch lachen, halb vor Entsetzen, halb vor Entzücken, weil ich hier in einem schottischen Infinitypool stand, mit Blick über das Meer, eine Wollmütze auf dem Kopf, und gerade die beste Zeit des Jahres erlebte. Da musste mein Herz ja schneller schlagen!

»Du Schuft!«, rief ich übermütig. »Man gewöhnt sich überhaupt nicht dran! Es ist einfach nur eisig kalt!«

Ich ließ Tonys Hand los und spritzte Wasser auf ihn. Er lachte und wich zurück, verlor das Gleichgewicht und stürzte der Länge nach ins Wasser, tauchte komplett unter, und ich bereute meinen albernen Angriff schon, doch da kam er wieder hoch, mit funkelnden Augen und breit grinsend, und ... holte aus, um mich mit einer Fuhre Eiswasser zu beglücken. Lachend floh ich Richtung Ufer, nicht ohne mich mit einem weiteren Spritzangriff zu revanchieren. So eilig hatte ich es, aus dem Wasser zu kommen, dass ich prompt auf den Steinen ausrutschte. Ich machte mich darauf gefasst, mich in der nächsten Sekunde in einen anatomisch geformten Eiswürfel zu verwandeln, doch ich landete nicht in der Tiefkühlung, sondern in Tonys Armen.

Sein grollendes Lachen ließ seinen Brustkorb an meinem Rücken vibrieren, und sein Atem strich mir warm über den Nacken. Wieder hämmerte mein Herz. Doch diesmal löste die Reaktion meines Körpers keinen Fluchtreflex aus. Ich hatte es auch nicht mehr sonderlich eilig, an Land zu kommen. Ein paar Atemzüge lang genoss ich es, an Tony gelehnt dazustehen und auf das Meer hinauszuschauen, sicher von ihm gehalten. Hier vom Rand des Sees konnte ich den halbmondförmigen Strand unter uns erkennen, die Wellen, die rhythmisch auf den im Sonnenlicht hell glitzernden Sand strömten und sich wieder zurückzogen. Die Bucht sah so einladend und wunderschön aus und gleichzeitig so wild und nach Abenteuer, dass ich tief Luft holen musste und mir wünschte, ich könnte diesen Anblick auf ein Foto oder besser noch ein Gemälde bannen. Ich nahm ihn in mich auf, um ihn niemals zu vergessen. Einen kostbaren Moment lang fühlte ich mich frei, mutig und schön, als könnte ich alles erreichen, alles sein.

»Ich brauche so ein Teil!«, rief ich kurz darauf aus, in ein ganz besonderes Handtuch gehüllt. Es besaß ein Fleecefutter und eine Kapuze, und ich konnte mich komplett darin einmummeln. Nicht nur das, es diente mir auch als tragbare Umkleidekabine, denn geschützt von der warmen Umhüllung schaffte ich es, den nassen Badeanzug abzustreifen. Kalt war mir überhaupt nicht mehr. Im Gegenteil. Meine Haut schien zu glühen, und besonders die Teile meines Körpers, die sich unter Wasser befunden hatten, kribbelten lebendig. Tony, der abgehärtete Naturbursche, brauchte natürlich kein Fleecebadetuch. Er rubbelte sich mit einem gewöhnlichen Handtuch trocken, wickelte es sich um die Hüften und entledigte sich züchtig seiner Badeshorts. Trotzdem wandte ich mich höflich ab und zog mich unter meinem Fleecegewand wieder an.

Tony war schneller fertig, und als ich mich umdrehte, hielt er schon einen Becher mit dampfendem Tee für mich bereit. »Herzlichen Glückwunsch zu deinem ersten Wild Swimming.«

Wir stießen an. »Danke, Tony. Das hat wirklich Spaß gemacht«, sagte ich.

»Du warst sehr mutig«, erwiderte er mit einem anerkennenden Nicken. »Die meisten halten bei ihrem ersten Bad in kaltem Wasser nicht so lange durch.«

Wenn mir jemand erzählt hätte, ich würde im Dezember in ein Wasserloch steigen, hätte ich demjenigen wohl einen Vogel gezeigt. Und zwar nicht, weil ich feige war, sondern vernünftig. »Du hättest wohl nicht gedacht, dass ich mich da überhaupt reintrauen würde, oder?«, fragte ich neckend.

Tony blieb ernst. »Ich habe keine Sekunde daran gezweifelt, denn ich bin sicher, dass du alles in die Tat umsetzt, was du dir vorgenommen hast.«

Ich war mir nicht sicher, ob das nicht doch kritisch gemeint war. Aber Tonys Blick war alles andere als abfällig, sondern drückte nichts als wohlwollenden Stolz aus.

Meine Gedanken glitten automatisch zu meiner Mission. Ja, ich hatte mir vorgenommen, in eine andere Abteilung versetzt zu werden, damit ich endlich all die exotischen Reisen unternehmen konnte, von denen ich so lange träumte. Und wenn es dafür nötig war, das Otterview vernichtend zu beurteilen, dann würde ich das tun. Oder? Ich würde ja nur die Wahrheit schreiben. Was half es, wenn ich einen geschönten Bericht ablieferte und es später nur weitere empörte Gästebewertungen hageln würde?

»So, bevor wir hier auskühlen, habe ich noch eine Überraschung für dich«, erklärte Tony. »Ich zeige dir einen meiner liebsten Plätze hier.«

»Darf ich mich geehrt fühlen?«

Er grinste. »Auf jeden Fall. Komm, gehen wir. Auch wenn dir jetzt warm ist, musst du dich erst an das Schwimmen im kalten Wasser gewöhnen. Das Aufwärmen danach ist wichtig.«

Wenn er das sagte, er war ja der Experte. Neugierig folgte ich ihm einen schmalen Pfad abwärts. Tony achtete darauf, dass ich gut mitkam, reichte mir an schwierigen Stellen eine helfende Hand und bog Zweige für mich aus dem Weg. Am Fuß des abschüssigen Wegs angekommen, bogen wir um eine Kurve, und vor uns erstreckte sich der halbmondförmige Strand, den ich schon aus dem Infinitypool bewundert hatte. Nun selbst hier zu stehen, übertraf meine kühnsten Erwartungen. Dies war sicher einer der schönsten Strände, die ich je gesehen hatte. Heller Sand, umrahmt von Klippen, in der Sonne türkisblau schimmerndes Meer, und vor allem: Wir hatten dieses Paradies für uns allein.

Die leichte Biegung des bestimmt einen Kilometer langen Strandes lud geradezu zu einem ausgiebigen Spaziergang ein, doch Tony hatte etwas anderes im Sinn. Zielstrebig marschierte er auf eine halbwegs geschützte Stelle unter ein paar windschiefen, dürren Bäumen zu. Ich folgte ihm und atmete tief die salzige, frische Luft ein. So duftete Meer, und ich konnte gar nicht genug davon bekommen. Während ich noch den Anblick des Strandes in mich aufsaugte, fachte Tony ein Feuerchen an. Die von Steinen umrahmte Stelle zeigte, dass hier öfter mal ein Lagerfeuer gemacht wurde. Dafür sprach auch das sorgfältig aufgeschichtete Holz daneben. Um die Feuerstelle herum lagen ein paar dickere Stämme. Über einen breitete Tony eine Decke und deutete einladend auf die Sitzbank. Ich nahm Platz und genoss die Wärme, die das Feuer verströmte. Tony hatte mal wieder recht gehabt, nun war mir doch leicht fröstelig zumute, und ich war froh darüber, dass ich mich aufwärmen konnte.

Aus dem unerschöpflichen Fundus seines Rucksacks holte Tony die unvermeidliche Thermoskanne und versorgte mich mit Tee. Dazu gab es Sandwiches. Trotz des üppigen Frühstücks hatte ich Appetit. Ein Blick auf Tonys Outdooruhr zeigte mir, dass es tatsächlich schon Nachmittag war. Die Zeit verging hier wie im Flug. Waren wir nicht eben erst vom Otterview aufgebrochen?

Ich streckte die Füße dem Feuer entgegen, schaute aufs Meer hinaus, und mir fiel auf, dass dies einer der seltenen Momente war, in denen ich mit mir, dem Leben und der Welt an sich im Reinen war. Und dass ich dafür nicht nach Costa Rica hatte reisen müssen.

Kapitel 17

Es gab nicht viele Menschen, mit denen ich schweigend dasitzen konnte, ohne mich unwohl zu fühlen und zunehmend gestresst nach einem Thema zu suchen, zu dem ich etwas sagen konnte, ohne seltsam oder langweilig zu wirken. Tony gehörte zu diesen Menschen. Wir saßen am Feuer, tranken Tee und aßen die Sandwiches, und ich hatte nicht das Gefühl, die Stille mit Worten füllen zu müssen.

Allerdings fiel mir ganz von selbst etwas ein, das ich Tony gerne fragen wollte. »Tony, warst du schon immer Tourguide hier auf Skye, oder hast du vorher etwas anderes gemacht?«

Kaum gestellt, kam mir die Frage so aufdringlich und unbedacht vor, dass ich sie am liebsten zurückgenommen hätte, doch Tony schob auf seine bedächtige Weise ein Stück Holz weiter ins Feuer und antwortete ohne das kleinste Anzeichen von Genervtheit: »Nein, ich habe früher als Fotograf gearbeitet. Da war ich viel in anderen Ländern unterwegs.«

»Auch in Costa Rica?«, rutschte es mir heraus.

Er schmunzelte. »Ja, auch dort. Ist das dein nächstes Reiseziel?«

»Wenn alles gut läuft, ja.« Doch ich wollte nicht über mich reden, dann hätte ich mich nur wieder schlecht gefühlt, weil ich Tony noch nicht die Wahrheit gesagt hatte. »Und dann hat es dich zurück nach Schottland gezogen?«

Tony hob die Schultern. »Ja, hier gefällt es mir am besten, hier fühle ich mich wohl und bin zu Hause. Ich musste offenbar erst die Welt bereisen, um das herauszufinden. Nach dem Tod unserer Eltern bin ich hergekommen, um das Erbe zu regeln, und da ist mir erst aufgefallen, wie sehr ich mit dieser Insel verbunden bin. Nach langer Zeit hatte ich das Gefühl, wieder richtig durchatmen zu können. Das Leben, das ich vorher geführt hatte, war längst nicht mehr das gewesen, was ich wollte. Ich hab mich zu sehr danach gerichtet, was andere von mir erwarteten.«

Ein grimmiger Zug zeichnete sich um seine Mundwinkel ab. »Also habe ich meine Karriere beendet und bin zurück nach Skye gekommen.«

Ich hatte das Gefühl, dass mehr hinter dieser Entscheidung steckte, als er bisher preisgegeben hatte. »War da eine Frau im Spiel?«, rutschte es mir heraus. O nein. Hatte ich eben noch gefröstelt, schoss mir nun glühende Hitze ins Gesicht, und ich spielte ernsthaft mit dem Gedanken, aufzustehen und mich so, wie ich war, ins Meer zu stürzen, nur um dieser peinlichen Situation zu entgehen. Wie konnte ich so etwas fragen, das ging mich überhaupt nichts an, und wir kannten uns nicht gut genug.

»Entschuldige!«, rief ich aus. »Darauf musst du natürlich nicht antworten!« Irgendwie hatte ich das Gefühl, alles nur noch schlimmer zu machen. Ich wagte kaum, Tony anzusehen, tat es aber doch, und er schenkte mir wieder dieses anerkennende Lächeln.

»Gut erkannt«, sagte er. »Oder bin ich so durchschaubar?«

Was dachte er denn? Katja hatte ihn als ehrliche Haut bezeichnet, und auch ich fand, dass er ein so offenes, ehrliches Gesicht hatte, dass ihm Pokerspielen vermutlich schwerfallen würde.

»Ja, stimmt«, fuhr er gelassen fort. »Meine damalige Freundin hatte mich dazu überredet, mit meinen Fotos eine andere Richtung einzuschlagen. Und ich ließ mich gerne überzeugen, hatte auch einigermaßen Erfolg, und mir gefiel die Abwechslung. Also, um kein Geheimnis daraus zu machen, ich bin von der Naturfotografie und Reisereportage zu Modefotos gewechselt. Nach einiger Zeit stellte ich aber fest, dass das nichts für mich ist.«

Das glaubte ich ihm aufs Wort. Ich konnte mir Tony beim besten Willen nicht als trendigen Modefotografen vorstellen, der Models in Szene setzte.

»Tja.« Erneut hob Tony die Schultern. »Und das Leben hier auf der Insel war nichts für meine Ex-Freundin. Darum haben wir uns entschieden, getrennte Wege zu gehen. Das ist schon ein paar Jahre her, und ich bereue es nicht.« Er grinste schief. »Sie ganz bestimmt auch nicht. Ich glaube, sie hat vor allem den Teil von mir geliebt, den ich am wenigsten mochte. Und ich war von Menschen umgeben, in deren Gegenwart ich mich selbst nicht leiden konnte.«

Er wühlte in seinem Rucksack. »Lust auf Nachtisch?«

Da er zwei kleine Tafeln Schokolade präsentierte, sagte ich nicht Nein. Seine letzten Sätze gingen mir noch im Kopf herum. Ich konnte mich des Gefühls nicht erwehren, dass die viel zu gut auch auf meine Beziehungen zutrafen.

»Und was verschlägt dich ausgerechnet Weihnachten nach Schottland und nicht nach Costa Rica, wenn ich das fragen darf?«, wollte Tony nun leider wissen, und ich verschluckte mich fast an meiner Schokolade.

Wenn ich bloß Katja dieses Versprechen nicht gegeben hätte! Egal, ich würde jetzt die Wahrheit sagen. Sie musste das verstehen. Ich holte tief Luft. »Ich arbeite in einem Reisebüro und wollte mir endlich mal selbst ansehen, was ich den Reisenden so verkaufe.«

So, nun war es raus. Jetzt würde Tony eins und eins zusammenzählen.

Doch er lachte nur auf seine gutmütige Art. »Gute Idee! Da hast du ja was mit Katja gemeinsam. So, wir sollten uns nun auf den Rückweg machen, es wird früh dunkel um diese Jahreszeit.«

Während er fachmännisch das Feuer löschte, beobachtete ich ihn forschend. Nahm er mich auf den Arm? Nein, er schien wirklich keinen Verdacht zu schöpfen. Offenbar traute er mir genauso wenig wie Alexander zu, dass ich die Spionin von *ErlebeTraumreisen* sein könnte. Wie konnte man so vertrauensselig sein? Gerade das machte ihn mir umso sympathischer. Nun ja, ich hatte den ganzen Rückweg Zeit, sein Vertrauen in mich zu zerstören. Denn nachdem ich den ersten Schritt Richtung Geständnis getan hatte, würde ich keinen Rückzieher mehr machen. Wie er schon gut erkannt hatte: Wenn ich mir etwas vornahm, zog ich es auch durch.

Nur die passenden Worte musste ich mir noch überlegen. Und das dauerte. Die Umgebung lenkte mich zu sehr ab. Das Abendlicht tauchte die Berge und Wiesen in Gold und legte über alles einen magischen Schimmer. Es kam mir vor, als wanderte ich durch ein Märchenreich. Oder eine Filmkulisse von *Der Herr der Ringe*. Unser Weg führte an einem Fluss entlang, und das Gluckern und Plätschern erinnerte mich unangenehm daran, dass ich zur Toilette musste. Leider gab es hier nur wenig Deckung.

Tony bückte sich und hob einen Stein auf. »Wusstest du, dass einige Otter einen Lieblingsstein haben? Sie bewahren ihn in einer Fellfalte auf, die sie als Tasche nutzen.« Er warf den Stein in die Luft und fing ihn wieder auf. »Sie benutzen den Stein als Werkzeug, aber sie spielen auch damit, zum Beispiel jonglieren sie.«

Ich stellte mir einen jonglierenden Otter vor und musste lächeln. Tony reichte mir den Stein. Vom Wasser rundgeschliffen lag er glatt in meiner Hand.

»Wenn wir jetzt ganz leise sind, könnten wir Glück haben«, raunte Tony mir zu und blieb stehen. Eigentlich wollte ich nur noch möglichst schnell zurück zum Otterview, doch ich stoppte ebenfalls. Tony zückte sein Fernglas und richtete es auf die nächste Flussbiegung, und schon breitete sich ein zufriedenes Lächeln auf seinem Gesicht aus. Ohne etwas zu sagen, reichte er das Fernglas an mich weiter. Neugierig geworden, spähte ich hindurch.

Grasbüschel, noch mehr Grasbüschel, Grasbüschel, Steine, der Fluss ... und da tauchte etwas im Wasser auf! Ein runder, felliger Rücken, der ebenso schnell wieder verschwunden war, erneut auftauchte ... Beinahe hätte ich ein entzücktes Quietschen von mir gegeben. In dem Fluss schwamm ein Otter! Mit angehaltenem Atem beobachtete ich, wie er an Land kam und auf den Steinen am Ufer herumtrippelte. Fasziniert bewunderte ich das nasse, glatt an seinem Körper anliegende Fell, die winzigen Öhrchen und die Schnauze, die er in alle Windrichtungen drehte. Das Fernglas war so gut, dass ich sogar die Schnurrhaare erkennen konnte und seine Knopfaugen glitzern sah. Ob er mich ebenfalls entdeckt hatte oder sowieso nur kurz mal an Land kommen wollte? Jedenfalls glitt er wieder ins Wasser und schwamm weiter. Irgendwann tauchte er unter, und ich verlor ihn aus dem Blick.

Seufzend ließ ich das Fernglas sinken. Was für ein magischer Moment. Noch nie hatte ich einen frei lebenden Otter beobachten dürfen. Was für ein perfekter Abschluss für einen perfekten Tag! Und das verdankte ich Tony.

Ich drehte mich zu ihm um und suchte nach Worten, um meinen Gefühlen Ausdruck zu verleihen. Vielleicht war das für ihn ja Alltag, aber ich erlebte hier Wundervolles. Doch als ich in seine strahlenden Augen sah, wusste ich, dass auch er den Wert dieses Augenblicks schätzte. Und dass Worte unnötig waren. Ich gab ihm das Fernglas. Unsere Finger berührten sich. Wir sahen uns an, und wie magnetisch angezogen trat ich einen Schritt auf ihn zu. Zwischen uns das Fernglas, das wir beide noch hielten, standen wir so dicht voreinander, dass ich den leichten Bartschatten auf seinen Wangen sehen konnte, die goldenen Funken, die die untergehende Sonne in seinen Augen aufschimmern ließ.

»Danke, Tony«, flüsterte ich.

Die Fältchen um seine Augen vertieften sich. »War mir ein Vergnügen, Jessica.«

Oh, wie ich seine Stimme mochte, es mir gefiel, wie er meinen Namen sagte.

Immer noch hielt er meinen Blick fest. Oder ich seinen? Das Atmen fiel mir schwer, und in meinem Bauch breitete sich ein warmes Kribbeln aus. Tony zog leicht an dem Fernglas, holte mich damit noch näher an sich heran, bis wir uns fast berührten. Unsere Nasenspitzen waren nur wenige Zentimeter voneinander entfernt, und unsere Lippen ...

»Ich möchte dich gerne küssen«, sagte Tony heiser. »Bist du einverstanden?«

Ich nickte, und Tony küsste mich. Zuerst war da nur eine fragende Berührung seiner Lippen auf meinen, ein sachtes Streifen, doch als ich den Kuss erwiderte, legte er die Hand in meinen Nacken, strich mit dem Daumen über die Stelle vor meinem Ohr und küsste mich richtig. Innig und sanft und süß, sodass der Boden unter mir schwankte und ich das Fernglas loslassen musste, um mich an seinen Schultern festzuhalten. Ich lehnte mich in diesen Kuss, ließ mich in ihn sinken wie vorhin in das kalte Wasser, doch diesmal, ohne zu zögern.

Der *Imperial March* ertönte.

Tony gab ein Grollen von sich, ohne unseren Kuss zu unterbrechen. Leider war ich da störanfälliger und löste meine Lippen von seinen. »Was ist das?«, murmelte ich.

Sehr schlaue Frage. Erwartete ich etwa, dass Darth Vader über die schottischen Moore auf uns zumarschierte?

»Mein Handy«, murmelte Tony. Er sagte noch etwas in einer Sprache, die ich nicht kannte, melodiös und doch barsch genug, dass ich den Kommentar als Fluch erkannte.

Ein wohliger Schauer lief mir über den Rücken. Tony konnte Gälisch! Und er hatte mich geküsst! So viel zu meinen Prioritäten …

»Entschuldige«, flüsterte Tony und gab mir noch einen sanften, raschen Kuss, bevor er sein Telefon aus der Tasche zog. Mit gerunzelter Stirn starrte er auf das Display, entschied sich dann aber, den Anruf anzunehmen. »Was gibt's?«, fragte er knapp.

Diskret wendete ich mich ab. Na gut, ich war nicht nur diskret, ich wollte auch mein raumgreifendes Grinsen vor Tony verbergen. Wie vorhin bei den Ottern musste ich mich zusammenreißen, um keine Jubellaute von mir zu geben. Tony hatte mich geküsst! Und wie! Meine Lippen prickelten, und mein Herz raste, als hätte ich die gesamte heutige Wanderstrecke im Sprint zurückgelegt. Während ich den Fluss nach weiteren Ottern absuchte, hörte ich gezwungenermaßen, was Tony sagte. Das war nicht viel. Bis auf ein paar Hms und Grmpfs gab er zunächst nichts von sich. Nachdem er eine Weile stumm zugehört hatte, trug er doch noch etwas mehr zu dem bisher sehr einseitig verlaufenden Telefongespräch bei.

»Natürlich können sie kommen. Darüber muss man doch gar nicht nachdenken.«

Aus dem Handy drang eine derart aufgebrachte Stimme, dass ich sie sogar hören konnte, nur die Worte verstand ich nicht. Da war offenbar jemand verärgert.

»Na und? Dann ist eben Weihnachten. Wir hätten doch sowieso zwei Gäste mehr gehabt, wenn du die nicht ausquartiert hättest … Ja, meine Schuld, in Ordnung, aber …«

Nun drehte ich mich doch wieder zu Tony um. Er fing meinen Blick auf, hob die Brauen und grinste. Im Gegensatz zu seinem Gesprächspartner, der eine laute Tirade auf ihn abließ, wirkte er völlig ruhig. »Ja, das weiß ich, aber muss sich denn immer alles lohnen? Dann ist es eben eine Art Abschiedsvorstellung.«

Wovon redete er? Ich vergaß vor lauter Neugier beinahe, dass ich dringend zur Toilette musste.

»Bis gleich«, sagte Tony und legte auf. Messerscharf schloss ich aus diesen Worten, dass er mit Alexander telefoniert hatte.

»War das Alexander?«, platzte ich heraus. »Ich konnte leider nicht anders, als mitzuhören.«

»Das macht doch nichts.« Tony fuhr sich durch das Haar. In dem Sonnenuntergangslicht schimmerte es rötlich. Konnte sein, dass mir das nun so deutlich auffiel, weil die Behaarung an seinem restlichen Körper ebenfalls diesen Rotschimmer aufwies. Bei der Erinnerung an Tony in Badeshorts schlug mein Herz schon wieder schneller.

»Ja, das war mein Bruder«, sagte Tony und seufzte. »Sieht so aus, als würden wir noch ein paar Gäste begrüßen dürfen. Im Hotel in Portree hat es einen Wasserrohrbruch gegeben, und nun werden die Gäste auf andere Unterkünfte verteilt.«

»Aber das ist doch super!«

Tony lächelte mich so warm an, dass meine Knie wabbelig wie Scones-Teig wurden. »Genau das finde ich auch. Alexander ist da leider anderer Meinung. Er hält das für unnötige Arbeit, weil wir das Otterview sowieso schließen müssen.«

Mein Magen zog sich zu einem eisigen Klumpen zusammen. »Steht das denn schon fest?« Bisher hatte ich gedacht, es wäre nur eine Option, die zur Diskussion stand, keine abgemachte Sache.

»Für Alexander schon«, sagte Tony düster. »Er würde das Otterview lieber heute als morgen verkaufen. Er hat ja sogar schon einen Investor aufgetan.«

Entweder es lag am Licht, oder die Falten auf seiner Stirn gruben sich mit einem Mal tiefer in seine Haut. »Die wollen das Otterview abreißen und ein großes Hotel bauen, mit Golfplatz und so.« Er schnaubte und wandte sich von mir ab. Sein Blick schweifte über die weite Landschaft. »Das würde das Aus für all das hier bedeuten.«

»O nein«, entfuhr es mir. »Die Otter!«

Tony nickte langsam. »Ja, der Lebensraum der Otter würde zerstört werden.«

Tonys Worte legten sich wie eine gewaltige Last auf meine Schultern. Mit solch schlimmen Auswirkungen der ausbleibenden Buchungen und der Kündigung der Zusammenarbeit mit *ErlebeTraumreisen* hatte ich nicht gerechnet. »Aber … wenn ihr das Otterview wirklich verkaufen müsst, gibt es denn da keine andere Möglichkeit? Vielleicht eine einheimische Person, hier von der Insel, die gerne die Pension weiterführen möchte?«

»Wer möchte schon ein Bed and Breakfast mit schlechtem Ruf übernehmen?«, brummte Tony. »Alexander hatte recht. Wir hätten sofort verkaufen sollen, als Matty fortgegangen ist. Ich dachte, ich könnte die Pension weiterführen, aber mir fehlt dazu wohl das Talent.«

Natürlich hätte ich ihn jetzt mit höflichen Lügen trösten können, doch ich kannte die Bewertungen nur zu gut, und in den meisten kam er schlecht weg, schlimmer noch, er hatte sogar oft den Ausschlag für die Gäste gegeben, das Otterview negativ zu rezensieren.

»Deine Talente liegen eben in anderen Bereichen«, sagte ich schließlich.

An Tonys Stelle wäre ich vermutlich beleidigt gewesen, doch er grinste mich schief an. »Da hast du wohl recht. Wenn ich da so an das Frühstücksdesaster an deinem ersten Tag hier denke …«

Die Erinnerung brachte mich zum Lächeln. Das war das erste Mal gewesen, dass ich Tony sympathisch gefunden hatte.

Und jetzt? Verlor ich mich in seinen hellen, grauen Augen und überlegte, ob es wohl sehr aufdringlich und unpassend wäre, wenn ich ihn noch mal küsste.

Kapitel 18

Tony erlöste mich aus meinem Entscheidungsproblem, indem er mich in seine Arme zog und mich einfach küsste, als wäre es das Selbstverständlichste von der Welt. Und so fühlte es sich auch an. Darum aber nicht weniger aufregend und großartig. Ich hatte das Gefühl, genau das Richtige zu tun und hier in Tonys Arme zu gehören. Das passierte mir wahrlich nicht oft! Meistens fühlte ich mich fehl am Platz, wäre lieber woanders, am besten sogar ein ganz anderer Mensch. Doch jetzt war ich froh, hier zu sein. Ich zu sein.

Wenn mich meine volle Blase nicht so gedrückt hätte, wäre ich am liebsten noch endlos hier stehen geblieben, an Tony geschmiegt.

»Wir sollten zurückgehen«, sagten wir gleichzeitig und lachten.

»Da kommt eine Menge Arbeit auf mich zu«, sagte Tony fröhlich. Er schien sich wirklich auf die neuen Gäste zu freuen.

Zielstrebig marschierte er mal wieder querfeldein. Er drehte sich zu mir um und streckte die Hand aus, als wäre es völlig normal, und mir kam es tatsächlich auch völlig normal vor, sie zu ergreifen. Hand in Hand gingen wir weiter. Von früheren Knutschereien kannte ich die peinliche Phase danach, in der niemand so genau wusste, wie es nun weiterging und was man sagen und tun sollte, doch Tony schien unbelastet von derartigen Zweifeln, und das färbte wohl auf mich ab. Ohne mich auch nur die Spur seltsam zu fühlen, genoss ich es, mit ihm durch die Abenddämmerung zu wandern.

»Es gibt vier Zimmer im Otterview, oder?«, fragte ich. Das wusste ich natürlich, denn ich hatte oft genug Buchungen für *ErlebeTraumreisen* durchgeführt. Was mich daran erinnerte, dass ich Tony endlich die Wahrheit sagen musste ... Nachdem ich auf der Toilette war. Sonst konnte ich mich nicht richtig konzentrieren.

»Ja, vier Doppelzimmer. Deins ist leider das kleinste. Eigentlich wollte ich dich noch fragen, ob du in ein anderes umziehen möchtest.« Reumütig verzog er den Mund. »Hab ich total vergessen. Da siehst du es, kein Talent!«

»Mir gefällt mein Zimmer, die Aussicht ist wunderbar«, sagte ich schnell. »Ich hätte sowieso abgelehnt.«

Tony atmete hörbar auf und wischte sich imaginären Schweiß von der Stirn. »Puh! Nicht dass du deinem Reisebüro nur Schlechtes vom Otterview berichten kannst.«

Seine Worte versetzten mir einen Stich. Ausnahmsweise nicht, weil mich das schlechte Gewissen plagte, sondern weil sich ein neuer Gedanke in mir breitmachte. Ein fieser, misstrauischer Gnom, der mir zuwisperte: Er hat dich nur geküsst, weil du jetzt auch auf der Liste der zu beeindruckenden Gäste stehst!

Bevor der Gnom mir weitere Zweifel einflüstern konnte, fuhr Tony fort: »Aber das hat sich wohl sowieso bald erledigt. Das Otterview wird es sehr wahrscheinlich nicht mehr lange geben.«

»War es das, was du eben als Abschiedsvorstellung bezeichnet hast?«

Tony nickte und drückte meine Hand fester. Er schenkte mir ein tapferes Lächeln. »Alexander meint, es lohnt sich nicht mehr, noch Gäste aufzunehmen. Aber das ist für mich keine Frage. Diese Leute brauchen eine Unterkunft, und bei uns ist Platz, also dürfen sie natürlich kommen. Kann gut sein, dass es wirklich die letzten Gäste sind.«

Zu meiner Überraschung tauchte schon das Otterview vor uns auf. Der Weg zu Tonys Lieblingsstrand war gar nicht so weit, wenn man diese Strecke nahm. »Tony, können wir in den nächsten Tagen noch mal an den Strand gehen?«, rief ich spontan aus. »Ich hätte Lust, auch mal im Meer zu schwimmen!«

Da Tony mich mit aufgerissenen Augen anstarrte, als hätte ich ihm soeben verkündet, ich könnte fliegen, fügte ich hinzu: »Na ja, vielleicht nicht richtig schwimmen, aber ein bisschen eintauchen. Also mehr so schreiend reinrennen und noch lauter schreiend wieder raus.«

Da fing Tony an zu lachen, legte den Arm um mich und drückte mich an sich. »Du bist großartig, Jessica. Es freut mich so sehr, dass du Freude am wilden Schwimmen gefunden hast. Und selbstverständlich gehen wir wieder an meinen Hausstrand. Wir können ...«

Doch bevor er weitersprechen konnte, flog die Haustür auf und Alexander eilte auf uns zu. »Da bist du ja endlich! Anthony, hast du dir das wirklich gut überlegt?«

Tony warf mir einen verschwörerischen Blick zu und beugte sich näher zu mir. »Wenn mein Bruder mich Anthony nennt, besteht Alarmstufe Rot«, raunte er mir ins Ohr.

Er machte keine Anstalten, meine Hand loszulassen, was auch Alexander auffiel, der abrupt stehen blieb und auf unsere verschränkten Finger starrte, dann Tony ansah, mich ins Visier nahm und sich schließlich wieder an seinen Bruder wandte.

Er räusperte sich. »Das sind Gäste aus dem besten Hotel von Skye.«

Aha, er zog es also vor, seine Beobachtung nicht zu kommentieren. Stattdessen fuhr er fort: »Ihren Ansprüchen wird das Otterview nicht genügen. Da hagelt es nur wieder schlechte Bewertungen. Und dafür machen wir uns die ganze Arbeit. Willst du das?«

»Ach, Alex«, sagte Tony beschwichtigend. »Ist das nicht sowieso längst egal? Du hast doch schon vor Wochen entschieden, dass wir das Otterview verkaufen. Da kommt es auf ein paar schlechte Bewertungen mehr nun auch nicht mehr an.«

Er klang so resigniert und traurig, dass mein Magen sich zusammenkrampfte.

Alexander fuhr sich durch das Haar, eine Geste, die den Brüdern gemeinsam war, nur dass sie bei ihm affektiert wirkte. »Das stimmt wohl«, gab er zu und atmete tief durch. »Dann fahre ich mal los und hole die armen Menschen ab, die sich in die Hände deiner legendären Gastfreundschaft wagen wollen.«

Es klang eher ebenso resigniert und traurig wie Tonys Worte zuvor, daher konnte ich ihm nicht wirklich böse sein, doch sonderlich nett fand ich seine Bemerkung nicht. Schließlich führte Tony das Otterview nicht allein, er trug auch seinen Teil bei, obwohl der bisher in meinen Augen nur daraus bestanden hatte, Katja zu umgarnen. Wie aufs Stichwort kam Katja aus dem Haus. Sie hatte sich ein Cape im Tartanmuster um die Schultern gelegt und drehte sich übermütig, bis es um sie herumwirbelte.

»Schau mal, Jess!«, rief sie. »Wir waren shoppen!«

Nun bemerkte ich, dass Alexander nicht so strahlend und energiegeladen wirkte wie sonst. Eher erschöpft und ein wenig zerrupft. Ich konnte mir ein Grinsen nicht verkneifen. Sah ganz danach aus, als hätte Katja ihr Vorhaben in die Tat umgesetzt und den guten Alexander ordentlich herumgescheucht.

»War das nicht ein wundervoller Tag?«, flötete sie und tänzelte an Alexander vorbei, um mir ihre neuste Errungenschaft aus der Nähe zu zeigen.

»Ja«, brachte Alexander mit einem mehr als gezwungenen Lächeln hervor. »Ganz wundervoll.«

»Und es ist so toll von euch, dass ihr die armen Opfer des Rohrbruchs aufnehmt«, fuhr Katja unbeirrt fort. »Es ist sicher gar nicht so einfach, auf die Schnelle Unterkünfte für eine ganze Reisegruppe zu finden.«

»Wie ich Harry verstanden habe, soll nicht die Reisegruppe ausquartiert werden, sondern andere Gäste aus dem Hotel, damit die verbliebenen Zimmer für die Gruppe zur Verfügung stehen«, erklärte Alexander steif. »Und ja, das ist so kurzfristig sicher schwierig ...«

Katja tippte sich mit einem perfekt manikürten Finger an die Unterlippe und sah mich an. Unsere Blicke trafen sich, und irgendwie wusste ich sofort, worauf sie hinauswollte. Oder täuschte ich mich?

Sie nahm mich am Arm und führte mich einige Schritte zur Seite. »Jess, was hältst du davon, wenn wir uns ein Zimmer teilen? Dann kann Tony noch ein Zimmer an die armen Leute aus dem Hotel abgeben.«

Arme Leute? Na ja. Ich konnte mir nicht vorstellen, dass es wirklich keine Unterkunft für die Hotelgäste gab, doch für Tony war es sicher gut, wenn er zumindest noch etwas Geld über die Feiertage einnehmen konnte. Außerdem gefiel mir der Gedanke, mit Katja ein Zimmer zu teilen. Ich sah uns schon kichernd in Pyjamas auf dem Bett liegen, Schokolade futtern und über Alexander lästern. Und ... ich wollte ihre Meinung zu Tony und mir hören.

»Gute Idee«, sagte ich daher.

»Super!« Katja strahlte. »Allerdings schlage ich vor, dass wir mein Zimmer nehmen. Das ist ein bisschen größer.«

»Ein bisschen«, stimmte ich zu und fügte scherzhaft hinzu: »Zu dir oder zu mir?«

Lachend gingen wir Arm in Arm zurück zu Alexander und Tony, die darüber diskutierten, was noch zusätzlich eingekauft werden musste. Katja schlug ihnen unser Angebot vor.

Alexander entgleisten die Gesichtszüge, und er sah so entsetzt aus, dass es schon komisch war. Tony dagegen lächelte uns dankbar an. »Wenn ihr das wirklich möchtet, ist das ein sehr nettes Angebot, das ich gerne annehme.«

Alexander brachte seine Miene so weit unter Kontrolle, dass er ebenfalls ein Lächeln hinbekam, das jedoch eher wie ein Zähnefletschen wirkte. Ich sah ihm deutlich an, was er dachte: *Noch mehr Arbeit! Für nichts!* Und ich musste mich fragen, warum er sich überhaupt die Mühe machte, Katja zu hofieren. Na ja, das stellte vermutlich keine Mühe für ihn dar, sondern war ihm ein Vergnügen, und er machte das nur, um Tony zu zeigen, dass er sich ebenfalls um das Otterview kümmerte.

Für mich war es nun allerdings höchste Zeit, endlich die Toilette aufzusuchen. Ich murmelte eine Entschuldigung und stürmte an Tony, Alexander und Katja vorbei, ohne mich um ihre irritierten Gesichter zu kümmern. Im Hausflur spielte ich kurz mit dem Gedanken, die Schuhe anzubehalten, doch die waren zu verdreckt, also streifte ich sie so rasch wie möglich ab und rannte die Treppe hoch.

Es gab doch kaum etwas Herrlicheres, als endlich auf die Toilette zu können. Wohlig seufzend saß ich da und seufzte gleich noch mal, weil ich an Tonys Kuss dachte. Tony war ganz anders als die Männer, in die ich mich sonst verliebt hatte. Die waren eher so ... wie Alexander gewesen. Attraktiv, aber oberflächlich. Und sie hatten mich entweder gar nicht beachtet oder mich nur als gute Kumpelin gesehen. Tony dagegen gab nicht viel auf Äußerlichkeiten, das war mir schon mehrmals aufgefallen, und was er über seine Vergangenheit erzählt hatte, bestätigte meinen Eindruck. Außerdem hatte ich nicht das Gefühl, dass ich für ihn eine Kumpelin war. Nicht, nachdem er mich so geküsst hatte.

Ich eilte aus dem Zimmer, weil ich es kaum erwarten konnte, wieder in seiner Nähe zu sein, und wurde enttäuscht. Nur Katja stand unten im Flur und strich bewundernd über ihr neues Cape.

»Wo sind Alexander und Tony?«, fragte ich.

»Die sind in die Stadt gefahren, einkaufen und die Gäste abholen«, informierte Katja mich. Ein verständnisvolles Grinsen breitete sich auf ihrem Gesicht aus. »Aha! Vermisst da jemand einen gewissen Schotten?«

»Keine Ahnung, wen du meinst!«, rief ich gut gelaunt. Na schön, dann würde ich Tony eben erst später wiedersehen. Umso größer war die Vorfreude. »Was meinst du, sollen wir schon mal die Zimmer vorbereiten? Falls da noch was zu machen sein sollte ...«

Katja tippte sich an die Unterlippe. »Findest du das nicht ein bisschen übergriffig? Immerhin sind wir hier auch nur Gäste.«

Das hatte ich gar nicht bedacht. Ich machte mich nun mal gerne nützlich. Und es gab noch einen anderen Grund für meine Hilfsbereitschaft, wie ich mir eingestand. »Ich will mein schlechtes Gewissen beruhigen«, gab ich zu. »Tony hat mir vorhin erzählt, dass die Schließung des Otterviews noch schlimmere Auswirkungen hat, als ich geahnt habe.«

Ich berichtete ihr von dem Hotelneubau und der Vernichtung des Otterreviers. Katja senkte den Blick und starrte auf ihre Füße. »Das ist schlimm«, murmelte sie.

Dass es sie so mitnahm, hatte ich nicht erwartet. »Aber es gibt auch was Schönes zu erzählen«, fuhr ich daher hastig fort.

Katja sah auf, und das erste Mal kam mir ihr Lächeln nicht ehrlich vor. »Sag nicht, du hattest sexy Time mit unserem liebsten groben Klotz?«

Mein Gesicht wurde heiß. Von sexy Time konnte nicht wirklich die Rede sein, und den Kuss ... den wollte ich irgendwie noch nicht mit Katja teilen. »Ich habe einen Otter gesehen.«

Katja quietschte und klatschte in die Hände. »Nein! Sag bloß! Es gibt sie hier also wirklich!«

»Natürlich! Nur sieht man sie eben nicht so oft. Das ist hier schließlich kein Zoo«, zitierte ich Tony. Sogleich wurde mir wieder schwer ums Herz. »Ich kann mich einfach nicht damit abfinden, dass ich daran schuld sein werde, wenn sie von hier vertrieben werden.«

»Das ist doch Unsinn!«, rief Katja aus und legte den Arm um mich. »Ich hab dir doch schon mal gesagt, dass es nicht deine Schuld ist, wenn das Otterview schließen muss. Du hast doch die Gäste nicht verärgert!«

»Tony wollte das aber auch nicht. Es liegt ihm nur einfach nicht besonders, übertrieben freundlich und verbindlich zu sein. Er hat eben so seine spezielle Art.« Die ich im Übrigen ganz wunderbar fand, denn sie war ehrlich und ungezwungen, und ich wusste, woran ich bei ihm war.

»Kochen und Backen scheint ihm auch nicht zu liegen«, kommentierte Katja trocken.

»Seine Scones waren ganz gut«, verteidigte ich ihn. »Und das Frühstück heute Morgen konnte sich auch sehen lassen.«

»Der Konkurrenzkampf ist hart«, meinte Katja dazu nur. »Und es ist süß, wie du ihn verteidigst. Themawechsel! Du willst doch unbedingt helfen. Da hab ich was!«

Kapitel 19

Auf Katjas Geheiß schlüpfte ich in meine Schuhe und folgte ihr aus dem Haus, um eine Ecke herum zu einem Anbau. »Hier wohnt dein Tony!«, teilte sie mir mit. »Und zurzeit auch Alexander.«

Tatsächlich hatte ich mir bisher keine Gedanken gemacht, wo sich Tonys und Alexanders Wohnräume im Otterview befanden. Mit Schrecken sah ich zu, wie Katja ganz selbstverständlich die Tür öffnete. »Das kannst du doch nicht machen! Das ist privat!«

»Alexander hat es mir erlaubt. Er hat mich vorhin mitgenommen, nachdem klar war, dass wir die Gäste aufnehmen. Wie dir vielleicht aufgefallen ist, fehlt etwas im Otterview.«

Auffordernd sah Katja mich an. Ich überlegte. Im Moment fehlte mir nur Tony, aber das meinte sie vermutlich nicht. »Wasserkocher auf den Zimmern?«, schlug ich vor.

Katja runzelte die Stirn. »Hm, stimmt, das könnten wir möglicherweise auch noch ändern. Da merkt man, dass du Profi bist. Ich dachte allerdings eher an die Weihnachtsdekoration. Morgen ist Heiligabend, und hier ist rein gar nichts geschmückt!«

Aufgefallen war mir das auch schon, doch dann hatte ich keinen Gedanken mehr daran verschwendet. Weihnachten hatte ich dieses Jahr für mich abgeschrieben, seit ich den Auftrag von *ErlebeTraumreisen* erhalten hatte.

Katja streckte den Zeigefinger in die Luft. »Doch nicht mehr lange! Die Weihnachtselfen haben diese Challenge angenommen und werden das Otterview in ein wahrliches Christmasview verwandeln!«

»Äh, was für Elfen?«

Katja boxte mir kumpelhaft gegen die Schulter. »Na wir! Los, komm, Alexander hat vorhin schon die Boxen mit der Dekoration aus der Abstellkammer geholt, wir müssen sie nur noch rübertragen, und dann können wir loslegen!«

Ich tat so, als müsste ich überlegen. »Findest du das nicht ein bisschen übergriffig?«

Katja lachte. »Jetzt, wo du es sagst! Aber Alexander war sehr erfreut über mein Hilfsangebot, also geht das wohl ausnahmsweise in Ordnung.« Sie öffnete die Tür weiter, und im Flur des Anbaus standen tatsächlich einige Pappkartons mit der Aufschrift »Christmas«. Mathilda hatte offenbar mehr Wert auf Dekoration gelegt als ihre Brüder.

Katja beugte sich schon hinunter, um einen der Kartons aufzuheben, doch dann richtete sie sich wieder auf und warf mir einen verschwörerischen Blick zu. »Na, wie wär's? Sollen wir uns mal Tonys Wohnung ansehen? Daraus kann man viel über einen Mann erfahren!«

In Versuchung war ich ja schon ...

»Nein«, sagte ich fest. »Wenn er mir die Wohnung zeigen möchte, dann ja, aber nicht so, nicht heimlich. Ich würde mich nicht gut dabei fühlen.«

»Och.« Katja zog einen Schmollmund. »Und ich wollte so gerne sehen, ob ich weiterhin Jessony shippen kann oder ob da eventuell eine blutbeschmierte Axt im Schrank steht ...«

»Katja!« Wider Willen musste ich lachen. »Du bist unmöglich!«

»Nein!« Der Zeigefinger reckte sich erneut in die Luft. »Ich mache das Unmögliche möglich, dafür bin ich bekannt! Und nun ab zum Schmücken, damit wir fertig sind, bevor die Gäste eintrudeln!«

Wenn es um weihnachtliche Dekoration ging, schieden sich ja die Geister. Ich hatte schon genug in meinen Augen geschmacklosen Kitsch gesehen, um mich ein wenig vor dem Inhalt der Kartons zu fürchten. Doch meine Bedenken erwiesen sich als grundlos. Mathilda bewies nicht nur bei der Einrichtung ihres Bed and Breakfasts Stilgefühl. Auch ihr Weihnachtsschmuck gefiel mir. Die Dekoartikel waren aus Naturmaterial gefertigt, wirkten schlicht und edel und passten trotz der originellen Vielfalt erstaunlich gut zusammen. Besonders begeistert war ich von den geschnitzten Holzfigürchen der Krippe. Obwohl sie nicht sonderlich detailliert gearbeitet waren, besaßen sie große Ausdruckskraft. Verliebt betrachtete ich einen kleinen Esel, der mich keck anzuschauen schien, ein Ohr nach vorn gedreht, das andere nach hinten. Zu meinem Entzücken gab es auch eine ganze Otterfamilie.

Als Kind hatte ich aus lufthärtender Knetmasse Krippenfiguren modelliert, die zwar nicht annähernd an diese herankamen, doch von meiner Tante in Ehren gehalten wurden. Sie baute sie jedes Jahr schon in der Adventszeit auf. Meine Augen fingen an zu brennen bei dem Gedanken, dass ich das erste Mal, seit ich denken konnte, Weihnachten ohne sie verbringen würde. »Ein komisches Gefühl, Weihnachten nicht zu Hause zu sein.«

Katja, die gerade eine Schachtel mit Baumanhängern auspackte, hielt inne und sah mich mitfühlend an. »Vermisst du deine Familie?«

»Ja, schon«, gab ich zu. »Du nicht?«

»Ach nein.« Sie winkte ab. »Mit Weihnachten habe ich nichts am Hut. Darum bin ich auch hergekommen, in der Hoffnung, dem Rummel zu entfliehen. Und jetzt das!« Sie rollte mit den Augen und hielt sich eine apfelförmige Christbaumkugel wie ein Schmuckstück ans Ohrläppchen. »Für dich tut es mir aber leid. Musst du denn wirklich gerade um diese Zeit deine Prüfungsmission erfüllen?«

»Ja, leider, die Kollegin, die eigentlich dafür eingeplant war, ist krank, und die Frist für die Kündigung der Vereinbarung mit dem Otterview läuft im Januar ab.« Ich drängte den Gedanken an meine Tante, die allein unter dem Weihnachtsbaum saß, zurück. »Außerdem ist das meine Chance, in meine Wunschabteilung versetzt zu werden. Weihnachten ist nächstes Jahr auch wieder. Und ich kann endlich in all die coolen Länder reisen.«

Das Echo meiner Worte hing im Raum, und sie kamen mir mit einem Mal reichlich hohl vor. Würde es mich wirklich glücklich machen, in exotische Länder zu reisen? Oder entsprach das nur einem vorteilhaften Bild von mir, das ich anderen präsentieren wollte, um als interessant zu gelten?

»Da hast du recht«, stimmte mir Katja zu. »Wir können gleich noch ein paar Zweige von draußen holen und in eine Vase stellen, für diese wunderhübschen Anhänger!«, schlug sie vor. »Hilfst du mir mal mit dieser Girlande? Die würde sich doch gut als Rahmen für das Fenster hier machen.«

Gemeinsam schlangen wir die Stoffgirlande in Rot und Grün um die Gardinenstange. Bei dem Tartanmuster dachte ich an Katjas neues Cape und unweigerlich an ihren Shoppingtrip. »Dein Plan scheint übrigens aufgegangen zu sein. Alexander sah vorhin reichlich mitgenommen aus.«

»O ja, der Ärmste.« Katja seufzte theatralisch. »Ich habe ihn über die Brücke bis nach Kyle of Lochalsh gescheucht, nur um dort dann gar nichts zu kaufen. Natürlich erst, nachdem ich ihn durch zwanzig Läden gelotst hatte. Allerdings muss ich zugeben, dass er ein ausnehmend guter Modeberater ist. Kein Wunder, er arbeitet in Edinburgh in einem bekannten Edel-Laden.«

Darum sah er also immer so aus wie aus einem Herrenmodekatalog gefallen. »Hat er den Job denn nicht aufgegeben, um das Otterview zu führen?«

»Nein, er hat nur Urlaub genommen. Ist auch noch nicht lange hier, und Anfang Januar muss er zurück.«

Das erklärte, warum er in den Bewertungen nie lobend erwähnt worden war, obwohl so ein schmucker Bilderbuchschotte doch sicher positiv auf die meisten Gäste gewirkt hatte.

»Tony scheint sowieso nicht sonderlich begeistert über seine Anwesenheit hier zu sein«, überlegte ich laut und reichte Katja eine Kordel, damit sie ihren Teil der Girlande befestigen konnte.

»Da hast du wohl recht. Alexander hat mir erzählt, dass Tony sogar drauf und dran war, ihn rauszuwerfen, weil er zu stolz war, um Hilfe anzunehmen.«

»Verstehe ich irgendwie, wenn man bedenkt, dass Alexanders Hilfe vor allem darin zu bestehen scheint, arglose Touristinnen zu belügen.«

»Nun bist du aber ein bisschen hart. Zum einen bin ich nicht arglos, und zum anderen belügt Alexander mich nicht wirklich, wenn er seinen Charme spielen lässt. Heute habe ich ja wieder viel Zeit mit ihm verbracht und konnte ein wenig hinter seine Fassade schauen. Er ist eigentlich ein netter Kerl, und er hält es auch für das Beste für Tony, wenn das Otterview verkauft wird.«

Ich ließ die Girlande los und stemmte die Hände in die Hüften. »Na so was! Ist da etwa jemand Alexanders Charmeoffensive erlegen?«

Katja lächelte etwas verschämt. »Nein, Quatsch. Ich finde nur, wir sollten nicht zu hart über ihn urteilen.«

Sie hatte gut reden, sie wäre ja auch nicht um ein Haar unglückliches Opfer seiner Verführungskünste geworden. Die Verführung hatte dann Tony bei mir übernommen …

Ich schluckte. War es womöglich wirklich so? Ich kannte Tony viel zu kurz, um beurteilen zu können, ob er so ehrlich war, wie ich dachte. Trieb er ein ebenso falsches Spiel mit mir, wie es Alexander geplant hatte?

Gedankenverloren nahm ich einen der geschnitzten Otter in die Hand. »Ich bin mir nicht mehr sicher, ob es wirklich das Beste ist«, gab ich zu. »Eigentlich war ich ja deiner Meinung. Tony hat, glaube ich, nicht wirklich Spaß daran, eine Pension zu führen, aber er liebt die Natur und ist ein toller Guide. Das ist sein Ding, und er ist richtig gut darin. Stell dir vor, er hat sogar mich dazu gebracht, im Winter in ein Wasserloch zu springen.«

Gezwungen worden war ich zwar nicht direkt, doch ich wollte ein wenig vor Katja angeben, was mir auch gelang, denn sie stieg von ihrem Hocker und riss die Augen auf. »Was? Du bist geschwommen? Draußen? Bitte sag mir, dass das Wasserloch beheizt war!«

Ich lachte. »Wie soll das denn gehen? Mit einem Tauchsieder?« Nun musste ich ihr von meinem ersten Wildschwimm-Abenteuer berichten, und sie sparte nicht mit Bewunderung. »Wow, Jessy, du machst echt alles mit. Find ich super. Ich hätte gekniffen!«

»Worauf ich aber eigentlich hinauswollte«, sagte ich und nahm den Faden wieder auf. »Es geht ja nicht nur darum, dass Tony womöglich im Moment nicht den idealen Job hat, sondern um viel mehr. Wenn sie wirklich an den Investor verkaufen, der hier das Hotel baut, wird so viel zerstört! Ich darf gar nicht daran denken, dass die Otter vertrieben werden und vielleicht sogar sterben und dass dieser wunderschöne Ort, diese grandiose Natur, zu einem faden Golfplatz wird!«

Katja sah aus, als wäre ihr schlecht. »Ja. Hm. Schlimm. Ich mache uns mal einen Tee, ja?«

Und damit verschwand sie in Richtung Küche. Erstaunt sah ich ihr nach und stellte den Otter zurück zu seiner Familie. Auch wenn mich Katjas hastige Flucht wunderte – Tee war eine gute Idee. Mir gefiel, dass Tony offenbar immer eine Thermoskanne mit Tee dabeihatte. Mir gefiel wirklich viel an ihm …

In der Küche hatte Katja Tassen und einen Teller mit Keksen auf den Tisch gestellt. Mir fiel etwas ein. »Wäre es nicht schön, wenn wir die neuen Gäste stilecht mit Tee und Scones begrüßen würden?«

Katja verteilte die Beutel in den Bechern und goss kochendes Wasser darauf. »Das schaffen wir doch niemals. So was dauert ewig, oder? Der Teig muss stundenlang gehen und …«

»Scones-Teig doch nicht. In Scones ist keine Hefe«, klärte ich sie auf. »Das geht richtig fix.« Ich begeisterte mich mehr und mehr für meine Idee. Vor allem, weil ich mir Tonys dankbaren Blick vorstellte. Ups! Tappte ich da wieder in die Falle der hilfsbereiten Kumpelin? Allerdings lag mir daran, dass die Gäste sich hier wohlfühlten und zur Abwechslung mal gute Bewertungen hinterließen.

Gute Bewertungen …

Ich ließ mich auf einen Stuhl plumpsen, als mir die Erleuchtung kam. »Jetzt weiß ich, was ich mache!«

»Aha?« Katja setzte sich mir gegenüber an den Tisch. »Bist du sicher, dass du Tony jetzt schon einen Heiratsantrag machen willst? Ich bin ja sehr für spontane Entschlüsse, aber das geht doch etwas schnell, meinst du nicht?«

Ich war zu gefangen von meinem Plan, um auf Katjas Scherz einzugehen. »Bisher hatte ich ein schlechtes Gewissen, weil meine Bewertung dazu führen würde, dass die Vereinbarung mit dem Otterview nicht verlängert wird und *ErlebeTraumreisen* die Pension von der Buchungsliste streicht.«

»Ja, schon, aber kommen denn wirklich so viele Gäste über dieses Buchungsportal?«

»Es ist mehr als ein Portal, es ist einer der größten und bekanntesten Reiseanbieter für Schottland«, informierte ich sie nicht ohne Stolz. »Und ja, die meisten Buchungen hatte das Otterview über uns. Wenn die wegfallen, was ja nun schon der Fall ist, sieht es richtig düster aus. Aber nun mein Plan! Ich muss doch gar keine schlechte Bewertung an meine

Chefin schicken. Ich kann doch auch einen positiven Bericht verfassen und empfehlen, den Vertrag zu verlängern!«

»Du meinst, du willst lügen?« Katja hob die Brauen. »Das kann aber ganz schön nach hinten losgehen, wenn sich die nächsten Gäste dann wieder beschweren …«

Ich winkte ab. »Ich glaube, mit der richtigen Beratung wird Tony das Ruder herumreißen können. Er muss nur das richtige Klientel anlocken. Und da ich nun weiß, was für ein toller Tourguide er ist, werde ich in Zukunft natürlich darauf achten, Gäste hier einzubuchen, denen das wichtig ist. Davon gibt es nämlich eine ganze Menge. Mir war nur vorher nicht bekannt, was Tony außer einer netten Unterkunft alles zu bieten hat.«

»Was hat er denn so zu bieten? Sprichst du da aus Erfahrung?« Katja wackelte diesmal gefährlich mit den Brauen, und ich verschluckte mich an meinem Tee, von dem ich unvorsichtigerweise einen Schluck genommen hatte.

»Nun sei doch mal ernst«, sagte ich abwehrend. »Ich meine natürlich Wandertouren, Wildes Schwimmen, Navigation, Fotokurse, so etwas. Tony ist nämlich eigentlich Fotograf, er hat also wirklich Ahnung.« Da ich Katja ansah, dass ihr schon wieder ein anzüglicher Kommentar auf den Lippen lag, sprach ich rasch weiter. »Außerdem muss ich gar nicht lügen. Ich finde es großartig hier, und genau das werde ich auch in meinen Bericht schreiben.«

»Das ist dein Plan?«

»Ich bin ja noch nicht fertig.« Ich beugte mich vor. »Wir werden nun dafür sorgen, dass die neuen Gäste ebenfalls begeistert sind und Bewertungen schreiben. Sie sollen das Otterview lieben!«

Katja lehnte sich zurück und musterte mich forschend. »Mir scheint, du hast wirklich dein Herz an den Grummelschotten verloren.«

»Er ist kein Grummelschotte.« Flüchtig spielte ich mit dem Gedanken, ihr von dem Kuss zu erzählen, doch das passte jetzt nicht. Außerdem musste ich Scones backen. Elanvoll sprang ich auf und öffnete die Schränke auf der Suche nach den Zutaten. »So, wo hat Tony denn das Mehl versteckt?«

Kapitel 20

Der Duft von frischen Scones zog durch das Otterview, und das Kaminzimmer erstrahlte in weihnachtlichem Glanz. Was die Lichterketten anging, war ich ein wenig skeptisch gewesen, doch Katja hatte mich überzeugt, dass man nie zu viele Lichterketten haben konnte. Ich musste zugeben, dass die Illumination des Kamins zu einer besonders heimeligen Atmosphäre beitrug. Unwillkürlich stellte ich mir vor, wie ich hier mit Tony auf dem Sofa kuschelte, einen Tee in der Hand, und in die Flammen schaute.

Ich rief mich zur Ordnung, denn zu dieser romantischen Szene würde es ganz sicher nicht kommen, nicht mit einer Horde neuer Gäste im Haus. Da würden Tony und Alexander alle Hände voll zu tun haben, und schließlich konnte ich die Gäste auch nicht einfach aus dem Common Room vertreiben, nur weil ich Zeit allein mit Tony verbringen wollte. Davon abgesehen, war ich mir nicht sicher, ob das in seinem Sinn wäre ... Mein Gefühl sagte zwar Ja, doch wie oft hatte mich das in der Vergangenheit schon getrogen.

Gemeinsam richteten wir die Scones auf zwei Porzellanetageren mit Blümchenmuster an, die ich in einem Küchenschrank entdeckt hatte. Die Tische im Frühstücksraum hatten wir mit dazu passendem Geschirr gedeckt.

Katja schnappte sich einen Scone vom Auskühlgitter und biss hinein. Sogleich verdrehte sie genüsslich die Augen. »Hm! Schmeckt himmlisch!«

Mir knurrte auch schon wieder der Magen. Das Picknick mit Tony war zu lange her, und eigentlich war jetzt eher Abendessenszeit als Teatime. Zweifel überfielen mich. »Ob die Gäste jetzt überhaupt Tee und Scones möchten? Ich habe gar nicht daran gedacht, dass es schon so spät ist. Vielleicht erwarten die ein herzhaftes Abendessen?«

»Das hier ist eine Frühstückspension, die sollen froh sein, wenn sie überhaupt was kriegen«, sagte Katja. »Aber recht hast du. Ich werde mir jetzt ein Sandwich machen. Möchtest du auch eins? Und komm mir jetzt nicht mit übergriffig, ich finde, das haben wir uns nach all der Arbeit verdient.« Sie zwinkerte im Alexander-Stil, und ich konnte ihr die harschen Worte nicht übel nehmen. Während ich noch überlegte, ob ich zusätzlich zu den Scones Gurkensandwiches oder Cracker mit Frischkäse anbieten sollte, hörte ich den sich nähernden Motorenlärm mehrerer Autos.

»Das sind sie!« Katja stopfte sich den Rest ihres Scones in den Mund, schnappte sich eine Etagere und eilte aus der Küche. Ich ging zur Tür und öffnete sie. Zu spät wurde mir bewusst, dass ich noch mein Wanderoutfit trug. Ich hatte gar nicht daran gedacht, mich umzuziehen. Da die neuen Gäste aus dem noblen Hotel kamen, waren die bestimmt superchic. Ach, egal, schließlich war ich hier auch Gast und konnte anziehen, was ich wollte, und sie würden ganz sicher keine schlechte Bewertung schreiben, nur weil eine andere Touristin nicht elegant genug gekleidet gewesen war.

Die Außenleuchte über der Haustür flammte auf und tauchte den Vorplatz in gelblich trübes Licht, in dem Nieselregen sichtbar wurde. Vor dem Haus parkten der bekannte Geländewagen und ein Bulli, dessen Schiebetür Alexander gerade aufzog. Gespannt beobachtete ich, wie zwei blonde Frauen um die dreißig aus dem Wagen sprangen, und erkannte, dass ich mir wegen meines Outfits keine Gedanken hätte machen müssen. Sie trugen ebenfalls praktische, zum

Wandern geeignete Kleidung, nur dass ihre bunten Wanderschuhe wesentlich sauberer waren als meine.

»Hi!«, riefen sie mir strahlend zu und winkten, liefen zum Heck des Bullis und wollten schon die Ladeklappe öffnen, da hob Alexander mit gespieltem Schreck die Hände. »Ladys, das Gepäck übernehme natürlich ich. Geht bitte ins Haus, und macht es euch gemütlich, ich bin gleich bei euch.«

»Zu Befehl, Sir Alexander!«, erwiderte eine der Frauen, salutierte und marschierte auf das Haus zu. Ich mochte sie jetzt schon. Sie lächelten mich an und stellten sich als Sara und Tina aus den Niederlanden vor. Nun doch etwas überfordert von meinem neuen Job als Empfangsdame, überlegte ich noch, ob ich sie gleich in den Frühstücksraum oder erst ins Kaminzimmer führen sollte, da rief Tina: »Warte, sollten wir nicht ein Foto von uns vor dem süßen Bulli machen?«

»Ist zu dunkel, das können wir morgen noch.«

Zum Glück kam Katja in den Flur und übernahm es, die beiden ins Haus zu begleiten.

Alexander half derweil zwei älteren Herrschaften aus dem Bulli, einer Frau und einem Mann, die ich auf siebzig Jahre schätzte und die schon eher meinem Bild der üblichen Gäste des Luxushotels entsprachen. Die Frau hatte ihr weißes Haar hochgesteckt und trug einen beigen Mantel über einem Twinset, dazu eine Perlenkette und passende Ohrringe. Ihr Mann bevorzugte offenbar Tweed und trug Anzug und Mütze aus diesem Material. Mit den scharfen Gesichtszügen, der Adlernase und dem arroganten Blick erinnerte er mich an einen britischen Lord, dem ganz sicher ein Herrenhaus gehörte. Inklusive zweier eleganter Windhunde. Gleichzeitig musste ich über meine Fantasie grinsen und war gespannt, ob sich meine Mutmaßungen bewahrheiten würden.

Galant führte Alexander die beiden ins Haus, und nun kletterte noch ein Gast aus dem Bulli, ein junger Mann im Alter von Katja und mir, der beim Anblick des Hauses mürrisch den Mund verzog. Dunkle Locken fielen ihm lässig in die Stirn, und mit seinen breiten Schultern und der schwarzgerahmten Brille erinnerte er mich an Superman, wenn er gerade Clark Kent war. Er war ebenfalls eher zweckmäßig für Outdoor-Aktivitäten gekleidet als modisch und stapfte auf die Haustür zu, ohne mich eines Blickes zu würdigen. Doch dann verharrte er mitten in der Bewegung, und seine Augen wurden groß. Die eben noch genervte Miene wandelte sich zu einem überraschten Ausdruck, und schließlich zeigte er sogar ein begeistertes Lächeln. Da ich mir nicht vorstellen konnte, dass meine Anwesenheit diese rasante Veränderung hervorgerufen haben konnte, drehte ich mich um, und tatsächlich stand Katja schräg hinter mir.

»Hallo!«, rief sie. »Komm rein! Die anderen sind schon im Kaminzimmer.« Mit einem geradezu verklärten Gesichtsausdruck folgte der Mann Katja ins Haus, während ich weiterhin unsichtbar für ihn blieb. Diesmal störte mich das überhaupt nicht, denn mir hätte der Superman-Verschnitt nicht gleichgültiger sein können. Ich hatte nur Augen für den Schotten, der aus dem Geländewagen gestiegen war und nun die Heckklappe des Bullis öffnete und zwei Koffer aus dem Wagen wuchtete.

Er drehte sich zu mir um, und trotz der schlechten Lichtverhältnisse sah ich, dass seine Augen hell aufleuchteten und er mir ein Lächeln schenkte, das mich mit Wärme flutete.

»Jessica!« Er rief meinen Namen, als wäre ich ein rettender Engel. Beladen mit den Koffern eilte er auf mich zu, stellte das Gepäck im Flur ab, und ehe ich mich versah, hatte er mich schon in die Arme genommen. Ein wenig überrumpelt erwiderte ich seine Umarmung nicht, und er ließ mich sogleich los und lief rot an. »Oh! Entschuldige. Ich wollte nur … ich hab mich so gefreut, dich zu sehen.«

Ich lachte und versuchte, mein wild klopfendes Herz zu ignorieren. »Kein Problem! Ich bin es nur nicht gewohnt, so eine Wirkung zu haben.«

»Nein?« Tony runzelte die Stirn, doch schon lächelte er wieder. »Das duftet nach Scones!«

»Ja, ich ...« Mit einem Mal war ich unendlich verlegen und merkte, dass auch mein Gesicht heiß wurde. »Ich dachte, es wäre eine nette Geste, den Gästen als Willkommen Gebäck anzubieten. Aber ...«

»Das ist wunderbar! Danke, Jessica.« Wie ich es mochte, wenn er meinen Namen sagte! Davon bekam ich gar nicht genug. Nun war ich es, die verklärt lächelte.

»Ich hole nur eben das restliche Gepäck«, erklärte Tony. »Tut mir leid, dass wir so spät sind, aber die Gäste haben noch im Hotel zu Abend gegessen. Morgen werden sie auch dort sein. Der Hotelmanager spendiert ihnen als Ausgleich für die Unannehmlichkeiten das Weihnachtsmenü. Von dem Rohrbruch sind nur die Gästezimmer betroffen, nicht die Küche und der Speisesaal, also müssen die Leute nicht auf ihr gebuchtes Essen verzichten.«

Huch! So redselig kannte ich Tony ja gar nicht. Die Informationen sprudelten geradezu aus ihm heraus, und er strahlte auch nicht die Gelassenheit aus, die ich von ihm kannte. Im Gegenteil, er trat von einem Fuß auf den anderen, kratzte sich im Nacken und schien nicht zu wissen, wohin mit seinen Händen. Doch der warme Ausdruck in seinen Augen beruhigte mich wieder. Bestimmt war er nur nervös, weil er ungewohnt viele Gäste im Haus hatte. Das konnte ich ihm nicht verdenken, und ich brannte darauf, ihn in meinen Plan einzuweihen, den Gästen unvergessliche Tage zu bescheren.

»Genug geflirtet!«, ertönte Alexanders Stimme. »Ich bringe die Koffer auf die Zimmer, und solange ist deine Whisky-Expertise gefragt. Das Ehepaar aus Amerika möchte sich einen genehmigen und erwartet Beratung, und wer wäre da besser geeignet als du.« Er klopfte Tony im Vorbeigehen auf die Schulter und ... ich traute meinen Augen kaum, aber Alexander schenkte mir sein typisches Zwinkern. Ich konnte mich gerade noch beherrschen, um nicht loszuprusten.

Kaum war er draußen, sah Tony mich mit gehobenen Brauen an. »Darf ich dich zu dem Whisky-Tasting einladen?«

Nun war es mit meiner Contenance vorbei, ich lachte los. »Willst du das wirklich riskieren? Am Ende gebe ich wieder eine Darbietung meiner Luftgitarrenkünste.«

»Darauf habe ich gehofft«, erwiderte Tony trocken. »Das Silbertablett liegt schon bereit.«

Katja unterbrach unser Geplänkel. Mit geröteten Wangen kam sie aus dem Frühstücksraum. »Wir brauchen mehr Tee! Und, Jess, die lieben alle deine Scones. Ich fürchte, die wollen morgen zum Frühstück mehr davon.«

»Bis gleich«, sagte Tony mit leisem Bedauern in der Stimme zu mir und ging zu seinen Gästen, während Katja mich in die Küche zog. »Da hatte aber jemand Herzchenaugen«, jubelte sie. »Jessony! Ihr seid so ein Traumpaar!«

»Ähm, Moment …« Ich versuchte, sie zu unterbrechen, doch sie redete schon weiter davon, wie süß sie uns fand und wie niedlich verlegen Tony vorhin ausgesehen hatte und wie sehr sich Alexander darüber freute, dass sein grummeliger Bruder endlich auftaute. Aha, die Dankbarkeit hatte mir also das Zwinkern beschert.

Flink machte sich Katja an die Teezubereitung, während ich nur sprachlos dastand. »Endlich ist hier Leben in der Bude!«, rief sie aus. »Und die Neuen sind superlieb, die wickeln wir um den Finger.« Zumindest, was Clark Kent anging, hegte ich da keinerlei Zweifel. Sein Herz hatte Katja garantiert schon erobert.

Mit zwei frisch gefüllten Kannen Tee machten wir uns auf zu den Gästen, und obwohl ich neugierig auf *die Neuen* war, konnte ich den Anflug von Enttäuschung nicht ganz abschütteln. Vollkommen egoistisch hätte ich gerne Zeit allein mit Tony verbracht, doch mir dämmerte, dass dies zumindest heute Abend nicht mehr passieren würde.

Kapitel 21

Gähnend saß ich auf dem breiten Himmelbett und lauschte dem monotonen Dröhnen von Katjas Schallzahnbürste, das aus dem Badezimmer drang. Sie hatte die Tür nur angelehnt, da sie sich auch während ihrer abendlichen Hygienerituale mit mir unterhalten wollte, was ich nett fand, auch wenn es mich im Moment ziemlich überforderte. So schön der Abend mit den neuen Gästen gewesen war, sehnte ich mich jetzt nach Ruhe und zweifelte daran, dass die Idee mit dem gemeinsamen Zimmer wirklich so gut war.

Was die Ruhe anging, hatte ich die Rechnung nämlich ohne Katja gemacht, denn sie brannte darauf, ihre Meinung zu sämtlichen Gästen in aller Ausführlichkeit darzulegen.

»Sara und Tina finde ich unglaublich sympathisch«, rief sie, gefolgt von einem unverständlichen Genuschel, weil sie wohl gerade die Zahnbürste im Mund hatte.

»... über siebzigtausend Follower«, fuhr sie deutlicher fort. »Wenn das keine Werbung für das Otterview wird, weiß ich auch nicht.«

Ich horchte auf. »Was hast du gesagt?«

Katja erschien in der offenen Badezimmertür. Sie trug nicht, wie ich halbwegs erwartet hatte, ein spitzenverziertes Negligé, sondern ein übergroßes T-Shirt mit Minnie-Maus-Aufdruck. An ihrem Kinn klebte Zahnpasta, und sie hatte sich ein Auge abgeschminkt, das andere nicht, was ihr ein ulkiges und irgendwie liebenswertes Aussehen verlieh.

»Sara und Tina. Das sind bekannte Influencerinnen. Wundert mich, dass du noch nichts von ihnen gehört hast, sie haben einen Reisepodcast und posten regelmäßig bei Instagram über ihre Abenteuer als Globetrotterinnen.«

»Mit Instagram bin ich nicht so vertraut«, gab ich zu. Doch sogar ich wusste, dass siebzigtausend Follower für eine große Reichweite sorgen konnten. Wenn die beiden wirklich Berichte über das Otterview posten würden ... Positive natürlich! Und ich gab Katja recht, Sara und Tina waren offen und fröhlich und sehr sympathisch. Besonders, weil Sara so begeistert vom Otterview war und erklärt hatte, sie hätten sofort hier buchen sollen, statt das Hotel zu nehmen. Vielleicht war ihnen der Aufenthalt dort auch vom Hotelmanagement gratis angeboten worden, wenn sie tatsächlich so berühmt waren. Nun konnten sie mir bei meinem Plan helfen.

Blieben noch das amerikanische Ehepaar und der deutsche Student, der nicht Clark Kent hieß, sondern Daniel, und Katja zu Füßen lag. Er hatte nach dem zweiten Whisky bereitwillig erzählt, dass er von seiner bei einem bekannten Veranstalter gebuchten Wanderreise etwas völlig anderes erwartet hatte, nämlich die Gelegenheit, junge Leute kennenzulernen. Genau gesagt junge weibliche Singles, auch wenn er das nicht so direkt zugegeben hatte. Stattdessen war er in einer Seniorengruppe gelandet, die im Hotel hatte bleiben können. Er dagegen hatte die erste Möglichkeit zur Flucht genutzt. »Ich hatte einen Gutschein für diese Reise gewonnen und mich nicht richtig informiert«, gab er geknickt zu. »Das hat sich nun gerächt.«

So schlimm fand ich die Vorstellung, mit älteren Leuten wandern zu gehen, nun nicht gerade, doch für ihn schien das einem Weltuntergang gleichzukommen. Da er so begeistert von Katja war, hoffte ich, dass sie ihn zu einer guten Bewertung des Otterviews bewegen konnte.

Laura und John Berg aus Chicago waren keineswegs so distinguiert, wie sie auf mich auf den ersten Blick gewirkt hatten, sondern äußerst begeisterungsfähig. Mrs Berg hatte um mein Scones-Rezept gebeten und fand alles lovey und awesome, und ihr Mann John war zwar zurückhaltender, aber kein Lord, sondern Ingenieur in Rente und an schottischem Whisky und Fotografie interessiert. Perfekt für Tony! Die beiden hatten sich in eine angeregte Fachsimpelei über verschiedene analoge Kameras vertieft. Tony war völlig in seinem Element gewesen. Er hatte sogar ein paar seiner Fotoapparate geholt und sie von Mr Berg gebührend bewundern lassen. Alexander hatte die Gelegenheit genutzt und einen prachtvollen Bildband von *National Geographic* aus einem Regal gezogen und uns Tonys Fotos darin gezeigt. Sogar ich als Laie konnte erkennen, wie gut die waren. Eine Fotoserie über Borneo hatte es mir besonders angetan. Tony war es gelungen, die Atmosphäre im Regenwald so gut einzufangen, dass ich die feuchte Luft auf der Haut spürte und die Gibbons rufen hörte. Von diesen Fotos wollte ich unbedingt mehr sehen und natürlich auch hören, was Tony zu ihrer Entstehung erzählen konnte.

Katja kam aus dem Bad, diesmal komplett abgeschminkt, griff nach ihrem Tablet und ließ sich bäuchlings auf das Bett fallen. »Ich muss schon sagen, dein Tony hat es echt drauf! Als du mir erzählt hast, er sei Fotograf, hatte ich eher gedacht, er macht Passfotos oder diesen Hochzeitskram. Aber dass er für *National Geographic* gearbeitet hat … beeindruckend.«

Sie scrollte auf dem Tablet herum, und ich ging davon aus, dass sie mir den Instagramkanal von Sara und Tina zeigen wollte. Eine Weile gab sie nur überraschte Laute von sich und schob schließlich das Tablet in die Mitte des Bettes, sodass ich auch einen Blick darauf werfen konnte. »Das wird ja immer besser! Tony war ein angesagter Modefotograf.

Schau mal, dieses Foto ist bei einer Spendengala in Mailand gemacht worden.«

Irritiert betrachtete ich das Bild und konnte auf den ersten Blick keine Verbindung zu Tony herstellen, denn es zeigte einen attraktiven Herrn im Smoking neben einer atemberaubenden Blondine, die sich auf dem roten Teppich vor einem Plakat der Gala mit laszivem Blick an ihn schmiegte. Dann fiel mein Blick auf den Schottenrock, und mir wurde klar, dass die Kombination mit dem Smoking nicht nur extravagant ausfiel, sondern auch einen Hinweis auf besagten Herrn darstellte. Glatt rasiert mit kunstvoll zerzaust frisiertem Haar hatte ich Tony nicht erkannt! Lag wohl an der blasiert-gelangweilten Miene, die er zur Schau trug. Die Frau und er sahen wie ein typisches Promipaar aus.

»Das Topmodel und der Fotograf – das ist ja eine Story«, ließ sich Katja vernehmen, während ich fassungslos auf das Foto starrte. »Hast du das gewusst?«

»Ja, schon«, stotterte ich. Schließlich hatte mir Tony erzählt, dass er als Modefotograf gearbeitet hatte. Aber dass er eine wunderschöne Modelfreundin gehabt hatte und offenbar richtig prominent gewesen war, hatte er wohlweislich verschwiegen. Entweder weil er so bescheiden war oder weil er ahnte, dass mich das abschrecken könnte. Eher Ersteres. Denn Katja zum Beispiel war begeistert von ihrer Entdeckung.

»Ich wusste doch schon die ganze Zeit, was für ein attraktives Schnuckelchen in dem groben Klotz steckt«, schwärmte sie.

Im ersten Moment wusste ich nicht, welche Bezeichnung für Tony ich schlimmer fand, Schnuckelchen oder grober Klotz. Völlig klar war mir aber, dass ich einen großen Fehler gemacht hatte. Wie war ich nur auf die Idee gekommen, mit einer so unerträglichen Person wie Katja ein Zimmer zu teilen? Am liebsten wäre ich in mein kleines Kämmerchen mit der schönen Aussicht geflüchtet, doch darin schlief leider

Clark Kent. Also Daniel. Obwohl der bestimmt begeistert von einem Bettentausch gewesen wäre.

»Seine Freundin sieht ja wahnsinnig gut aus«, sagte ich daher nur lahm.

»Na ja, sie ist ein Model.« Katja tippte sich mit der Fingerspitze gegen die Unterlippe. »Außerdem gehe ich ja wohl davon aus, dass sie Tonys Ex-Freundin ist. So, wie er mit dir flirtet.«

Ich schluckte schwer. »Ach, das ... macht er bestimmt mit vielen weiblichen Gästen.«

Katja hob die Brauen und musterte mich skeptisch. »Also das glaube ich nun wirklich nicht. Das passt nicht zu Tony. Alexander – der schon, aber doch nicht Tony. So, wie er dich heute den ganzen Abend angesehen hat, ist das weit mehr als nur ein belangloser Flirt. Der Mann ist bis über beide Ohren in dich verknallt.«

Womöglich war Katja doch nicht so unerträglich ... könnte sie recht haben? Warum sollte sie sich so etwas ausdenken?

Mein Herz schlug schneller. »Meinst du wirklich?«

»Klar. Jessony!«

»Tony hat mir erzählt, dass er eine Freundin hatte, die ihn dazu überredet hat, von der Naturfotografie zur Modefotos zu wechseln.«

Ob es sich bei der Frau auf dem Foto um besagte Freundin handelte? Die Frau, die das an Tony geliebt hatte, was er am wenigsten an sich mochte? Obwohl es mir einen Stich versetzte, warf ich noch einen Blick auf das Bild auf Katjas Tablet. Vermutlich hatte Tony als Modefotograf eine Menge gut aussehender Freundinnen gehabt. Es fiel mir schwer, den Tony, den ich kennengelernt hatte, mit dem Mann auf dem Foto in Einklang zu bringen.

Katja stupste mich an. »Hey, du ziehst ja ein Gesicht, als würde dir das Foto nicht gefallen. Findest du nicht, dass Tony ausnehmend gut darauf aussieht?«

»Doch, schon«, gab ich zu, nur glitt mein Blick immer wieder zu der Frau an seiner Seite, die einfach in einer komplett anderen Liga spielte als ich. Die war garantiert niemals unsichtbar. Katja war selbst schön, sie konnte nicht verstehen, was ich beim Anblick von Tonys Ex-Freundin empfand.

Katja drehte sich auf den Rücken und verdrehte schwärmerisch die Augen. »Hach! Männer in Kilts! Die haben schon was.«

Da musste ich ihr recht geben. Mir gefiel die lässige Art, mit der Tony Kilt und Smokingjackett kombinierte, und ich hätte ihn gerne auch mal in natura im Kilt gesehen. Bisher kannte ich ihn nur in Jeans oder Wanderhosen.

Katja nahm das Tablet und scrollte darauf herum. »Schon schräg, dass Tony seine Karriere aufgegeben hat, um hier in der Einöde eine Frühstückspension zu führen. Ziemlich uneigennützig von ihm, dass er das seiner Schwester zuliebe getan hat. Eigentlich ist es wirklich besser für ihn, wenn er das Otterview los wird. Hier kann er doch seine Talente gar nicht ausleben.«

»Er wollte von sich aus zurück nach Schottland, weil er sich hier am wohlsten fühlt«, sagte ich nachdenklich. »Anfangs hat er das Otterview ja auch zusammen mit Mathilda geführt. Wie ich ihn verstanden habe, hat er die Touren und Workshops übernommen und seine Schwester den Rest. Er ist ein richtig guter Tourguide, und ich glaube, dass er seine Fotografiekenntnisse gerne vermittelt.« Und seine Liebe zur Natur, denn mit seiner Begeisterung für Wildes Schwimmen hatte er sogar mich überzeugten Frostköttel mit Angst vor Wasser angesteckt.

Katja warf sich auf die Seite und sah mich erfreut an. »Also gibst du ihm eine Chance, obwohl er dir seine Berühmtheit verschwiegen hat?«

Ob ich ihm eine Chance gab? Fast hätte ich gelacht. Die Frage war ja wohl eher, ob ich seinen Ansprüchen genügte. »Er ist doch nicht verpflichtet, mir haarklein zu berichten, was er früher gemacht hat«, sagte ich abwehrend. Nach kurzem Zögern fügte ich hinzu: »Aber ich glaube nicht, dass er Interesse an mir hat. Guck dir doch mal seine Ex-Freundin an.«

Katja zog eine Schnute. »Ach, komm schon, Jessy. Glaubst du wirklich, mit der war er zusammen, weil sie so toll aussieht? Hältst du Tony für so oberflächlich?«

Eigentlich nicht, aber ich kannte ihn ja kaum. Also schwieg ich und starrte an die Decke.

»Nicht alle Männer sind wie dein Cupcake-Heini«, sprach Katja weiter. »Und wie gesagt, so, wie Tony dich angesehen hat heute Abend ...«

Mir war das nicht aufgefallen. Tony hatte sich doch fast nur mit Mr Berg unterhalten. Aber wir hatten uns geküsst. Und Tonys Umarmung nach seiner Ankunft an diesem Abend war mir sehr spontan und von Herzen kommend erschienen. Andererseits ... könnte Berechnung dahinterstecken? Womöglich nahm er sich ein Beispiel an Alexander und war nett zu mir, weil er sich eine Zusammenarbeit mit dem Reisebüro, für das ich ja angeblich arbeitete, erhoffte. Oder, noch schlimmer, er baute darauf, dass ich ihm in nächster Zeit beim Backen half oder das gleich komplett übernahm. Was, wenn auch er mich nur wieder als die hilfsbereite Kumpelin ansah?

Doch wiederum musste ich Katja recht geben. Nicht alle Männer waren wie mein Cupcake-Heini ...

Kapitel 22

Ich schlief nicht sonderlich gut. Das war nicht Katjas Schuld. Sie lag geradezu erschreckend ruhig auf ihrer Bettseite und bewegte sich nicht. Ich dagegen wälzte mich von einer Seite auf die andere, lag grübelnd wach und döste nur kurz ein, um von wirren Träumen geplagt zu werden, in denen Modelschönheiten und immer wieder Tony vorkamen. Im Kilt natürlich. Alle.

Gegen 6 Uhr morgens gab ich auf, zog mich möglichst leise an und tappte die Treppe hinunter, um mir einen Kaffee zu machen. In der Küche fühlte ich mich mittlerweile schon richtig heimisch. Gerade als der Kaffeeduft durch den Raum zog, fiel die Tür mit einem Klappen zu und ich fuhr herum. Mein rasendes Herz beruhigte sich kaum, als ich Tony erkannte, der genauso zerknittert aussah, wie ich mich fühlte. Er grummelte etwas, das wohl einen Morgengruß darstellen sollte, und sank auf einen der Küchenstühle. Er sah aus, als wäre er aus dem Bett gefallen und hätte sich blindlings irgendetwas übergestreift. Sein Pullover war auf links gedreht, und sein im Licht der Küchenlampe rotblond leuchtendes Haar stand ihm wirr nach allen Seiten vom Kopf ab. Ich unterdrückte den Drang, glättend darüberzustreichen, und stellte ihm stattdessen einen Becher Kaffee hin. Er rieb sich die Augen und murmelte einen Dank.

Ich setzte mich neben ihn an den Küchentisch. Wir schlürften unseren Kaffee und schauten aus dem Fenster.

Viel zu sehen gab es nicht, dazu war es noch zu dunkel draußen. Ob die Otter jetzt wohl schliefen? Oder gingen sie auf die Jagd?

Schließlich sagte Tony: »Morgens zuerst einen Kaffee …«

»… und danach Tee«, fuhren wir wie aus einem Mund fort. Wir lächelten uns verlegen an. Ich war jedenfalls verlegen. Tony strahlte wieder die Gelassenheit aus, die ich an ihm so mochte. Nun wünschte ich mir, ich hätte mir vorhin im Bad doch etwas mehr Zeit gegönnt, als mir nur eine Fuhre Wasser ins Gesicht zu klatschen. Natürlich musste ich jetzt wieder an das Foto denken, an die wunderschöne Frau an Tonys Seite. Und daran, wie nichtssagend ich dagegen aussah.

Tony räusperte sich. »Jessica.«

Mein Gesicht wurde mal wieder heiß, und ich sah ihn erwartungsvoll von der Seite an. Würde er mich nun fragen, ob ich Scones für die Gäste backen könnte?

Er schob seinen Kaffeebecher auf dem Tisch herum. »Gestern … als wir uns geküsst haben …« Er suchte sichtlich nach Worten, riss seinen Blick von dem Kaffee los und sah mir in die Augen. »Ich wollte dich bestimmt nicht bedrängen oder damit überfallen. Es war nur … Ich weiß gar nicht, wie ich das erklären soll. Bei dir fühle ich mich so wohl, als würden wir uns schon lange kennen.« Er musste mir meine Skepsis am Gesicht abgelesen haben, denn er fügte rasch hinzu: »Auf gute Art! Sehr gute Art! Ich habe nicht das Gefühl, dass ich mich verstellen muss oder dir etwas vormachen. Und ich hoffe, dass es dir ähnlich geht. Dass du … mich auch magst.«

Mein Herz flog ihm zu. Das war wieder der Tony, wie ich ihn kennengelernt hatte. Nicht sonderlich gut mit Worten, aber ehrlich. Und unglaublich liebenswert. In seinen grauen, klaren Augen konnte ich mich verlieren, in seinen Blick eintauchen wie in den eiskalten Tümpel … Nun ja. So richtig gut mit Worten war ich offenbar auch nicht. Wirklich nicht.

Daher nickte ich nur, und wir sahen uns mit belämmertem Grinsen an wie zwei unbeholfene Teenager bei ihrem ersten Date. So in etwa fühlte ich mich auch.

»Soll ich Scones backen?«, entfuhr es mir, und nun nahm mein Gesicht wohl endgültig die Farbe einer überreifen Tomate an.

Tony runzelte die Stirn. »Das brauchst du nicht. Du bist hier schließlich Gast.«

Ach so. Doch nur ein Gast. Bevor sich die Enttäuschung in mir breitmachen konnte, fuhr Tony fort: »Nicht, dass du denkst, du bist nur ein x-beliebiger Gast für mich. Für gewöhnlich küsse ich keine Gäste. Genau gesagt habe ich das noch nie getan. Und ich hatte das auch gar nicht vorgesehen. Nur war eben auch noch niemand wie du hier und ...« Er fuhr sich mit beiden Händen durch das Haar und verstrubbelte es noch mehr. »Argh! Ich rede mich gerade um Kopf und Kragen, oder?«

Er fing an zu lachen, und das löste die beklommene Stimmung zwischen uns auf. Ich konnte gar nicht anders, als mitzulachen.

»Wenn es dich beruhigt – vorgesehen hatte ich das auch nicht«, sagte ich. »Aber es hat mir sehr gefallen.«

Huch, woher kam denn plötzlich dieser Mut? Das musste daran liegen, dass Tony mich so liebevoll anlächelte. So, als könnte er sich nichts Schöneres vorstellen, als morgens um halb sieben mit mir in der Küche zu sitzen und Kaffee zu trinken. Tatsächlich fiel mir kein Ort ein, an dem ich im Moment lieber gewesen wäre.

Ein schelmischer Ausdruck trat in Tonys Augen. »Dann hättest du also nichts dagegen, wenn wir uns noch mal küssen würden?«

Ich tat so, als müsste ich darüber nachdenken. »Hm, ich weiß nicht, nein, ich glaube, es wäre einen Versuch wert.«

Unser Kussversuch wurde dadurch erschwert, dass wir wieder lachen mussten, doch sobald sich unsere Lippen berührten, versank alles um mich herum und ich spürte nur noch Tonys Wärme und mein rasendes Herz.

»Guten Morgen! Oh! Ich wollte nicht stören.«

Alexander. Er hatte sich auf magische Weise in der Küche materialisiert und sah schon wieder aus wie einem Modekatalog entstiegen. Gebügeltes Hemd und Kilt, bei seiner Frisur lag jede Strähne an ihrem Platz, und zu allem Überfluss strahlte er uns mit weißen Zähnen an wie eine wandelnde Zahnpastareklame. Nein, Alexander gehörte zweifellos nicht zu den Morgenmuffeln. Ich zählte mich zwar auch nicht dazu, doch morgens ließ ich es gerne ruhiger angehen, kam gemütlich bei meiner Tasse Kaffee in die Gänge. Genau wie Tony. Der hatte sich im Gegensatz zu Alexander noch nicht mal rasiert. Ich mochte die rotblonden Stoppeln auf seinen Wangen.

Er schenkte mir ein bedauerndes Lächeln und wandte sich mit gerunzelter Stirn an Alexander. »Morgen. Kaffee?«

»Gerne! Ich bediene mich schon selbst.« Alexander deponierte eine in Leder gebundene Mappe auf dem Tisch und schlenderte zur Kaffeemaschine. »Gut, dass du schon wach bist, lieber Bruder, denn bei so vielen Gästen will der Tag gut geplant werden.«

»Wie meinst du das?«, fragte Tony mit hörbarem Misstrauen.

Alexander wirbelte zu uns herum und lehnte sich elegant an den Küchenschrank, als wollte er eine Pose für ein Foto einnehmen. Zugegeben, ich fand ihn noch immer äußerst attraktiv, doch sein Anblick löste nicht dieses Ziehen in meiner Brust aus wie der von Tony, der sich nun im Nacken kratzte und seinen Bruder mit zusammengezogenen Brauen musterte.

»Wir müssen unseren Gästen doch etwas bieten!«, rief Alexander aus. »Für Mr Berg habe ich eine einführende Fototour in die nähere Umgebung geplant. Die übernimmst du. Die Schwedinnen, Daniel, Mrs Berg und Katja machen mit mir einen Ausflug zum Wasserfall und nach Portree. Dort können sie dann auch gleich im Hotel beim Weihnachtsdinner bleiben, das findet nämlich schon sehr früh statt. Danach …«

»Das sind keine Schwedinnen, die Damen kommen aus den Niederlanden«, unterbrach Tony ihn unwirsch. »Was hältst du davon, wenn du die Leute selbst entscheiden lässt, was sie tun möchten?«

Alexander hob die Hände. »Das werde ich doch! Es sind nur Angebote. Aber … was sollen sie denn sonst tun? Hier gibt es doch nichts.«

Nun reichte es mir. Es passte mir schon nicht, dass Alexander mich nicht bei seiner Tagesplanung berücksichtigt hatte. Und nun redete er auch noch abfällig von dieser Gegend, dabei war es hier so wunderschön, dass ich Wochen hier verbringen könnte, ohne mich eine Sekunde zu langweilen. Es gab schließlich mehr als Shoppingtouren und Cafébesuche, da mochte Portree noch so pittoresk sein. »Hier ist sehr viel«, widersprach ich also. »Und Mrs Berg hat mir gestern erzählt, dass sie es sich heute den ganzen Tag am Kamin gemütlich machen und lesen möchte.«

Tony warf mir einen dankbaren Blick zu. Alexanders Blick dagegen fiel eher genervt aus. »Kann sie ja von mir aus. Obwohl ich glaube, dass sie lieber mit nach Portree fährt. Du kannst natürlich auch mitkommen, Jessica.«

Wie edelmütig. Bevor ich mich für sein großzügiges Angebot bedanken konnte, fuhr er schon fort: »Nach dem Dinner werde ich mit unseren Gästen also noch in den Pub gehen und dafür sorgen, dass sie einen unvergesslichen schottischen Heiligabend verbringen. Du übernimmst den Fahrdienst, wenn jemand eher gehen möchte, zum Beispiel die alten Herrschaften.«

Mir gefiel nicht, wie er über den Kopf von Tony hinweg alles entschied und bestimmte. Das würde sich Tony doch wohl nicht gefallen lassen, oder? Er hob nur in einer Geste resignierter Hilflosigkeit die Schultern und sah sich kommentarlos die Listen und Zeitpläne an, die Alexander in seiner schicken Mappe notiert hatte.

»So, das wird doch perfekt!«, rief Alexander aus, nachdem er seinen Plan erneut erläutert hatte, als hätte Tony ihn beim ersten Mal nicht verstanden. »Ich übernehme gleich die Frühstücksbestellungen und stelle unseren Gästen dann auch die Tagesplanung vor. Äh, die Angebote, meine ich.«

Er hegte keinerlei Zweifel daran, dass die Gäste sein Angebot begeistert annehmen würden, das sah ich an seiner selbstgefälligen Miene. Tony sagte noch immer nichts. Mir lagen einige unhöfliche Kommentare auf der Zunge, die sich alle auf Alexanders Kommandoton bezogen, doch ich befahl mir, mich nicht einzumischen. Wie Tony mich vorhin so richtig erinnert hatte, war ich hier nur Gast. Wie die Brüder miteinander umgingen, war nicht meine Sache. Was mich aber nicht daran hindern würde, Tony meinen Plan zur Imagerettung des Otterviews darzulegen, sobald Alexander endlich verschwunden war. Ich war froh, als er sich endlich zum Gehen wandte, doch an der Tür drehte er sich noch mal um.

»Ach ja, da wäre noch was«, sagte er leichthin. »Die Schwedi... die Damen aus den Niederlanden haben irgendwo in den Social Media ein Lob über Mattys Cupcakes gelesen und wünschen sich welche. Die könnten wir morgen zum Tee reichen. Du musst dich morgen nur um das Essen kümmern, alles andere übernehme ich.«

Und damit verschwand er, während in meinem Kopf nur ein und dasselbe Wort wie eine Warnleuchte blinkte: Cupcakes! Cupcakes! Cupcakes!

Ausgerechnet!

Ächzend ließ sich Tony auf einen Stuhl fallen und stützte den Kopf in die Hände. Er sah jetzt schon erledigt aus, und dabei hatte der Tag noch gar nicht richtig begonnen. Alexanders Auftritt schien sämtliche Energie aus diesem Raum gesogen zu haben. Auch ich fühlte mich erschöpft und setzte mich neben Tony. Cupcakes ... wenn das mal kein schlechtes Omen war.

Ich rief mich zur Ordnung. Was für ein Quatsch. Als wenn ein harmloses Gebäck irgendetwas zu bedeuten hätte. Es war nur ... Teig. Mit Zeug. Weiter nichts.

»Verhält sich dein Bruder immer so?«, erkundigte ich mich. Ich konnte nicht fassen, dass Tony ihm nicht die Stirn geboten hatte.

Tony nickte, schüttelte dann den Kopf und seufzte. »Er meint es gut. Ich bin ja froh, dass er unser Otterview doch nicht aufgegeben hat. Das wundert mich zwar, aber er scheint seine Meinung über den Verkauf geändert zu haben. Sonst würde er jetzt nicht so viel Wert auf zufriedene Gäste legen.«

Mir kam das verdächtig vor, doch ich behielt mein Misstrauen für mich. Schließlich wollte ich nicht wie eine paranoide Zicke rüberkommen. »Mit Katja hat er sich ja auch Mühe gegeben«, sagte ich daher nur.

»Ja, aber gebracht hat es nichts. Gestern kam noch eine Mail von dem Reiseveranstalter, dass er uns für die nächste Saison aus dem Angebot streichen wird.«

Was? Ich setzte mich kerzengerade auf. Wieso wusste ich davon nichts? Vermutlich, weil ich im Gegensatz zu Tony gestern nicht meine Mails gecheckt hatte ... Aber mein Bericht war doch erst nach meinem Aufenthalt hier fällig! Wenn sowieso schon feststand, dass *ErlebeTraumreisen* nicht weiter mit dem Otterview zusammenarbeiten wollte, warum hatten sie mich dann überhaupt hergeschickt? Verwirrt und verärgert hörte ich kaum zu, was Tony noch sagte, und fand erst wieder in die Gegenwart zurück, als er das Zauberwort Otter erwähnte.

»... mich freuen, wenn du auch bei der Fotowanderung mitmachst«, sagte er gerade.

»Ach, ich weiß nicht, Mr Berg ist doch ein erfahrener Fotograf, da würde so eine Anfängerin wie ich euch nur stören«, sagte ich und ärgerte mich gleichzeitig darüber. Das klang so, als wollte ich keine Zeit mit Tony verbringen, dabei wünschte ich mir nichts mehr. Wie falsch meine Worte bei ihm ankamen, erkannte ich leider sofort an seinem enttäuschten Blick. Doch schon trat das schelmische Funkeln in seine Augen, das ich so mochte. »Eigentlich musst du sogar mitkommen. Wir haben jedes Mal Otter gesehen, wenn du dabei warst. Das ist nicht selbstverständlich.«

Ob das nun stimmte oder nicht, seine Worte wärmten mir das Herz. Ich nutzte sofort die Chance, um einzulenken. »Na gut, wenn das so ist, komme ich natürlich gerne mit. Vorausgesetzt, Mr Berg hat überhaupt Lust auf eine Fototour.«

»Sonst ziehen wir allein los.« Tony sah nun schon wesentlich munterer aus als nach dem Rückzug von Alexander. »So, und nun mache ich mich mal auf die Suche nach Mattys Cupcake-Rezept.«

Meine Laune sank sogleich wieder in den Keller. Cupcakes.

Ausgerechnet.

Kapitel 23

Mit der Ruhe am Morgen war es vorbei. Der Frühstücksraum füllte sich nicht nur mit dem Duft von Kaffee und Scottish Breakfast, sondern auch mit Gesprächen und dem Klirren von Besteck auf Tellern, fröhlichem Lachen und dem regelmäßigen distinguierten Hüsteln von Mr Berg. Das Lachen kam von Sara und Tina, die beim Frühstück bunte Broschüren studierten und sich gegenseitig auf Sehenswürdigkeiten aufmerksam machten, die sie besuchen wollten. Darunter befand sich auch die Burg mit den Seehunden, und ich musste daran denken, wie mir Tony freudig seinen Gewöllefund präsentiert hatte. Die Erinnerung brachte mich zum Lächeln. Die Begebenheit kam mir schon so lange her vor, dabei war das erst vor wenigen Tagen passiert. Tony hatte mir mit dieser Geste gezeigt, dass er mich mochte, wie mir nun erst klar wurde.

Katja beugte sich über den Tisch und raunte: »Findest du nicht, dass sich Tina und Sara seltsam benehmen?«

Ich spähte unauffällig zu ihnen hinüber und erwischte einen Moment, in dem Tina Sara liebevoll anlächelte und auf den Mund küsste. Mein Blick glitt zurück zu Katja. »Nein, gar nicht«, sagte ich. Nahm Katja etwa Anstoß daran, dass die beiden offensichtlich ein Paar waren? Das konnte ich mir nicht vorstellen.

»Die haben noch gar kein Foto gemacht«, flüsterte Katja. »Noch nicht mal vom Essen! Machen das Influencerinnen nicht so? Die müssen doch Content für ihre Storys produzieren.«

Darüber hatte ich noch gar nicht nachgedacht, aber nun musste ich zugeben, dass das wirklich merkwürdig war. »Vielleicht sind sie rein privat hier und wollen im Urlaub eine Social-Media-Pause einlegen.«

Katja tippte sich mit dem Kaffeelöffel an die Unterlippe. »Hm, das wäre aber ungünstig! Schließlich wolltest du sie doch für deine Kampagne *Rettet das Otterview* einspannen.«

Mein Plan kam mir schon wieder nicht so überzeugend vor. Mit Tony hatte ich auch noch nicht darüber geredet. Sollte ich wirklich falsche Hoffnungen in ihm wecken? Die Nachricht von der Mail hatte mir einen gehörigen Dämpfer versetzt. Nach dem Frühstück musste ich unbedingt Mails abrufen und vor allem meinen positiven Bericht über das Otterview abgeben. Falls das überhaupt noch etwas nützen würde …

»O nein, ich wollte dich nicht entmutigen«, sagte Katja, die mir meine trübsinnigen Gedanken wohl am Gesicht ablesen konnte. »Bestimmt wollen sie einfach mal in Ruhe ihr Frühstück genießen und drehen später voll auf. Jedenfalls machen sie den Eindruck, als würde es ihnen hier sehr gut gefallen.«

Das stimmte allerdings. Ihre blonden Schöpfe beugten sich über einen Reiseführer, und sie kicherten hörbar gut gelaunt über etwas, das darin stand. Auch das Ehepaar Berg wirkte zufrieden. Sie verzehrten in Ruhe ihr traditionelles schottisches Frühstück, tranken Tee und unterhielten sich auf die entspannte, vertraute Art eines Paares, das schon lange zusammen war.

Der Einzige, der keinen Hehl aus seiner miesen Laune machte, war Daniel. Er saß allein am Ecktisch, obwohl Katja ihm angeboten hatte, sich zu uns zu gesellen, tippte mit mürrischer Miene auf dem Smartphone herum und hatte sein Frühstück, das lediglich aus Tee und Toast bestand, kaum angerührt. Ein bisschen tat er mir leid. Unter seinem Urlaub hatte er sich etwas anderes vorgestellt, als in einer abgelegenen Pension festzusitzen, das hatte er ja am Abend zuvor offen zugegeben.

»Themawechsel«, sagte Katja, und ich fürchtete inquisitorische Fragen zu Jessony. »Warum bist du so früh aufgestanden? Ich habe doch hoffentlich nicht geschnarcht?«

Ich atmete auf. Da konnte ich sie beruhigen. »Nein, kein bisschen. War wohl der Kaffeedurst.«

Katja wackelte mit den perfekt gezupften Brauen. »Der Kaffee also? Oder doch eher die Gesellschaft beim Kaffee?«

»Die natürlich auch«, gab ich zu.

Bevor Katja weitere Fragen stellen konnte, betrat Alexander die Bühne. Er kam mir an diesem Morgen tatsächlich vor wie ein Schauspieler, allerdings einer, der seine Rolle hervorragend spielte und sie liebte. Er lebte richtig auf, sobald alle Augen auf ihn gerichtet waren und er seine Angebote des Tages offerieren konnte. Mit strahlendem Lächeln und geradezu sprühend vor Begeisterung schilderte er das Städtchen Portree in den buntesten Farben, die sogar die der berühmten bemalten Hausfassaden übertrafen. Als Verkäufer war er wirklich gut, auch wenn es nicht darum ging, edle Kleidung, sondern Ausflüge anzupreisen. Vermutlich hätte er uns sogar einen Besuch des Finanzamts schmackhaft machen können. Mich wunderte zunächst, dass er kein Wort über die Fototour verlauten ließ, doch ein Blick aus dem Fenster zeigte mir den Grund: Es regnete in Strömen. Und zwar so richtig. Mochte der wetterfeste Tony das für eine Wanderung bestimmt noch gutheißen, verhielt es sich schon anders, wenn man teures Fotoequipment der Nässe aussetzen musste. Schade, nach meiner anfänglichen Skepsis hatte ich mich auf die Fototour gefreut.

Blieb also eine Tour nach Portree mit Stopp an der Schafsfell-Gerberei, mit der der rührige Alexander schon eine Besichtigung vereinbart hatte. Und das an Heiligabend!

Sara und Tina ließen sich von seiner Begeisterung anstecken und wollten auf jeden Fall mit, auch Daniel stimmte mürrisch zu, und Katja war sowieso mit von der Partie. Die Bergs lehnten freundlich ab. Sie wollten es sich im Kaminzimmer gemütlich machen und lesen. Und ich verspürte wenig Lust auf den Ausflug. Genau genommen wollte ich erst herausfinden, ob Tony mitfahren würde.

»Großartig«, sagte Katja zu mir, kaum dass der Vorhang hinter Alexander gefallen war. »Tony bleibt sicher auch hier, und ihr könnt euch noch besser kennenlernen.« Beim letzten Wort zwinkerte sie auf Alexander-Art, und obwohl das anfing, mich zu nerven, konnte ich ein Grinsen nicht unterdrücken. Zur Ablenkung erzählte ich ihr von der Mail, die Tony bekommen hatte.

»O nein. Und die haben dich nicht darüber informiert? Warum musstest du dann überhaupt herkommen?«

»Frage ich mich auch. Ich habe allerdings gestern nicht in mein Postfach geschaut. So ein Mist. Wenn ich doch meinen Bericht bloß früher abgeliefert hätte.«

»Du konntest doch nicht wissen, dass da an Weihnachten jemand arbeitet«, gab Katja zu bedenken. »Übrigens ist das ja wohl ganz schön gemein, ausgerechnet vor den Feiertagen so eine Mail zu verschicken. Sind die bei *ErlebeTraumreisen* immer so herzlos?«

»Eigentlich nicht.« Ich hatte keine Ahnung, wer diese Mail verfasst haben könnte. Meines Wissens befanden sich alle bis zum 2. Januar im Weihnachtsurlaub. Irgendwie musste ich diesem Rätsel auf die Spur kommen, denn je länger ich darüber nachdachte, desto stärker wurde mein Gefühl, dass da etwas nicht stimmte.

Katja ging nach dem Frühstück schon mal nach oben auf unser Zimmer, und ich blieb unschlüssig vor der Küchentür stehen. Ich hörte gedämpft das Klappern von Geschirr und Musik. Klang wie schottische Volksmusik, mit Gesang. Besagter Gesang drang deutlich lauter durch die Tür als die Instrumentalbegleitung, und mir wurde klar, dass er nicht aus dem Radio kam, sondern dass jemand mitsang. Die Neugier überwog meine Schüchternheit, und ich klopfte an die Tür. Tony öffnete mir, und er sang. Er hörte auch nicht damit auf, machte mir nur Zeichen, dass ich reinkommen sollte, und eilte zurück an das Spülbecken, in dem er gerade eine große Pfanne wusch. An seiner Stelle wäre ich sicher verlegen gewesen, beim Singen ertappt worden zu sein, doch er schmetterte ungehemmt weiter den Song mit. Ich bekam schon fast Lust, mitzusingen, nur leider kannte ich den Text nicht. Daher genoss ich es nur, Tony dabei zu erleben, wie er die tropfende Spülbürste als Mikro vor seinen Mund hielt und voller Inbrunst mit geschlossenen Augen in der Musik aufging. Es tat mir richtig leid, dass das Lied nach ein paar Minuten zu Ende war.

Tony stellte das Radio leiser. »Jessica!«, rief er, als hätte er schon auf mich gewartet. »Schau mal, was ich gefunden habe!«

Irgendwie brachte er das Kunststück fertig, mit einer Küchenschürze ausnehmend gut auszusehen. Er wischte sich die Hände trocken und trat an den Tisch heran, auf dem eine zerfranste Kladde lag. »Das ist Maddys Rezeptsammlung und ... tadaa!«

Er schlug eine Seite auf und drehte das Buch so, dass ich einen Blick hineinwerfen konnte. In schönstem geschwungenen Handlettering stand dort *Cupcakes*. Und darunter das illustrierte Rezept. Trotz des mir verhassten Gebäcks beugte ich mich begeistert über dieses Kunstwerk. »Das ist ja wundervoll! Hat deine Schwester das selbst gemalt?«

»Ja«, sagte Tony stolz. »An Lettering und Sketching hatte sie immer schon Spaß. Und sie ist richtig gut darin.« Er schob die Kladde zu mir hin. »Sieh es dir ruhig an. Ich bin sehr froh, dass sie mir ihre Sammlung überlassen hat. Obwohl ... na ja, wie du vermutlich schon bemerkt hast, bin ich nicht sonderlich gut im Kochen und Backen.«

Mir lag auf der Zunge, dass dies durchaus daran liegen könnte, dass es ihm keine Freude machte, doch ich schluckte die Bemerkung hinunter und blätterte mit steigender Bewunderung durch das Buch. »Das ist wirklich ein Schatz!«

Trotz der wunderschönen grafischen Gestaltung sah ich, dass ich hier kein bloßes Kunstwerk vor mir hatte, sondern ein Buch, das ständig benutzt worden war. Viele Seiten waren verknickt oder mit Fettflecken bedeckt, ab und zu sah die Schrift verwischt aus. Gerade das machte die Rezeptsammlung in meinen Augen umso wertvoller.

Tony sah mich betrübt an. »Jetzt weißt du, warum das Otterview so beliebt war, als Matty es noch geführt hat. Sie war eine Künstlerin, nicht nur, was das Malen angeht. Sie hat wunderbar gebacken. Alle Gäste liebten ihre Scones, und sie hat gerne experimentiert, neue Rezepte ausprobiert und sie dann den begeisterten Gästen serviert. Viele sind nur deshalb immer wieder hergekommen.« Er seufzte. »Ich hätte wissen müssen, dass das hier ohne Matty nichts wird.«

Damit gab er mir das Stichwort. Ich hätte zwar lieber vorher herausgefunden, was es mit der überraschenden Mail meines Arbeitgebers auf sich hatte, doch diesem Rätsel würde ich schon noch auf die Spur kommen. Egal, was dabei herauskam, ich wollte nicht aufgeben.

»Tony, ich habe einen Plan«, verkündete ich. Einen Moment lang kam ich mir reichlich angeberisch vor, doch Tony sah mich schon so begeistert an, bevor ich überhaupt weitergesprochen hatte, dass ich Mut fasste. »Was hältst du davon, wenn wir den Gästen, die jetzt hier sind, unvergessliche Tage im Otterview bescheren?«

Tony kratzte sich am Kinn. »Davon halte ich viel«, sagte er sofort, obwohl er leicht verwirrt wirkte. »Das hatte ich ja sowieso vor. Die armen Leute sind schon gestraft genug, weil ihre Urlaubspläne sprichwörtlich ins Wasser gefallen sind.«

»Ja, und ich dachte mir, dass wir dafür sorgen, sie genau das vergessen zu lassen. Sie sollen sich sogar freuen, dass sie statt im Hotel hier gelandet sind, und, das Wichtigste, begeisterte Bewertungen schreiben.«

»Bewertungen?« Tony runzelte die Stirn.

»Wenn *Er*... der Reiseveranstalter die liest, wird er bestimmt doch weiter mit dir zusammenarbeiten wollen.« Ups. Fast hätte ich mich verplappert. Eigentlich hatte ich Tony sowieso die Wahrheit sagen wollen, doch die schlimme Mail hatte einiges geändert. Was, wenn er dachte, ich hätte etwas damit zu tun? Hatte ich natürlich nicht, aber an seiner Stelle hätte ich mir das nicht geglaubt, ich konnte ja selbst nicht fassen, dass so über meinen Kopf hinweg entschieden worden war, ohne wenigstens auf meinen Bericht zu warten.

Tony schüttelte energisch den Kopf. »Nein, Jessica. Das möchte ich nicht. Natürlich werde ich dafür sorgen, dass sich die Gäste hier wohlfühlen, aber doch nicht, um gute Bewertungen zu kassieren.«

Ich stemmte die Hände in die Hüften. »Deine Selbstlosigkeit in allen Ehren, aber es ist nun wirklich nichts Ehrenrühriges daran, für eine gute Leistung auch das entsprechende Lob in Anspruch zu nehmen. Ich finde, das Otterview hat gute Bewertungen mehr als verdient. Leider liegt es offenbar in der Natur der Menschen, dass sie lieber meckern, als zu loben, aber mit einem kleinen Anschubser werden bestimmt viel mehr Gäste gute Bewertungen verfassen. Ich glaube, viele wissen gar nicht, wie wichtig die sind. Es ist nichts falsch daran, sie zu erinnern!«

Von meiner flammenden Rede selbst überrascht zog ich die Schultern hoch. Tony starrte mich sprachlos an, und meine Ohren wurden heiß. »Entschuldige, wenn ich mich einmische«, sagte ich kleinlaut. »Es ist natürlich deine Sache. Ich dachte nur ... wenn das doch jetzt eine Chance ist, etwas zu ändern. Die kritischen, fiesen Bemerkungen auszugleichen. Und ... die Otter ...« Meine Stimme war immer leiser geworden, und mir war klar, dass ich die kritischen Bemerkungen wohl besser nicht hätte erwähnen sollen, denn leider bezogen die sich meist auf Tony.

Tony sagte immer noch nichts, er rieb sich nur das Kinn und musterte mich, als überlegte er, ob er mich wegen meiner Dreistigkeit aus der Küche werfen sollte. Hatte ich nun alles kaputt gemacht?

Kapitel 24

Kopfschüttelnd sah Tony mich an, und ich machte mich darauf gefasst, aus seiner Küche verwiesen zu werden. Dazu passte aber das Lächeln nicht, das um seine Mundwinkel spielte. Um seine Augen bildeten sich Fältchen. »Ich weiß gar nicht, was ich sagen soll«, gestand er schließlich. »Danke, dass du dich so für das Otterview einsetzt.« Er räusperte sich. »Das bedeutet mir sehr viel. Und ich finde deinen Plan großartig. Nur ... er wird nichts mehr bringen. Selbst wenn nun alle Gäste eine positive Bewertung abgeben sollten ... ohne den großen Veranstalter haben wir hier keine Chance. Jedenfalls hat mir Alexander das erklärt, und der kennt sich mit Marketing und solchen Sachen aus.«

Die Enttäuschung musste er mir wohl am Gesicht abgelesen haben, denn er kam um den Tisch herum und griff nach meiner Hand. »Trotzdem danke, dass du dir Gedanken gemacht hast. Und egal, ob es gute Bewertungen geben wird oder nicht, das Weihnachten hier wird unvergesslich werden. Ich lege mich ins Zeug. Schon allein für dich.«

Ein warmes Kribbeln breitete sich in mir aus, und es fiel mir schwer, mich zu konzentrieren, wenn Tony mich so liebevoll ansah. Trotzdem blieb ich dran. »Bitte gib nicht auf«, sagte ich beschwörend. »Du kannst diesen Veranstalter immer noch überzeugen.«

In seinen Augen blitzte etwas auf. Misstrauen? »Du hast es Katja verraten, oder? Dass wir über sie Bescheid wissen?«

»Ähm, ja«, gab ich überrumpelt zu. »Aber ... es ist nicht ihre Schuld. Sie hat ihren Bericht noch gar nicht geschrieben. Und wenn sie ihn verfasst, wird er nur positiv ausfallen.«

»Bist du dir da sicher?« Tony grinste. »Ich fürchte, sie hat Alexander ganz schön an seine Grenzen getrieben. Gestern hat sie ihn ordentlich herumgescheucht. Da habe ich schon vermutet, dass du sie eingeweiht hast.«

»Ja, ich ...« Ich merkte, wie ich rot anlief. Mein schlechtes Gewissen würgte mich. »Du hattest ja nichts dagegen«, schloss ich lahm. »Aber sie mag das Otterview. Und sie wusste auch gar nichts von den Auswirkungen, also dass die Natur hier zerstört werden wird.«

Tony zog die Brauen zusammen. »Was das angeht, ist das letzte Wort noch nicht gesprochen«, sagte er überraschend grimmig. »Kann sein, dass Alexander am liebsten an diesen Investor mit dem Luxushotel verkaufen will, aber da habe ich auch noch ein Wörtchen mitzureden. Das hier ist ein schönes Haus. Bestimmt finden sich da noch andere Kaufinteressierte.«

Ich atmete auf. Lieber wäre mir allerdings, dass Tony das Otterview als Pension behalten könnte. Und ihm auch, wenn ich seinen traurigen Blick richtig deutete.

»Nicht aufgeben«, wiederholte ich. »Du hängst an dieser Pension, das spüre ich doch.«

»Ja, das stimmt.« Tony raufte sich das Haar. »Nur bin ich wohl leider nicht die geeignete Person, um allein ein Bed and Breakfast zu führen. Einigen Gästen bin ich wohl nicht schleim... äh, ich meine, ich bin offenbar nicht herzlich und verbindlich genug.«

»Puh. Und ich dachte schon, du siehst das als deine Stärken an«, bemerkte ich trocken, was ihn zum Lachen brachte. Nun war ich es, die seine Hand drückte. »Du hast andere Talente. Deine Liebe zur Natur, deine Freude daran, sie anderen nahezubringen, und natürlich deine Kenntnisse in Fotografie.«

»Tja.« Tony grinste schief. »Nur, dass mir nicht viel Zeit bleibt, die einzusetzen. Die meisten Gäste, die herkommen, wollen auch keine Fotokurse oder lange Wanderungen machen. Für die ist das hier nur ein Übernachtungsort. Sie haben einen Leihwagen dabei, klappern an einem Tag sämtliche Touristenhotspots der Insel ab und fahren dann weiter.«

»Dann ist es an der Zeit, sich um die passenden Gäste zu bemühen«, sagte ich fest. Es kribbelte mir mehr und mehr in den Fingern, endlich meinen Bericht zu schreiben und abzuschicken, auch wenn er erst im nächsten Jahr gelesen werden sollte. »Fährst du eigentlich mit nach Portree?«

»Nein, ich mache erst in der Küche klar Schiff, und dann ...«, er deutete auf Mattys Kochkladde, »... werde ich mich an den Cupcakes versuchen. Später bringe ich dann die Bergs zu euch ins Hotel für das Weihnachtsessen.«

»Ich fahr nicht mit den anderen mit heute Vormittag«, erklärte ich kurz entschlossen. »Ich muss noch einiges erledigen. Könntest du mich dann auch heute Nachmittag mitnehmen?«

Tony hob die Brauen. »Du musst im Urlaub arbeiten?«

»Ja, aber es ist nichts Wildes. Ich mache es gerne.«

»Natürlich nehme ich dich mit. Tut mir leid, dass unsere Wanderung heute ausfällt.« Er warf einen bedauernden Blick Richtung Fenster. Hinter der Scheibe sah es trübe aus, alles grau in grau, und es schien sich so richtig eingeregnet zu haben. »Aber morgen soll das Wetter schon wieder besser sein, und es würde mich freuen, wenn du mich dann zum Strand begleiten würdest. Schwimmen müssen wir ja nicht unbedingt.«

»O doch, ganz unbedingt sogar!«, rief ich. »Nun hast du mein Interesse am Wilden Schwimmen geweckt, und ich möchte es wirklich gerne noch mal probieren.« Auch wenn mir bei der Vorstellung, tatsächlich im Winter im Meer zu schwimmen, ein wenig mulmig zumute wurde. Doch ich vertraute Tony und wollte herausfinden, was ihn am kalten Wasser so faszinierte.

»Dann natürlich gerne.« Tony strahlte. Ich konnte gar nicht mehr nachvollziehen, wie ihn jemand als unfreundlichen Klotz bezeichnen konnte! Na gut, wir hatten nicht gerade den besten Start gehabt, doch das hatte ja auch an meinem aufdringlichen Mistelzweigüberfall gelegen. Was mich an etwas erinnerte ...

Unser Kuss wurde schon wieder von Alexander unterbrochen, der ein Tablett mit dem benutzten Geschirr aus dem Frühstücksraum in die Küche brachte.

»Abfahrt in einer halben Stunde!«, verkündete er, ohne unsere erhitzten Gesichter und zerzausten Haare zu kommentieren. »Du kommst doch mit, Jessica, oder?«

Seltsam, wenn er meinen Namen sagte, jagte mir das keinen angenehmen Schauer über den Rücken. »Nein, danke, ich komme später nach«, erwiderte ich.

Alexander verzog keine Miene und verzichtete auf anzügliche Sprüche, was ich ihm hoch anrechnete. »In Ordnung, dann bis heute Nachmittag. Tony, kann ich dich kurz sprechen?«

Das war dann wohl das Zeichen für meinen Abflug. Ich warf Tony an der Tür hinter Alexanders Rücken noch eine Kusshand zu und fand mich kaum albern dabei.

»Willst du wirklich nicht mitkommen?«, fragte mich Katja zum gefühlt zehnten Mal. »Portree ist total schön. Und jetzt sag bitte nicht, dass du hierbleibst, um Tony beim Backen dieser Cupcakes zu helfen. Sosehr ich es auch begrüßen würde, wenn du dein Trauma auf diese Art überwinden könntest.«

»Das kann man ja wirklich nicht Trauma nennen«, wiegelte ich verlegen ab. Erst bei Katjas Worten wurde mir bewusst, dass Tony mich nicht um Hilfe gebeten hatte. War das nun ein gutes oder schlechtes Zeichen? Traute er meinen Backkünsten noch weniger als seinen eigenen? Sah er mich trotz unserer wilden Knutscherei vorhin doch als zahlende Gästin, die nicht in der Küche helfen sollte? Wollte er sich womöglich nur nicht ablenken lassen? Dieses Argument brachte mich zum Lächeln. Oder, was mir am besten gefallen würde, sah er mehr in mir als eine Kumpelin, die man nur für lästige Haushaltstätigkeiten einspannte und für eigene Zwecke ausnutzte?

Eigentlich traute ich Tony Letzteres schon lange nicht mehr zu, das passte einfach nicht zu ihm. Allerdings fand ich auch, dass die Rolle eines erfolgreichen Modefotografen nicht zu ihm passte, und doch hatte er sie geraume Zeit ausgefüllt, und das augenscheinlich gut.

»Na schön!«, riss mich Katja aus ihren Gedanken. »Dann eben deine *Abneigung* gegen Cupcakes. Du bist nicht zum Backen hier, Jessy.«

»Nein, ich bin hier, um einen kritischen und äußerst negativen Bericht über das Otterview abzugeben«, sagte ich grimmig. »Aber daraus wird nichts. Ich schreibe jetzt meinen Bericht, und wenn *ErlebeTraumreisen* danach nicht weiter mit Tony zusammenarbeiten will, sind die selbst schuld!«

»Genau. Richtig so.« Katja klopfte mir auf die Schulter. »Aber muss das heute sein? Ich wäre so gerne mit dir in das süße Café gegangen. Deine Mail wird doch an den Feiertagen eh niemand mehr lesen.«

Wohl wahr. »Ich hätte ja sowieso keine Ruhe«, wehrte ich ab. »Außerdem hast du doch gleich zwei Verehrer.«

Katja zog einen übertriebenen Schmollmund. »Ich wäre aber lieber mit dir durch Portree gebummelt, als mich der Avancen von Mr Bilderbuchschotte und Clark Kent zu erwehren.«

Ich lachte. »Also ist dir die Ähnlichkeit auch aufgefallen? Das schaffst du schon.«

»Na gut. Weißt du, was? Ich halte mich einfach an Sara und Tina. Ich kann ja schon mal vorsichtig vorfühlen, ob sie das Otterview für instagrammable halten. Bis später dann, Ciao!«

Kaum war sie weg, vermisste ich ihre extrovertierte, fröhliche Art auch schon. Und gleich noch mehr, als ich zunächst meine Nachrichten auf dem Smartphone abrief. Es gab keine Mail von *ErlebeTraumreisen*, dafür aber eine Menge Weihnachtsgrüße von Freundinnen. Zu einigen hatte ich schon länger keinen Kontakt mehr gehabt. Die hatten alle einen Freund, und ich war mir bei gemeinsamen Unternehmungen zu oft wie das fünfte Rad am Wagen vorgekommen. Mir fehlte eine richtig gute Freundin, mit der ich spontan quatschen oder mich auf einen Kaffee treffen konnte. Jemand wie Katja. Vielleicht konnten wir ja nach dieser Schottlandreise in Kontakt bleiben …

Bevor ich mich dem Bericht widmete, rief ich meine Tante an. Die war schon auf dem Sprung, da sie sich mit ein paar Freundinnen zu einem ausgedehnten Heiligabendbrunch verabredet hatte und später mit ihnen in die Kirche gehen wollte.

Also auf zum Bericht. Die erste Version geriet viel zu schwärmerisch. Ich schrieb eine sachlichere Fassung, die mir wiederum zu trocken vorkam. Erst Variante drei, eine Mischung aus beidem, stellte mich zufrieden. Darin stellte ich die Vorzüge des Otterviews dar und legte einen besonderen Schwerpunkt auf die Möglichkeiten, die Tonys Fähigkeiten boten. Außerdem drückte ich deutlich aus, dass *ErlebeTraumreisen* aus einer weiteren Zusammenarbeit nur Vorteile ziehen würde. Ja, davon war ich überzeugt, und darum fiel es mir auch leicht, die passenden Worte zu finden. Ich las noch ein paarmal Korrektur und schickte den Bericht an meine Vorgesetzte. Wie ich sie kannte, würde sie spätestens zwischen Weihnachten und Neujahr einen Blick in ihr Postfach werfen und mir vielleicht sogar schon antworten.

Erleichtert stieß ich die Luft aus. Der erste Teil meiner Mission *Rettet das Otterview* war somit erledigt. Nun fehlten noch die guten Bewertungen.

... und mit denen könnte es kritisch werden, wie ich auf dem Weg die Treppe hinunter befürchtete. Aus der Küche zog nämlich wie an meinem ersten Morgen hier Qualm in den Flur, und es roch reichlich brenzlig. O Tony!

Diesmal ohne anzuklopfen, stürmte ich in die Küche. Ein feuchtes Handtuch klatschte mir ins Gesicht, gefolgt von einem erschrockenen: »Jessica! Das tut mir leid! Ist alles in Ordnung?«

Ich blinzelte. Von der verqualmten Luft tränten mir die Augen, und es dauerte einen Moment, bis ich ein scharfes Bild von Tony bekam, der mit reumütiger Miene vor mir stand. *Scharfes Bild* – tatsächlich sah Tony ziemlich heiß aus, da er unter der Küchenschürze nur ein weißes T-Shirt trug, das aus irgendwelchen Gründen klatschnass an ihm klebte und nicht nur seine beachtlichen Armmuskeln hervorragend zur Geltung brachte. Außerdem war sein Haar sexy verwuschelt. Das allerdings wohl, weil er es verzweifelt gerauft hatte. Verständlich, wie mir ein Blick auf den Küchentisch zeigte. Darauf stand ein Backblech mit undefinierbaren Fladen. Schwarzen Fladen.

»Ja, alles klar«, brachte ich hustend hervor. Ich fragte lieber nicht, ob die verkohlten Dinger Cupcakes hatten werden sollen.

Tony wedelte mit dem Handtuch wild in der Luft herum, um den Qualm aus dem Raum nach draußen zu befördern. Leider war ihm dabei nur mäßiger Erfolg beschieden. »Was meinst du, kann man die noch retten?«, fragte er und schwenkte das Tuch Richtung Backblech.

Optimistisch war er ja.

»Ich fürchte, nein«, erwiderte ich wenig originell. Mir lagen ein paar sarkastische Sprüche zu der Herstellung von

Holzkohle oder der Verwendung von Asche als Dünger auf der Zunge, doch angesichts von Tonys bedröppeltem Gesicht sparte ich mir die.

Tony gab seine Wedelversuche auf und blieb mit hängenden Armen vor seinem missglückten Backversuch stehen. »Hab ich mir fast gedacht. Das sollten Cupcakes werden. Ich versteh das nicht. Hab alles genau so gemacht wie in Mattys Rezept. Dreißig Minuten auf hundertachtzig Grad ...«

»Waren das wirklich nur dreißig Minuten?« Und die kamen mir schon sehr gewagt vor für diese kleinen Küchlein.

»Vielleicht nicht genau dreißig«, gab Tony zu. »Ich war kurz draußen. Brauchte frische Luft.«

Das erklärte, warum er aussah wie der Teilnehmer eines Wet-T-Shirt-Contests, denn es regnete noch immer in Strömen.

»Vielleicht mit etwas Zuckerguss?«

»Nein.«

»Okay.« Tony sackte in sich zusammen, und ich schmolz dahin. Cupcake-Abneigung hin oder her – ich musste ihm einfach helfen.

Kapitel 25

Mattys Kochkladde erwies sich als äußerst hilfreich. Sie enthielt nicht nur das Rezept für die Cupcakes, sondern auch einen wichtigen Hinweis auf das passende Handwerkszeug. Dank ihrer Illustrationen, die eine Cupcake-Form zeigten, kam ich auf die Idee, nach dieser Form zu suchen, und fand sie ganz hinten in einem der Küchenschränke. Sogar gleich vier davon. Für den Anfang bereitete ich gemeinsam mit Tony Teig für zwei zu und stellte zur Vorsicht einen Wecker mit der richtigen Backzeit.

»Puh. Geschafft.« Tony wischte sich imaginären Schweiß von der Stirn und lächelte mich so dankbar und erleichtert an, dass mein Herz schneller schlug. »Danke, Jessica. Ohne dich hätte ich das nicht geschafft. Und ich hab mich auch noch gar nicht richtig für deine Hilfe bei der Dekoration bedankt. Das hast du toll gemacht, selbst Matty wäre begeistert, und die ist sehr anspruchsvoll, was Weihnachtsdekoration angeht.«

Aha, Tony war nervös, darum redete er ungewöhnlich viel an einem Stück. Mir wurde warm ums Herz, als mir auffiel, wie gut ich ihn schon kannte.

»Deine Schwester hat einen sehr guten Geschmack«, sagte ich und fügte frech hinzu: »Und was den Dank angeht, wüsste ich schon was.«

»Was denn?« Tony wirkte nur einen Moment lang irritiert, dann breitete sich ein geradezu verruchtes Lächeln auf seinem Gesicht aus. »Ah! Mir fällt da auch was ein ...«

Er trat auf mich zu, und ich schaute erwartungsvoll zu ihm auf, da klopfte es an der Tür. Ich fuhr zusammen. Wer konnte das denn sein? Ach ja, die Eheleute Berg waren auch noch hier, die hatte ich total vergessen. Erstaunlich, dass sie nicht bereits von dem Rauch alarmiert worden waren, doch der war hoffentlich nicht bis ins Kaminzimmer gezogen.

»Herein!«, rief Tony, eilte sogleich zur Tür und öffnete sie. Davor stand Mrs Berg und schnupperte. Oje. Bestimmt roch sie nun die verkohlten Cupcakes ...

»Hm, das duftet ja himmlisch!«, rief sie aus, und ich atmete auf. Offenbar hatte der Duft der neuen Küchlein den Gestank der Vorgänger bereits vertrieben. »Wird hier gebacken?«

»Ähm, ja.« Tony sah mich an und schnitt eine hilflose Grimasse.

Im Gegensatz zu mir verstand Mrs Berg sein Problem. »Ach, mein Lieber, bestimmt sollen Gäste gar nicht in die Küche kommen, oder? Schmeißen Sie mich ruhig hinaus!«

Als ob jemand das fertiggebracht hätte! Mrs Berg sah so lieb und auf sympathische Art neugierig aus, wie sie nun versuchte, um Tony herumzuspähen, und mich entdeckte. »Hach! Die liebe Jessica ist auch noch hier!«

Ihr Blick wanderte von mir zu Tony und zurück zu mir, und in ihren Augen blitzte es wissend auf. »Wie schön! Eine geheime Romanze! In der Küche!«

»Ähm!«, machte Tony, und nun sah er aus, als würde er am liebsten wieder in den Regen rennen, und zwar gleich bis zum Strand, um sich dort ins kalte Wasser zu stürzen. Da wäre ich dabei!

Mrs Berg winkte ab. »Das muss Ihnen doch nicht peinlich sein.« Sie warf einen Blick in den Ofen. »Werden das etwa Cupcakes? Ich liebe Cupcakes! Für die Dekoration habe ich sogar mal einen Preis gewonnen, wenn ich das in aller Bescheidenheit sagen darf.«

»Dürfen Sie«, sagte ich. »Und ich würde mich freuen, wenn Sie beim Dekorieren helfen würden.«

Kaum waren die Worte heraus, erinnerte ich mich daran, dass dies hier nicht meine Küche war, sondern Tonys, und dass daher auch nur er solche Einladungen aussprechen durfte. Davon abgesehen war es womöglich aus irgendwelchen hygienischen Gründen verboten, dass sich Gäste in der Küche aufhielten. Für mich hatte er schon eine Ausnahme gemacht, aber ich wollte auf keinen Fall, dass er in Schwierigkeiten geriet. Obwohl … gab es noch größere Schwierigkeiten, als das Otterview zu verlieren? Bei dem Angebot an Mrs Berg hatte ich zwar nicht an meinen Plan gedacht, doch sie schlug freudig die Hände zusammen und sah so begeistert aus, dass ich ihren Aufenthalt hier auf jeden Fall damit verbessert hatte.

»Nichts lieber als das! So schön es auch war, gemütlich am Kamin einen Krimi zu lesen, ist mir nun doch eine kleine Pause recht. Hm, ich glaube, die dürften gut sein. Darf ich mal nachsehen?«

Ohne eine Antwort abzuwarten, schnappte sie sich bereits Topflappen und öffnete die Ofenklappe.

Ich nutzte die Gelegenheit, Tony zuzuraunen: »Tut mir leid, ich wollte dir nicht vorgreifen!«

»Ich glaube, du hast da eine hervorragende Idee gehabt«, wisperte er zurück.

Die nächste halbe Stunde verlief dann auch sehr vergnüglich. Unter der Anleitung von Mrs Berg rührten wir verschiedenfarbigen Zuckerguss an und verzierten die abgekühlten Cupcakes mit allem, was Mattys Fundus hergab. Aus den simplen Küchlein wurden wahre Kunstwerke. Ich musste zugeben, dass unser Ergebnis um Längen besser ausfiel als die Cupcakes, die ich damals für meinen Schwarm gebacken hatte. Die konnte ich gar nicht damit vergleichen, und daher beschloss ich, ab sofort jegliche Verbindung von diesen Cupcakes zu denen aus meiner Vergangenheit zu streichen.

Ich bedankte mich herzlich bei Mrs Berg für ihre Hilfe, und sie wiederum bedankte sich für die nette Abwechslung, wie sie es ausdrückte. »Nun werde ich mal nach John sehen. Der hat bestimmt noch gar nicht gemerkt, dass ich weg bin, so vertieft ist er in die Bildbände, die Sie ihm gegeben haben«, sagte sie mit einem Blick auf Tony. »Er war gestern noch ganz aus dem Häuschen, weil er Sie kennengelernt hat. Wir konnten ja nicht ahnen, welcher Berühmtheit diese Pension gehört!«

Tony brachte diesmal nicht einmal sein »Ähm« hervor, er rieb sich nur den Nacken und grinste schief. Das schien Mrs Berg nicht zu stören, sie verschwand nach einem letzten zufriedenen Blick auf die Cupcakes.

Eine Weile standen Tony und ich schweigend da und betrachteten ebenfalls unser Werk, dann trafen sich unsere Blicke, und wir lächelten gleichzeitig.

»Also, eigentlich bin ich nicht berühmt«, sagte Tony und sah so verlegen und süß aus, dass mir ganz flatterig im Magen wurde. »Könnte höchstens sein, dass ich in Fotografenkreisen nicht völlig unbekannt bin.«

Und in Modelkreisen auch nicht, schoss es mir durch den Kopf, und mein Lächeln erstarb. Ich brauchte Tony ja nicht gleich auf die Nase zu binden, dass Katja und ich ihn gegoogelt hatten. Nur musste ich leider ausgerechnet jetzt an seine wunderschöne Ex-Freundin denken, und mir wurde bewusst, dass ich optisch keinesfalls an diese Frau herankam. Wie zum Beweis streckte Tony die Hand aus und wischte mir sacht mit den Fingerspitzen über die Nase. »Mehl«, erklärte er.

Na großartig.

»Vielleicht solltest du dich mal um Mr Berg kümmern, wenn er so ein großer Fan von dir ist.«

Ich merkte, wie kühl ich klang, und auch Tony fiel das auf, wie ich an seinem erstaunten Blick erkannte. »Ja, du hast recht«, sagte er jedoch nur. »In einer Stunde fahre ich dich und die Bergs nach Portree, damit ihr pünktlich zum Essen da seid.«

Das klang nun auch reichlich kühl. Geschah mir recht. Doch bevor ich enttäuscht sein konnte, schenkte mir Tony sein schüchternes, schiefes Lächeln und fügte hinzu: »Und noch früh genug für einen Drink im Pub nebenan. Den kennst du ja schon. Ich glaube, ich hab da noch was gutzumachen ...«

»Was denn ...? Oh!« Hitze schoss mir ins Gesicht. Natürlich, der Pub. Der Mistelzweig. Musste Tony unbedingt darauf anspielen? Mir war das immer noch so unendlich peinlich!

Tony offenbar nicht. Der sah eher reumütig aus. »Ich habe mich wie ein ungehobelter Klotz benommen.«

Auweia. Dieser Begriff erinnerte mich ein wenig zu sehr an die schlechten Bewertungen. »Und ich mich unglaublich aufdringlich«, sagte ich. »Was musst du nur von mir gedacht haben ...? Nein, sag es mir lieber nicht.«

»Doch, das möchte ich aber.« Tony strich mir eine Haarsträhne aus dem Gesicht und sah mich mit warm leuchtenden Augen an. »Ich dachte, wie habe ich es nur verdient, dass mich eine so schöne Frau küsst. Das hat mich so verwirrt, dass ich gar nicht wusste, wie ich reagieren sollte.«

»Ich bin gar nicht ...«, fing ich an, aber ich las in Tonys Augen, dass er mich wirklich schön fand. Und als wir uns küssten, fühlte ich mich auch so.

Schon solange ich denken konnte, hatte ich mir einen Cinderella-Moment erträumt. Diesen Augenblick, mit einem atemberaubenden Kleid eine Treppe in einen Ballsaal hinunterzuschweben und sämtliche bewundernden Blicke auf sich zu ziehen. Und natürlich spielte in diesen Träumen auch immer der von allen begehrte Prinz eine Rolle, der nur Augen für mich, die geheimnisvolle Schöne, haben würde.

Nun ja, mein Kleid war eher nicht atemberaubend, doch ich fühlte mich ausnahmsweise mal attraktiv darin und war froh, es eingepackt zu haben. Der dunkelrote Samtstoff sah festlich genug für Weihnachten aus, und zumindest beim letzten Kontrollblick in den Spiegel hatte er meine Augen zum Strahlen gebracht. Selbst mit meinen Haaren war ich zufrieden, die mir offen über die Schultern fielen. Die schmale Stiege des Otterviews konnte man sicher auch nicht mit einer Freitreppe im Märchenschloss vergleichen, aber den Prinzen gab es.

Denn Tony stand unten im Flur, und als ich die Treppe hinunterkam, sah er auf und sein Gesicht leuchtete auf. Seine Miene drückte so viel ehrliche Bewunderung und Freude aus, dass mir schwindelig wurde und ich mich einen Moment am Geländer festhalten musste.

»Jessica«, sagte er leise, beinahe ehrfürchtig. »Du siehst wunderschön aus.«

»Danke«, brachte ich nur hervor und schaffte wie durch ein Wunder die letzten Stufen, ohne ins Stolpern zu geraten. Dazu trug nicht zuletzt Tonys Anblick bei. Denn er sah diesmal aus wie der sexy Schotte, der auf das Cover eines Highlander-Liebesromans gepasst hätte. Er trug tatsächlich einen Kilt, und das mit der beiläufigen Lässigkeit, die wohl nur ein Schotte hinbekam. Dazu ein weißes Hemd und … seine Outdoorjacke. Selbst die konnte den atemberaubenden Gesamteindruck nur unwesentlich schmälern.

Er streckte mir die Hand hin, und einen Moment dachte ich schon, er wollte mir einen Handkuss geben, doch er machte etwas viel Besseres. Er zog mich nämlich an sich und küsste mich. Ganz ohne Mistelzweig.

Kapitel 26

Am Auto gab es ein kurzes Gerangel, wer vorn oder hinten sitzen sollte, denn Mr Berg wollte, ganz der Gentleman, seine Frau oder mich auf den Beifahrersitz bugsieren. Mit vereinten Kräften konnten wir ihn schließlich davon überzeugen, dass er als der Größte von uns es sicher dort bequemer als auf dem Rücksitz haben würde. Da der Wagen allerdings geräumig genug war, konnten auch Mrs Berg und ich uns über ausreichend Beinfreiheit freuen.

Es hatte tatsächlich aufgehört zu regnen, und die tief stehende Sonne tauchte die schottische Hügellandschaft um uns herum in ein magisches, goldenes Licht, das mich an den letzten Abend erinnerte, an den Rückweg von meinem ersten Wilden Schwimmen und vor allem daran, dass Tony und ich uns das erste Mal geküsst hatten. Den unglücklichen Versuch unter dem Mistelzweig zählte ich nicht.

»Ich habe eine Überraschung!«, teilte Tony uns mit, während er den Wagen routiniert über die kurvige Straße steuerte. »Wir treffen uns mit den anderen an einem besonderen Ort und werden dort den Sonnenuntergang genießen. Danach geht es weiter nach Portree, wo das Hotel ein weihnachtliches Festessen servieren wird.«

Er hörte sich schon fast an wie sein Bruder, nur dieses Zwinkern ließ er zu meiner Erleichterung weg.

»Ach, Mr MacMurray, so eine wundervolle Idee!«, rief Mrs Berg enthusiastisch. »Wir sind ja so froh, dass wir in Ihrem süßen Bed and Breakfast wohnen dürfen. Das nächste Mal buchen wir gleich bei Ihnen!«

Ich musste schlucken, und obwohl ich Tonys Gesicht nicht sehen konnte, bemerkte ich, dass sich seine Schultern verkrampften. Er ging bestimmt davon aus, dass es kein nächstes Mal geben würde. Doch so leicht gab ich mich nicht geschlagen. Mit meinem Bericht hatte ich einen wichtigen Schritt getan, und die kommenden guten Bewertungen würden ganz sicher auch dazu beitragen, dass meine Vorgesetzte ihre Einstellung zum Otterview überdachte. Kurz spielte ich mit dem Gedanken, Mrs Berg jetzt schon um eine Bewertung zu bitten, aber ich wollte einen besseren Moment abpassen. Günstigstenfalls später am Abend, wenn alle satt und zufrieden im Kaminzimmer saßen und in Weihnachtsstimmung waren.

Bald schon bog Tony auf einen kleinen Parkplatz ab, auf dem nur der Bulli des Hotels stand, den Alexander sich geliehen hatte. Daneben wartete der Rest der Pensionsgäste. Katjas blondes Haar leuchtete in der Abendsonne, und neben ihr stand ein äußerst vergnügt aussehender Daniel, der angeregt mit ihr plauderte. Offensichtlich bereute er zumindest in diesem Moment nicht, dass seine Reise sich anders gestaltete als geplant. Sara und Tina benahmen sich endlich so, wie ich es von Influencerinnen erwartete, und machten Selfies mit Alexander. Mein Blick schweifte jedoch rasch von der fröhlichen Truppe ab, denn hinter ihnen erhob sich ein Bergmassiv, und über die Felsen toste ein Wasserfall. Über mehrere Stufen ergoss er sich in ein von bemoosten Steinen umgebenes natürliches Becken, das aussah, als wäre es eine geheime Badestelle für Feen.

Die untergehende Sonne malte einen Regenbogen vor das herabstürzende Wasser, und während ich stumm dastand und das Schauspiel auf mich wirken ließ, eilte Mr Berg mit gezückter Kamera los und stieß begeisterte Rufe aus.

»Ist das nicht wunderschön?«, fragte Katja neben mir. Da konnte ich ihr nur zustimmen. Meine Brust zog sich zusammen, und ich atmete tief durch, von einer unbestimmten Sehnsucht erfüllt. Dieser Ort kam mir so vertraut vor, obwohl ich ganz sicher noch nie hier gewesen war. Der Duft von nassem Moos und Gras zog mir in die Nase. Am liebsten hätte ich ihn in eine Flasche gefüllt und mit nach Hause genommen. Nun ziepte es auch in meinem Magen bei der Erinnerung daran, dass mir nur noch wenige Tage hier in Schottland blieben. Mit Tony. Wie würde es weitergehen? Daran wollte ich jetzt nicht denken. Mir war nur klar, dass ich es nicht auf einen Urlaubsflirt anlegte, und auch Tony schien mir nicht der Typ dafür zu sein. Aber wie gut konnte ich das schon einschätzen? Ich kannte ihn erst seit ein paar Tagen ...

Alexander verteilte kleine Becher an uns und füllte sie mit Whisky. »Und nun, meine Lieben, wünsche ich euch ein unvergessliches Weihnachtsfest hier auf unserer schönen Isle of Skye. Frohe Weihnachten!«

Wir hoben unsere Becher und tranken. Der Whisky strömte mir scharf durch den Hals, bahnte sich seine Spur in meinen Magen, ein Gefühl, das ich mittlerweile kannte und tatsächlich zu schätzen gelernt hatte. Doch mein Lieblingsgetränk würde Whisky wohl nicht werden. Ich hielt Ausschau nach Tony, und in dem Moment sah er auch mich an. Unsere Blicke trafen sich, und er lächelte mich so voller Wärme an, dass sich gleich noch mehr Hitze in meinem Bauch ausbreitete, die nicht nur dem Whisky geschuldet war.

Alexander zählte bereits auf, was für unglaublich gute Whiskysorten im Pub neben dem Hotel verkostet werden konnten, pries das hervorragende Essen im Hotel an und war wieder voll in seinem Element. Tony kam zu mir und nahm meine Hand auf seine unkomplizierte, selbstverständliche Art. »Komm, ich zeig dir den Wasserfall.«

Mir war zwar nicht klar, was er mir da zeigen wollte, der war schließlich nicht zu übersehen, doch ich ging natürlich bereitwillig mit. Tony wäre ich beinahe überallhin gefolgt. Außer vielleicht in eine Höhle mit Spinnen oder ... was war das?

Unter einem Busch neben dem Wasserbecken bewegte sich etwas. »Tony, ich glaube, da ist wieder ein Otter!«, stieß ich hervor. »Da, unter den Zweigen!«

Neben verblühtem Heidekraut und unter dichtem, blattlosen Geäst kauerte ein kleines Tier. Ich zog Tony mit, näher heran, und sah, dass es sich nicht um einen Otter handelte, sondern um eine Katze, die sich mit gesträubtem Fell duckte und uns anfauchte. Sie sah elend mager aus. Ich ging sofort in die Hocke und streckte langsam die Hand aus. »Hey, Süße, wir tun dir nichts«, säuselte ich.

Die Katze versuchte, zurückzuweichen, und fauchte erneut.

Ratlos sah ich zu Tony auf. »Wir müssen sie irgendwie einfangen!«

Er rieb sich das Kinn, und ich fürchtete einen Moment, er würde sagen, dass es sich um eine Streunerin handelte, die selbst auf sich aufpassen konnte, und dass uns das sowieso nichts anging.

»Ich habe eine Decke im Auto. Wir können versuchen, sie über die Katze zu werfen«, schlug er vor.

Sofort wurde mir wieder warm ums Herz, und ich nickte lächelnd. Auf Tony war Verlass. Ein bisschen schämte ich mich dafür, dass ich auch nur eine Sekunde geglaubt hatte, er könnte ein hilfloses Tier im Stich lassen.

»Kommt ihr beiden?«, rief Alexander. »Wir fahren jetzt!«

Tony sah mich fragend an. »Du kannst mit den anderen vorfahren, und ich kümmere mich um die Kleine hier.«

»Kommt gar nicht infrage! Natürlich helfe ich dir!«

Tony schenkte mir sein schiefes Lächeln. »Danke, Jessica, aber ich möchte wirklich nicht, dass du das Weihnachtsessen verpasst.«

»Ach was, das ist doch unwichtig«, behauptete ich. Zugegeben, ich hatte mich auf das Essen gefreut, doch um nichts in der Welt hätte ich das zitternde Kätzchen im Stich gelassen, auch wenn ich Tony vertraute.

Ich behielt das verängstigte Tier im Auge, hörte mit halbem Ohr, wie sich Tony mit Alexander unterhielt und schließlich das Geräusch des davonfahrenden Bullis. Wenig später kniete Tony mit der Decke in der Hand neben mir. Er redete leise auf Schottisch auf die Katze ein. Wie wundervoll das klang! An der Stelle der Katze hätte ich mich sofort in Tonys Arme gestürzt. Ehrlich gesagt hätte ich das am liebsten auch jetzt gerade als Mensch getan. Im Zeitlupentempo rutschte Tony auf die Katze zu. Ich hielt den Atem an. Zack, warf Tony die Decke über die Katze ... die wie der Blitz unter dem Stoff wegfegte und davonjagte.

»Nein!«, entfleuchte es mir. Ohne weiter nachzudenken, nahm ich die Verfolgung auf, dicht gefolgt von Tony.

»Pass auf die ...«, rief er, genau in dem Moment, in dem der Boden unter meinem rechten Fuß nachgab. Mit einem Aufschrei sackte ich in die Tiefe, ruderte mit den Armen und konnte nur mühsam das Gleichgewicht halten. Mein rechtes Bein versank bis zum Knie in dunklem Modder.

Tony war sofort neben mir und streckte mir die Hand hin, doch ich fuchtelte nur hektisch herum. »Nein, alles in Ordnung, ich komme klar, du musst die Katze verfolgen!«

Gar nicht auszudenken, wenn das ausgemergelte Kätzchen die kalte Nacht hier im Moor verbringen musste! Sie hatte so elend ausgesehen. Ich zweifelte daran, dass sie das überleben würde.

Tony sah mich zweifelnd an, dann nickte er mir zu und lief weiter. Mit zusammengebissenen Zähnen befreite ich meinen Fuß aus dem Schlammloch. Leider ohne Schuh. Das Schlammloch hatte den Samtballerina gefressen.

Das Sonnenuntergangslicht war immer noch magisch, doch nicht mehr sonderlich hell. Im Zwielicht sah ich Tony hin und her laufen und wartete angespannt darauf, dass auch er in einem dieser tückischen Löcher versank. Entweder er hatte Glück, oder seine Instinkte waren besser, er schaffte es unfallfrei zu mir zurück. Ich stand mit einem über und über mit Schlamm bedeckten Bein da, mein Fuß war klamm, nass und kalt, und die Katze war weg. Also eigentlich eine äußerst ernste, ja, dramatische Lage, und doch stieg ein verdächtiges Blubbern in meiner Kehle auf. Ich versuchte noch, es zurückzuhalten, aber der Anblick von Tony im Kilt, wie er verwegen über die Hügel stapfte, eine Decke in der Hand und mit reumütig verzogenem Gesicht, das Haar zerzaust, war einfach zu lustig. Ich lachte los.

»Jessica?«, fragte Tony besorgt, blieb vor mir stehen und beugte sich zu mir hinunter, da ich mich vor Lachen krümmte. »Bist du verletzt?«

»Nur ... mein Stolz«, brachte ich zwischen zwei Lachsalven hervor. »Tut mir leid, Tony, aber das ist zu komisch. Sieh uns doch mal an!«

»Dein schönes Kleid«, sagte Tony bekümmert, was mich nur noch mehr zum Lachen reizte, da ihm mein schlammbedecktes Bein und der fehlende Schuh offenbar weniger erwähnenswert erschienen als die paar Dreckspritzer am Saum des Samtkleids.

Ich wischte mir Lachtränen aus den Augenwinkeln und fürchtete zu Recht, dass auch mein sorgfältig aufgetragenes Augen-Make-up zerstört war. »O nein. Das ist überhaupt nicht komisch. Die arme Katze.« Dieser Gedanke ließ mich endgültig ernst werden. »Wir müssen sie finden! Sie kann doch nicht hier draußen bleiben.«

Und wieder sagte Tony nicht, dass es wohl aussichtslos war, in dieser unübersichtlichen Gegend nach einem winzigen Kätzchen zu suchen, sondern teilte mir nur mit, dass wir zunächst eine Taschenlampe aus dem Auto holen sollten. »Und im Kofferraum liegen Gummistiefel, die kannst du anziehen.« Er runzelte die Stirn. »Passen vermutlich nicht ganz so gut zum Kleid ...«

Und wieder prustete ich los. Tony gelang es zwar, einige Sekunden seine ernste Miene beizubehalten, doch dann lachte er mit.

»Gut, erst mal zum Auto«, sagte er energisch. »Dürfte ich ...?« Er streckte die Arme aus und machte eine Geste, als wollte er etwas transportieren. Doch nicht etwa ... mich?

»Nein!«, protestierte ich entsetzt. »Ich kann allein gehen!«

»Ohne Schuh?«

Guter Punkt. »Na ja, also ... gut, aber ich bin ...«

... nicht gerade ein Leichtgewicht, hatte ich sagen wollen, doch da hatte Tony mich schon in die Luft geschwungen. Instinktiv schlang ich die Arme um seinen Hals, und er marschierte los. Er ächzte, und sein Kopf wurde rot, aber er beschwerte sich nicht. Ich versuchte, mich möglichst leicht zu machen.

»Zum Glück passiert das vor dem Abendessen«, scherzte ich schwach.

Tony lachte atemlos.

Endlich erreichten wir das Auto, und Tony stellte mich vorsichtig auf dem Boden ab. »Ich hole eben ... na, sieh mal einer an!«

Er zeigte auf den Vorderreifen, und ich befürchtete schon, der wäre platt, doch dann entdeckte ich das zusammengekauerte Fellbündel unter dem Auto neben dem Reifen. Die Katze hatte sich ein Versteck gesucht. Und als ich diesmal in die Hocke ging, rührte sie sich nicht, sah mich nur an und schnupperte an meiner ausgestreckten Hand. Langsam, ganz langsam rutschte ich näher an sie heran, kraulte sie sacht unter dem Kinn. Sie blinzelte und streckte mir das Köpfchen entgegen. Da ließ ich eine Hand über ihren Rücken gleiten, griff mit der anderen unter sie und hob sie behutsam hoch. Sie zappelte nicht mal, hing nur matt in meinem Griff. Die Arme hatte wohl auf ihrer Flucht vorhin ihre letzten Energiereserven verbraucht.

»Gut gemacht«, sagte Tony, und ich hörte die Erleichterung in seiner Stimme. Keine Mahnung, ich sollte aufpassen, dass die Katze mich nicht kratzte oder dass sie Flöhe haben könnte. Er hielt die Decke auf, und wir wickelten die zitternde Katze vorsichtig darin ein. »Und nun zu den Gummistiefeln!«

Kapitel 27

»Was für ein Genuss!«, schwärmte Katja neben mir.

Ich hatte weder eine Ahnung, woraus die Vorspeise bestand, noch, wie sie mir geschmeckt hatte. Laut Katja standen uns weitere acht Gänge bevor, und ich saß jetzt schon wie auf glühenden Kohlen. Oder besser gesagt Torf, denn damit wurde der offene Kamin in der äußerst schottischen Gaststube des Hotels beheizt. Tartanstoff und dunkles Leder dominierten die Einrichtung, passend zu Weihnachten ergänzt von Tannengrün, Unmengen von Kerzen und Lichterketten und einer riesigen geschmückten Tanne im Foyer. Die Leute, die für die Dekoration verantwortlich waren, hatten den Spagat zwischen edlem Chic und Gemütlichkeit fantastisch gemeistert, das erkannte sogar ich, obwohl ich gerade jetzt überhaupt keine Begeisterung für meine geschmackvolle Umgebung aufbringen konnte.

Tony hatte mich einfach am Hotel abgeliefert wie ein Paket.

Na ja, nicht ganz so, denn immerhin hatte er mir versprochen, mich anzurufen, sobald er wusste, wie es mit dem Kätzchen weitergehen würde. Davor hatte er sich strikt geweigert, mich mit zu der Tierärztin zu nehmen, und darauf bestanden, dass ich zu dem Weihnachtsessen gehen müsste. Ich hatte nur nachgegeben, weil ich die Katze so schnell wie möglich versorgt wissen wollte, und ärgerte mich nun über mich selbst. Ich hätte einfach stur im Auto sitzen bleiben sollen!

Schon wurde Gang zwei serviert. Das Personal des Hotels musste hervorragend ausgebildet sein, denn niemand hatte eine Miene wegen meines doch eher ungewöhnlichen Erscheinungsbildes verzogen. Gummistiefel zu einem roten Samtkleid würde sicher nicht jede tragen ... Immerhin waren die Stiefel dunkelgrün und relativ sauber, und nun, da ich am Tisch saß, fielen die gar nicht auf.

Während ich mit verknotetem Magen auf meinen Teller starrte, nahm Katja bereits das Lachsmousse in Angriff. »Und die Tierärztin ist wirklich an Heiligabend zu erreichen?«, fragte sie skeptisch.

»Ja, Tony hat sie angerufen, und sie war sofort bereit, sich die Katze anzusehen. Hier auf der Insel kennen sich vermutlich alle, und die sind befreundet. Oder zusammen zur Schule gegangen.« Ich war heilfroh darüber, dass Tony sofort gewusst hatte, an wen er sich wenden musste. Er sorgte sich genauso um die Katze wie ich, und das tat gut. Da konnte ich ihm fast verzeihen, dass er mich einfach hier abgesetzt hatte.

»Er wollte dir nur nicht den Abend verderben«, sagte Katja, die offenbar meine Gedanken lesen konnte. »Und, zugegeben, du hättest ein großartiges Essen verpasst.«

Ein Essen, an dem ich keine Freude empfinden konnte. Immer wieder warf ich verstohlene Blicke auf mein Handy, bis es endlich vibrierend einen Anruf von Tony anzeigte. Wenigstens zum Austausch unserer Nummern hatte ich ihn bringen können. Ich sprang hastig auf, murmelte eine Entschuldigung und eilte durch den Speiseraum, wobei ich zwar spürte, wie mich mehrere neugierige bis belustigte Blicke streiften, doch das war mir egal. Mit den zu großen Gummistiefeln stapfte ich ins Foyer und nahm das Gespräch an. »Tony! Wie geht es der Katze?«

»Alles in Ordnung, Jessica.«

Es war das erste Mal, dass wir telefonierten. Seine Stimme hatte ich ja schon vorher gemocht und dass ich ihn jetzt hörte, ohne ihn gleichzeitig zu sehen, verstärkte ihre Wirkung noch. Sie klang tief, ein wenig rau und doch samtig und erinnerte mich an Whisky. Über diesen Vergleich musste ich lächeln. Schottland hatte mich bereits fest im Griff!

»Ich nehme die Kleine erst mal mit nach Hause. Beth wird sich umhören, ob jemand eine Katze vermisst. Sie meint, dass sie zwar unterkühlt, abgemagert und erschöpft wirkt, als hätte sie einige Wochen draußen verbracht, aber in ihren Augen nicht wie eine Streunerin aussieht.«

»Ich komme mit«, rutschte es mir spontan heraus.

»Ist das Essen schon vorbei?«

»Nein. Ich ... ach, Tony. Ich kann hier nicht in Ruhe sitzen und das Essen genießen. Nicht ...« Ich schluckte und zögerte. Doch dann sagte ich es. »Nicht ohne dich. Es fühlt sich einfach nicht richtig an.«

Eine Weile herrschte Schweigen, und ich überlegte, ob ich mit meinem Geständnis eine Grenze überschritten hatte, die noch tabu hätte sein sollen.

»Hm«, machte Tony schließlich, und schon in diesem Laut hörte ich das Lächeln in seiner Stimme. »Würde es sich für dich richtiger anfühlen, mit mir im Otterview Tiefkühlpizza zu essen?«

Meine Mundwinkel schmerzten, und ich merkte, dass ich breit grinste. »Das hört sich wundervoll an!«

»Gut, dann holen wir dich ab!«

Ich grinste gleich noch stärker, als mir klar wurde, wen er mit »wir« meinte.

Auf der Fahrt zurück zum Otterview überlegten wir uns Namen für die Katze, die auf meinem Schoß eingeschlafen war. Miss Kitticat, Bumblebee und Miez wurden schnell verworfen. In die engere Wahl kamen Christine, wegen Christmas, und Undinchen, weil wir sie am Wasser gefunden hatten. Da die Katze mit den Ohren zuckte und gähnte, als ich sie mit Christine ansprach, fiel die Entscheidung leicht.

Die Tierärztin hatte Tony mit ausreichend Katzenfutter für die Feiertage versorgt und ihm auch noch eine flache Plastikwanne als Klo mitgegeben.

»Hoffen wir, dass niemand von den Gästen eine Katzenallergie hat«, brummte Tony mit einem Blick auf die friedlich schlafende Christine.

Oje. Das hatte ich gar nicht bedacht. Das könnte sich negativ auf die Bewertungen auswirken. Aber daran ließ sich nun nichts mehr ändern, und obwohl Tony vorschlug, Christine in seinem privaten Teil des Hauses einzuquartieren, nahm ich sie zunächst mit in den Aufenthaltsraum. Sie akzeptierte den Ortswechsel vom Auto ins Haus mit einem müden Blinzeln und kuschelte sich gleich wieder an mich, sobald ich auf dem Sofa saß. In trockenem Zustand wirkte sie auch nicht mehr so dünn, sondern richtig flauschig. Tony schaltete alle von Katja und mir verteilten Lichterketten ein, und der Raum erstrahlte in weihnachtlichem Glanz, der sich in meinen Augen durchaus mit dem des Hotelgastraums messen konnte. Bald brannte ein Feuer im Kamin, und Tony und ich machten uns hungrig über die Pizza her. Christine schlief zusammengerollt auf einem Sofakissen.

»Das ist das erste Mal, dass ich Weihnachten nicht zu Hause verbringe«, gestand ich.

»Und dann verderbe ich dir noch das Weihnachtsessen.« Tony sah mich zerknirscht an. »Von deinen Schuhen mal ganz abgesehen.«

»Die waren sowieso unbequem. Außerdem hast du mir doch ein unvergessliches Weihnachten versprochen, oder? Mir wird bestimmt in Erinnerung bleiben, dass wir dieses Jahr Weihnachten eine Katze gerettet haben.«

So ganz überzeugt sah Tony nicht aus, und ich fügte hinzu: »Ich könnte mir keinen Ort vorstellen, an dem ich jetzt lieber wäre.« Kaum ausgesprochen wurde mir erst so richtig klar, wie sehr das stimmte. Mein Fernweh nach karibischen Stränden hatte sich vorerst in Luft aufgelöst, was nicht nur an Tony lag. »Und du? Als Fotograf warst du sicher ab und zu auch über die Feiertage unterwegs, oder?«

»Ja, und da muss ich dir was gestehen.« Tony lächelte mich auf die schelmische Art an, die mein Herz jedes Mal wieder zum Schnellerschlagen brachte. »Ich bin gar kein großer Fan von Weihnachten. Also, von dem ganzen Drum und Dran mit Dekokram und der Geschenkematerialschlacht. Daher war ich immer ganz froh, wenn ich allein auf Reisen war und das Ganze einfach ignorieren konnte.«

»Also bist du so was wie der Grinch?«

»So sieht's aus. Aber da fällt mir was ein!« Er sprang auf, sammelte unsere Pizzateller ein und verschwand damit. Kurz darauf kam er mit einem kleinen Geschenkpäckchen zurück und hielt es mir mit verlegener Miene hin. »Tja, konsequent wie immer erzähle ich dir erst, dass ich von Weihnachtsgeschenken nichts halte, und gebe dir danach eins.«

Völlig überrumpelt nahm ich das Päckchen an. »Das ist … ich weiß gar nicht, was ich sagen soll. Danke, Tony! Aber ich hab gar nichts für dich.«

Tony setzte sich wieder neben mich, und sein Blick ruhte mit einer solchen Wärme auf mir, dass ich mich wie in eine flauschige Decke eingehüllt fühlte. »Du bist hier und du … bist einfach du. Hört sich vermutlich kitschig an, aber für mich bist du ein Geschenk.«

Meine Augen fingen an zu brennen. Das war so ziemlich das Schönste, was mir je ein Mann gesagt hatte. Ach was, es war das Schönste! Objektiv betrachtet hätte ich Tonys Worte sicher übertrieben und tatsächlich zu kitschig empfunden, doch wie könnte ich jetzt sachlich bleiben? In einem Raum voller Lichterketten, mit einer schnarchenden Katze, knackendem Kaminfeuer und dem wundervollsten Schotten der Welt neben mir?

»Mach es auf!«, forderte Tony mich auf, und mir fiel auf, dass ich sein Geschenk nur in der Hand hielt. Vorsichtig entfernte ich das Papier und enthüllte einen kleinen geschnitzten Otter, der den Krippenfiguren ähnelte. Entzückt betrachtete ich das Tier, das mich mit schief gelegtem Kopf neugierig anzuschauen schien. »Das ist ja wunderschön«, sagte ich bewundernd. »Ist das aus demselben Laden wie die Krippenfiguren?«

Tony lachte. »Nein, das ist aus keinem Laden. Das habe ich selbst geschnitzt, genau wie die Figuren an der Krippe.«

Ehrfürchtig sah ich den kleinen Otter an und strich mit den Fingerspitzen über das Holz. »Gibt es eigentlich irgendetwas, was du nicht kannst?«, fragte ich nur halb im Spaß.

»Na ja, schon.« Tonys Lächeln geriet ein wenig gequält. »Du hast vermutlich schon bemerkt, dass ich nicht backen kann. Mit meinen diplomatischen Fähigkeiten ist es auch nicht weit her, und wie wir schon herausgefunden haben, sind verbindliche Freundlichkeit und Herzlichkeit nicht meine Stärken. Das ist Alexanders Metier.«

»Ist es nicht«, entfuhr es mir ungewollt heftig. Sanfter fuhr ich fort: »Du bist der herzlichste Mensch, den ich kenne. Und wer das nicht merkt, ist selbst schuld.«

Tony wurde tatsächlich rot. »Danke, Jessica. Das ...«

Motorengeräusch erklang, und Tony sprang auf. »Da sind schon die anderen. Ich bringe Christine lieber nach nebenan.« Behutsam streichelte er sie erst und hob sie dann hoch. Sie maunzte zwar unwirsch, ließ sich aber friedlich tragen. Ich wollte schon vorschlagen, sie hierzulassen, bis sich jemand beschwerte, sosehr ich meinen Plan damit auch sabotiert hätte. Doch da strömte zusammen mit kühler Luft die Horde laut redender und lachender Gäste ins Haus, und diese Unruhe wollte ich Christine lieber nicht zumuten.

Alle kamen ins Kaminzimmer, und ihren Gesprächen entnahm ich, dass die geröteten Gesichter ihren Farbton nicht nur der Kälte draußen, sondern vor allem dem kurzen

Pubbesuch nach dem Essen verdankten. Alexander holte sogleich mehrere Flaschen Whisky aus dem Schrank. »Tony wird euch sicher gleich mehr dazu erzählen können«, begann er seine wie üblich mit charmanten Scherzen aufgelockerte Rede über schottische Weihnachtstraditionen.

Katja setzte sich neben mich auf das Sofa und wollte wissen, wie es der Katze ging. »Wie niedlich, die möchte ich auch gleich noch sehen«, sagte sie nach dem Ende meines kurzen Berichts. »Und du Ärmste musstest also mit Pizza vorliebnehmen, während wir das beste Weihnachtsessen von Skye genießen durften.« Das anzügliche Grinsen in ihrem Gesicht zeigte deutlich, dass sie diese Bemerkung ironisch meinte. »Jessony«, flüsterte sie mir ins Ohr und kicherte.

»Wie alt bist du eigentlich?«, wehrte ich sie lachend ab.

»Alt genug, um albern sein zu dürfen, wenn ich Lust darauf habe«, erklärte sie ungerührt.

»Sehr gute Einstellung«, kommentierte Tina. »Übrigens hab ich gehört, hier sind heute Cupcakes gebacken worden.«

Sofort huschte Sara an ihre Seite. »Cupcakes? Wo?«

Ihr begeistertes Gesicht brachte uns alle zum Lachen. Mich wunderte zwar, dass nach dem Mehr-Gänge-Menü noch derartige Gelüste bestanden, doch Tony brachte einen Teller mit Cupcakes aus der Küche, und Sara war nicht die Einzige, die zugriff.

Wir tranken Tee und Whisky, und Tony erzählte auf seine unterhaltsame, mitreißende Art ein paar schottische Märchen. Ich bekam mit, wie sich Daniel zu Katja beugte und flüsterte: »Wow, der Mann hat es drauf! Das ist fast besser als Netflix.«

Mrs Berg schlug vor, ein paar Weihnachtslieder zu singen. Natürlich fragte mich Katja, ob sie für den Einstieg *Whiskey in the Jar* vorschlagen sollte, und natürlich erntete sie dafür einen sanften Rippenstoß. Zuerst traute sich niemand so recht, doch das störte Mrs und Mr Berg überhaupt nicht. Sie sangen, sogar zweistimmig und sehr gut, und bald fielen wir alle der Reihe nach ein. Mr Berg dirigierte schließlich einen Kanon.

Ins Singen vertieft fiel mir gar nicht auf, dass Tony fort war, erst als von draußen die vollen, melancholischen Töne eines Dudelsacks erklangen, schaute ich mich nach ihm um.

»Das ist Tonys Überraschung für euch, ihr Lieben, und ...«, begann Alexander, doch niemand kümmerte sich darum, was er sonst noch von sich gab, da wir alle nach draußen liefen.

Dort stand Tony im Schein der Außenleuchte, mit Kilt und Dudelsack, und spielte.

Die klagenden, lang gezogenen Klänge erfüllten die Nacht. Mir lief eine wohlige Gänsehaut über den Rücken, und ich musste die Tränen wegblinzeln. Nein, dieses Weihnachtsfest würde ich garantiert niemals vergessen.

Kapitel 28

Bis auf Katja, Alexander, Tony und mich waren alle Gäste ins Bett gegangen. Mit leuchtenden, wenngleich müden Augen hatten sie Gute Nacht gesagt, und ich hoffte, dass auch für sie dieser Abend unvergesslich bleiben würde.

Entspannt rekelte ich mich neben Tony auf dem Sofa und freute mich auf den nächsten Tag, für den Tony mir ein Weihnachtswildschwimmen im Meer versprochen hatte.

Tony gähnte und murmelte: »Ich muss noch das Zimmer für unseren neuen Gast vorbereiten, der kommt doch morgen Nachmittag.«

Alexander räusperte sich. »Nein, tut er nicht.«

»Was hast du gesagt?« Tony richtete sich auf.

Alexander, der dekorativ am Kaminsims lehnte, zog die Schultern hoch. »Dass der Gast nicht kommt. Der hat gestern abgesagt.«

War er darum so bedrückt gewesen während der letzten beiden Tage? Ich hatte vermutet, dass Katja ihn zu sehr herumgescheucht hatte, doch nun sah er dermaßen enttäuscht aus, dass es womöglich mit der Absage zu tun hatte. Aber warum? Er war von der Ankunft der Notfallgäste gar nicht begeistert gewesen. Viel zu viel für mein müdes Hirn.

»Und warum sagst du mir das erst jetzt?« Tony klang eher erstaunt als verärgert.

»Also … das ist so«, fing Alexander umständlich an, geriet dann aber ins Stocken.

»Sag es einfach«, forderte Tony ihn auf.

Alexander blinzelte, doch diesmal nicht auf neckisch-flirtende, sondern nervöse Art. »Der Gast war ein Mitarbeiter der Investmentfirma, die uns das Kaufangebot gemacht hat.«

Tony schwieg eine Weile und runzelte die Stirn. »Die mit dem großen Hotel? Dem Golfplatz?«

»Ja, genau. Ich ... also, ich hatte sie eingeladen, uns hier zu besuchen und sich alles vor Ort anzuschauen.«

»Und wahrscheinlich hast du denen auch vorgeschlagen, gleich den unterschriftsreifen Vertrag mitzubringen.« Tonys Schultern sackten nach unten. Ich hatte damit gerechnet, dass er nun doch wütend werden würde, aber er sah nur resigniert aus.

»Na ja ...«, murmelte Alexander und mied Tonys Blick, was schon genug sagte. »Genau genommen habe ich einen Anwalt beauftragt, den Vertrag aufzusetzen und an die Investmentfirma zu schicken. Besagter Mitarbeiter hat diesen Vertrag geprüft und wollte mit uns darüber sprechen. Jedenfalls kommt der nicht. Er hat mir nur eine kryptische Mail geschickt, dass ich alles mit seiner Kollegin klären könnte. Keine Ahnung, was das soll.«

»Ich aber.« Katjas helle Stimme schallte durch das Zimmer wie eine Alarmglocke, die uns alle zusammenzucken ließ. Eben noch hatte sich Katja zusammengerollt wie eine Katze im Sessel gefläzt, nun saß sie aufrecht da und presste die Lippen zusammen, deutlich bemüht, niemanden von uns direkt anzusehen.

»Ach ja?«, fragte Alexander und sah sie ratlos an. »Dann klär uns doch bitte mal auf.«

»Der Herr von der Investmentfirma ist ein Kollege von mir. Ich bin im Auftrag der Firma hier. Eigentlich sollte ich nur schon mal vorfühlen, wie die Chancen stehen. Aber gestern habe ich erfahren, dass ich auch dazu berechtigt bin, die Vertragsverhandlungen zu führen.« Es dauerte etwas, bis sich Katjas Worte in meinem Kopf zu einer sinnvollen Information zusammensetzten, und selbst nachdem das geschehen war, konnte ich nicht glauben, was ich da gehört hatte. Auch ich setzte mich auf. »Du hast doch gesagt, dass du Speditionskauffrau bist! Und später hast du mir auch noch weisgemacht, dass du einen Roman schreiben willst.«

Katja warf mir einen verlegenen Blick zu. »Was die Speditionskauffrau angeht, hab ich gelogen. Entschuldige bitte. Aber mein Traum vom Roman ist wahr. Ich habe wirklich vor, einen zu schreiben.«

»Aber …« Alexander quollen fast die Augen aus den Höhlen. »Aber du arbeitest doch für dieses große Reisebüro! *ErlebeTraumreisen!*«

»Nein, das tu ich nicht«, erwiderte Katja kühl. Ich bewunderte sie um ihre Gelassenheit, die sie beibehielt, nachdem sie diese Bombe hatte platzen lassen, auch wenn ich stinksauer auf sie war. Sie hatte mich angelogen! Sie hatte sich meine Sorgen um die Otter angehört und mir verschwiegen, dass ausgerechnet sie dazu beitragen wollte, dass hier ein riesiges Hotel die Umwelt zerstören würde!

»Das hast du nur angenommen«, redete Katja ruhig weiter. »Du hast mich verwechselt, und ich habe mitgespielt. Warum hast du dich denn eigentlich so ins Zeug gelegt? Wolltest du noch ein paar gute Bewertungen für diese Pension herausschlagen, um den Kaufpreis hochzutreiben?«

Alexander lief knallrot an. Also hatte Katja den Nagel auf den Kopf getroffen.

»Aber …«, stotterte er erneut.

»Moment mal!« Tony hob die Hand, und mein Magen krampfte sich so heftig zusammen, dass ich mich beinahe gekrümmt hätte. »Wenn das eine Verwechslung war … wer arbeitet denn dann wirklich für *ErlebeTraumreisen?*«

»Ich«, piepste ich und machte mich unwillkürlich kleiner. Doch das nützte nichts. Ich war immer noch für alle deutlich sichtbar. Katja verzog mitfühlend das Gesicht, Alexander starrte mich mit offenem Mund an, und Tony … Tony sah mich mit einem derart verletzten, fassungslosen Ausdruck in den Augen an, dass mir schlecht wurde.

»Stimmt das, Jessica?«, krächzte er.

Ich konnte nur nicken. Meine Kehle schnürte sich zu, und hinter meinen Augen fing es an zu stechen und zu brennen.

»Aber Marita hat mir geschrieben, dass es sich bei ihrer Kollegin um eine besonders hübsche junge Frau handelt!«, stammelte Alexander.

Ha! Marita also. Die Kollegin kannte ich und somit auch die undichte Stelle. Im Gegensatz zu mir war Marita nämlich schon einige Male in Schottland unterwegs gewesen und vermutlich auf einer ihrer Reisen von Alexander dermaßen eingewickelt worden, dass sie ihm helfen wollte. Wie nett, dass sie mich als besonders hübsch bezeichnete. Und wie galant, dass Alexander das offenbar anders gesehen hatte. Ich fühlte mich gleich noch elender.

»Du hast uns die Zusammenarbeit gekündigt?«, flüsterte Tony. Er sah mich beinahe flehentlich an, als hoffte er, alles könnte sich als böser Scherz entpuppen. Wie sehr auch ich mir das wünschte, doch leider war alles wahr. Nun ja, nicht alles ...

»Nein!«, rief ich aus. »Das war ich nicht! Ich wusste nichts davon! Ich wollte doch ...«

Aber bevor ich weiterreden konnte, fiel mir Alexander ins Wort. »Das war ich. Ich habe die Mail erfunden, damit du dich eher dazu bereit erklärst, den Vertrag mit der Investmentfirma zu unterschreiben.«

Tony sprang auf. Er ballte die Hände zu Fäusten, und einen Moment fürchtete ich, er würde auf seinen Bruder losgehen. Schwer atmend sah er sich im Raum um, als suchte er nach Halt. »Das glaub ich einfach nicht«, stieß er hervor. »Habt ihr mich wirklich alle belogen? Ihr alle?«

Alexander rieb sich den Nacken. »Na ja, wenn du es so sagst, stimmt das wohl. Aber ...«

Tony wirbelte herum und stürmte aus dem Zimmer. Katja, Alexander und ich sahen uns schweigend an. Ich fühlte mich ein bisschen wie beim Anschauen dieser alten Fernsehkrimis, in denen am Ende der Detektiv sämtliche Verdächtigen in einen Raum bittet und den Mörder entlarvt. Ja, es kam mir vor, als hätte ich Tony soeben einen Dolch ins Herz gerammt. Seinen ungläubigen, enttäuschten Blick würde ich niemals vergessen. Tränen verschleierten mir die Sicht. Ich sprang auf und wollte Tony nachrennen, doch Alexander hielt mich zurück.

»Nicht«, sagte er. »Er ist schon weg, und du wirst ihn nicht mehr einholen. Er kennt sich hier aus und wird eine Weile durch die Gegend wandern, bis er sich wieder beruhigt hat. Ich weiß, wie mein Bruder tickt. Das ist seine Art, mit Problemen umzugehen. Er braucht das jetzt, und wenn er zurückkommt ...«

»Probleme?«, stieß ich hervor und schüttelte seine Hand ab. »Du hast erst schamlos mit Katja geflirtet, nur weil du gedacht hast, dass du dir damit Vorteile verschaffen kannst ...«

»Nicht nur«, wandte Alexander ein, doch ich brachte ihn mit einer harschen Geste zum Schweigen.

»... und du hast deinen Bruder angelogen, damit er einen Vertrag unterschreibt und damit etwas tut, was er überhaupt nicht will, weil es gegen alles steht, woran er glaubt!«

Meine Stimme brach, und ich wischte mir wütend die Tränen weg. Es half nichts, wenn ich jetzt weinte. Schließlich hatte ich es mir selbst eingebrockt, dass Tony jetzt, völlig zu Recht, stinksauer auf mich war. Und mit meinen letzten Worten war ich womöglich zu weit gegangen. Ich kannte ihn zu wenig, um mir anzumaßen, so etwas zu behaupten, und bestimmt würde Alexander mir das nun vorwerfen, auch völlig zu Recht.

Zunächst sank er in den nächstbesten Sessel und ließ den Kopf hängen. »Ja, das stimmt«, sagte er zu meiner Überraschung. »Ich hab Tony betrogen und belogen und ich bin nicht stolz darauf. Anfangs bin ich nur hergekommen, um ihn zum Verkauf zu überreden. Aber gerade während der letzten Tage ... da hab ich gemerkt, wie viel ihm das alles hier bedeutet.« Er rieb sich mit beiden Händen das Gesicht und blickte auf.

Ich erkannte ihn kaum. Er sah fremd aus ohne die Maske des Charmeurs, die er sonst ständig trug. Älter und irgendwie mehr wie Tony. »Die Sache ist nur, dass ich wirklich keine Zukunft mehr für diese Pension sehe. Und Tony ist so ein verdammter Dickschädel, der wird so lange darauf beharren, das Otterview weiterlaufen zu lassen, bis es zu spät ist und es niemand mehr kaufen will. Dieses Angebot von deiner Firma, Katja ...« Er nickte Katja zu. »Das ist ein Glücksfall, der kommt nicht noch mal. Es war mir so wichtig, dass Tony das einsieht. Dass er endlich kapiert, wie sinnlos es ist, hier hängen zu bleiben.« Er brachte ein schiefes Grinsen zustande, ein schwacher Abklatsch seines sonstigen Flirtlächelns, das mich so sehr an Tony erinnerte, dass mir erneut die Tränen kamen. »Tja, Katja. Sieht so aus, als hätte ich versehentlich doch die richtige Frau umgarnt.«

»Tja, Alexander«, sagte Katja schnippisch. »Sieht für mich so aus, als hättest du es völlig vergeigt. Frag mich nicht, warum, aber ich werde das Gefühl nicht los, dass dein Bruder jetzt auf keinen Fall mehr dazu bereit sein wird, den Vertrag zu unterschreiben.« Sie hob das Kinn. »Gute Nacht. Wir sehen uns morgen.«

Und damit rauschte sie aus dem Raum. Ich blieb zunächst unschlüssig stehen. »Bist du sicher, dass Tony gleich zurückkommt?«, fragte ich schließlich kleinlaut.

Alexander nickte, ohne mich anzusehen. »Der ist in ein oder zwei Stunden wieder hier.«

»Willst du ihn nicht doch lieber suchen gehen?«

»Jetzt, im Dunkeln? Sinnlos. Tony kennt sich wesentlich besser hier aus als ich, der ist längst über alle Berge, wandert über seine geheimen Pfade und klärt seine Gedanken.«

Mir wurde noch schlechter. Die Pizza lag mir wie ein Stein im Magen. Was, wenn bei dieser Klärung herauskam, dass er nichts mehr mit mir zu tun haben wollte?

»Hey«, sagte Alexander. »Mach dir keine Sorgen. Tony beruhigt sich schon wieder. Außerdem war er vor allem auf mich wütend. Wird er auch noch eine Weile sein, fürchte ich. Bei dir ist das was anderes. Ich wette, morgen entschuldigt er sich noch vor dem Frühstück bei dir dafür, dass er einfach so abgehauen ist.«

»Er bei mir?«, murmelte ich. »Ich muss mich ja wohl bei ihm entschuldigen.«

Das Schlimme war, gerade jetzt verstand ich nur zu gut, wie er sich fühlte. Wie schrecklich es war, von einem Menschen belogen zu werden, den man mochte. Und ich hatte mir eingebildet, dass Katja und ich Freundinnen sein könnten! Nun verstand ich auch, warum sie so bereitwillig eingewilligt hatte, das Verwechslungsspielchen nicht auffliegen zu lassen. Solange Alexander sie für die Mitarbeiterin eines Reiseveranstalters hielt, blieb ihre Tarnung sicher. Außerdem konnte sie auf diesem Weg sogar dafür sorgen, dass die wahre Spionin von *ErlebeTraumreisen*, nämlich ich, nicht von Alexander eingewickelt wurde und sich also nicht dafür einsetzte, dass *ErlebeTraumreisen* weiter mit dem Otterview zusammenarbeitete, was den Verkaufsdruck erhöhte.

Mir war klar, dass ich mich bloß auf Katja konzentrierte, um nicht über Tony nachdenken zu müssen. Die Aussicht, ihn für immer verloren zu haben, jagte mir Stiche durch die Brust.

»Er kommt zurück, und dann redet ihr vernünftig«, hörte ich Alexander sagen, und mit einem Mal ertrug ich es nicht, auch nur eine Sekunde länger mit ihm in einem Raum zu verweilen.

»Gute Nacht«, stieß ich hervor und ging.

Kapitel 29

Ich hatte keine Lust, Katja gegenüberzutreten, doch wenn ich nicht im Flur oder unten im Kaminzimmer auf dem Sofa schlafen wollte, blieb mir nichts anderes übrig. Eigentlich war das Sofa keine schlechte Idee … nur leider hockte Alexander in dem Zimmer herum, und auf den hatte ich noch weniger Lust als auf Katja. Ich überwand mich und stieß die Tür auf.

Katja saß mit ihrem Minnie-Maus-Nachthemd im Himmelbett und sah mich so kläglich an, dass sie mich an Christine unter dem Strauch am Wasserfall erinnerte. »Bestimmt redest du jetzt kein Wort mehr mit mir.«

»Stimmt.« Und schon hatte ich sie widerlegt.

Ich seufzte und setzte mich auch auf das Bett, zu erschöpft, um ihr Vorwürfe zu machen. »Warum hast du mir das nicht einfach gesagt?«

»Mein Chef hatte mich dazu aufgefordert, mich zunächst bedeckt zu halten und die Lage zu sondieren.« Katja seufzte ebenfalls. »Na schön, ich sag dir die ganze Wahrheit. Eigentlich sollte ich dafür sorgen, dass hier alles so schiefläuft, wie es nur geht, damit Alexander und Tony endlich unterschreiben. Die halten meine Firma nämlich seit Wochen hin. Der unterschriftsreife Vertrag liegt bei ihnen, nur leider nicht unterschrieben.«

Die in mir aufsteigende Empörung schwand schnell wieder, da mir klar wurde, dass sich unsere Aufträge gar nicht so sehr voneinander unterschieden. Schließlich war auch ich im Prinzip nur hergeschickt worden, um einen negativen Bericht zu verfassen, der die Grundlage für eine Kündigung der Zusammenarbeit darstellen sollte.

»Ich versteh nicht, wie das passieren konnte«, murmelte ich. »Wieso hat Marita denn meinen Namen nicht erwähnt?«

»Vermutlich hat sie nicht damit gerechnet, dass gleich zwei ausnehmend attraktive, allein reisende Frauen hier auftauchen.«

»Ha«, machte ich dazu nur.

»Ich wusste nicht, dass hier ein Naturschutzgebiet zerstört werden wird«, fuhr Katja fort. »Davon habe ich erst erfahren, als du mir davon erzählt hast. Dies hier ist nicht mein Projekt. Eigentlich war ja mein Kollege mit der ganzen Sache betraut, der hatte nur keine Lust, die gesamte Weihnachtszeit hier zu verbringen.« Sie schnaubte. »Mir haben die nicht zugetraut, auch die Vertragsverhandlungen zu übernehmen. Ich sollte nur für Verkaufsanreize sorgen. Dafür war ich gut genug.«

»Scheint so, als wäre uns allen ziemlich übel mitgespielt worden. Besonders allerdings Tony.« Die letzten Worte brachte ich kaum heraus. Allmählich wurde mir klar, warum ich hergeschickt worden war und nicht Marita. Es war schließlich kein Geheimnis, dass mein Herz eigentlich für exotischere Gefilde schlug als Schottland, und daher war meine Vorgesetzte wohl davon ausgegangen, dass es mir hier nicht gefallen und der Bericht entsprechend negativ ausfallen würde. Oder wurde ich allmählich paranoid? Es fiel mir schwer, nach diesem Abend überhaupt noch jemandem zu trauen.

Außer Tony, natürlich.

»Du bist aber ausgestiegen«, bemerkte Katja. »Du hast doch nicht den Bericht geschrieben, den sie erwartet haben. Im Gegenteil.«

»Das nützt mir jetzt auch nichts mehr. Tony hält mich für eine Lügnerin und Betrügerin.«

»Ach komm! So schlimm bist du nun auch wieder nicht. Eigentlich haben wir das doch nur durchgezogen, um dem so sehr von sich überzeugten Alexander einen Dämpfer zu verpassen. Es tut mir überhaupt nicht leid, dass ich ihm was vorgemacht habe. Mit gleicher Münze zurückgegeben, würde ich sagen.«

Mein Mitleid mit Alexander hielt sich in Grenzen. Besonders nach seiner Begründung, warum er Katja und mich verwechselt hatte. Mir war schon klar, dass ich nicht so gut aussah wie Katja, trotzdem hatte mich sein Spruch mehr verletzt, als ich zugeben wollte. Und Tony hatte ja auch ganz selbstverständlich angenommen, dass Katja gemeint gewesen war … Das tat richtig weh. Geschah mir recht.

Ich spürte, dass ich wieder in Tränen ausbrechen würde, und stand hastig auf und flüchtete ins Bad. Als ich schließlich herauskam, schlief Katja schon und ich war froh darüber.

Meine Nacht war kurz. Wie am Morgen zuvor erwachte ich vor Sonnenaufgang und stand leise auf. Ich beneidete Katja um ihren tiefen Schlaf. Sie wachte nicht einmal auf, als ich die Nachttischlampe anknipste, um frische Unterwäsche aus dem Koffer zu holen. Jeans und mein Lieblingshoodie mochten zwar wenig weihnachtlich aussehen, doch ich brauchte jetzt diese Art von flauschiger, bequemer Trostkleidung. In der Küche war es dunkel, auch wie am Morgen zuvor, und ich wünschte mir nichts sehnlicher, als in eine Zeitschleife geraten zu sein. Dann würde nämlich gleich Tony hereinkommen, zerzaust und sympathisch morgenmuffelig, und nach dem ersten Kaffee könnte ich ihm erzählen, dass ich für *ErlebeTraumreisen* arbeitete.

Leider gab es im echten Leben keine Zeitschleifen, und so trank ich meinen ersten Kaffee allein. Insgeheim hatte ich gehofft, dass Tony zurück war und in die Küche kommen würde. Das merkte ich erst, als sich der bittere Geschmack der Enttäuschung mit dem des Kaffees auf meiner Zunge mischte. »Was soll ich denn jetzt bloß machen? «, murmelte ich vor mich hin.

»Mau? «

Mit einer Antwort hatte ich nicht gerechnet. Ich drehte mich überrascht um. Christine kam auf leisen Pfoten in die Küche, schaute sich um und stolzierte zielstrebig auf mich zu. Mit einem Satz landete sie auf meinem Schoß. Entzückt und überrumpelt zugleich schaute ich zu, wie sie sich ein paarmal drehte, sich auf meinen Oberschenkeln zusammenrollte und zufrieden blinzelte. Ein erstaunlich lautes Schnurren erfüllte die Küche. Nach der ersten Schrecksekunde wagte ich es, Christine zu streicheln, was das Schnurren noch verstärkte. Seltsamerweise fühlte ich mich gleich ein wenig getröstet.

Die Tür flog auf, und ich drehte mich mit klopfendem Herzen um.

Alexander.

Er schwenkte ein Blatt Papier. »Tony, warum hast du ...? Oh!«

Nun sah er genauso enttäuscht aus, wie ich mich fühlte. Er ließ das Papier sinken. »Guten Morgen. Hier steckt das Kätzchen also.«

»Morgen. Ist Tony noch nicht zurück?«, fragte ich wider jegliche Hoffnung. »War er die ganze Nacht nicht da?« Mein Magen zog sich vor Sorge zusammen.

Alexander rieb sich über das Gesicht. Ausnahmsweise war er mal unrasiert. »Nein. Aber er muss zwischendurch mal hier gewesen sein, er hat seinen Rucksack geholt und dies hier hinterlassen.«

Rucksack geholt ... Bei dieser Information fühlte ich mich hin- und hergerissen. Einerseits bedeutete das wohl, dass Tony eine längere Tour plante und nicht so schnell wieder auftauchen würde, andererseits hatte er als erfahrener Wanderführer dann alles Nötige dabei, um sich nicht in Gefahr zu bringen, wenn er mehrere Tage durch die schottische Wildnis wanderte.

Alexander legte das Blatt vor mir auf den Küchentisch. Es sah aus wie die letzte Seite eines Vertrages, mit ein paar abschließenden Paragrafen und mehreren Linien für Unterschriften. Über einer dieser Markierungen stand in geschwungener Handschrift »Anthony MacMurray«.

O nein.

Ich brauchte nicht zu fragen, um was für einen Vertrag es sich handelte. »Warum hat Tony das getan? Er wollte doch nicht an diesen Investor verkaufen.«

»Das habe ich auch gedacht«, sagte Alexander grimmig. »Aber als ich heute Morgen aufgestanden bin, klemmte das im Bad am Spiegel. Damit ich es nicht übersehen kann. Wenn Tony nun doch verkaufen will, wieso hat er sich dann gestern Abend so aufgeregt?«

Das fragte ich mich auch. Hatte Tony den Kampf so einfach aufgegeben? Was war mit den Ottern? Was war ... mit uns?

Ich bedachte Alexander mit einem kühlen Blick. »Herzlichen Glückwunsch. Du hast erreicht, was du wolltest.«

Alexander schüttelte langsam den Kopf und musterte die Seite des Vertrags wie eine giftige Schlange. »Nein, nicht so. Und ich weiß auch gar nicht mehr, ob ich das will.«

»Nein? Soweit ich das verstanden habe, bist du extra hergekommen, um Tony zum Verkauf zu überreden.« Und nicht etwa, um ihm mit der Pension zu helfen, wie ich ursprünglich angenommen hatte.

»Ja, schon.« Alexander verzog das Gesicht. »Vielleicht habe ich mich geirrt, und Tony hatte die ganze Zeit recht. Vielleicht ist ein Luxushotel mit Golfplatz einfach nicht das Passende für diese Gegend.«

Frag mal die Otter, hätte ich am liebsten gesagt, doch ich hielt den Mund, denn das erste Mal hatte ich das Gefühl, dass Alexander mir nichts vorspielte, sondern einen Teil von sich zeigte, der echt war.

»Tony liebt dieses Haus und die Gegend. Und ...« Sehr leise fügte Alexander hinzu: »Ich liebe sie auch. Ich war wohl zu lange nicht hier gewesen und hab das vergessen. Ich bin eigentlich ein Stadtmensch. Aber selbst ich erkenne, wie viel das alles hier Tony bedeutet und wie viel es anderen bedeuten kann. Dir zum Beispiel.« Er blickte von dem Vertrag auf und sah mich an. »Du hast dich nicht nur in Tony verliebt.«

»Ich ... was?« Ich blinzelte.

»Du bist dem Zauber unserer Insel verfallen. Der wilden Natur, der perlend frischen Luft, besser als jeder Champagner ... Die Magie von Skye hat dich in ihren Bann geschlagen.«

Und schon kam Alexander, der charismatische Charmeur, wieder durch. Fehlte nur noch das Zwinkern, doch das sparte er sich zu meiner Erleichterung.

»Und Tony hat dazu beigetragen«, fuhr er nüchterner fort. »Er besitzt die Gabe, Begeisterung in anderen Menschen zu wecken.« Sein schiefes Grinsen erinnerte mich so sehr an Tony, dass meine Kehle sich zuschnürte. »Wenn er will.«

Das stimmte schon. Schließlich war es Tony gelungen, mich im Dezember zum Baden an einem Wasserfall zu bewegen.

Alexander hob die Schultern. »Ich hätte ihm helfen sollen, aus dem Otterview etwas Großartiges zu machen, einen Ort, der die Herzen der Gäste berührt.« Mein Blick sprach offenbar Bände, denn er räusperte sich und redete weit weniger schwülstig weiter. »Na ja, jedenfalls hätte ich ihn unterstützen und zusammen mit ihm überlegen können, wie wir diese Pension hätten retten können, statt zu warten, bis alles den

Bach runterging, weil ich ihn sowieso nur überreden wollte, das Ding so schnell wie möglich zu verkaufen. Ich habe als Bruder versagt. Und nun bleibt nichts mehr als sein Name unter diesem Vertrag, den er nur unterschrieben hat, weil wir keine andere Wahl mehr haben. Ein Zeichen seines zerstörten Vertrauens zu mir.«

Als Dramaqueen versagte Alexander jedenfalls nicht, das musste ich ihm lassen.

Nur leider erinnerten mich Alexanders Worte daran, dass ich Tonys Vertrauen ebenfalls zerstört hatte. Damit musste ich nun leben. Ich schluckte die aufsteigenden Tränen hinunter und kraulte Christine zwischen den Ohren. »Könntest du mich bitte nach dem Frühstück zum Flughafen bringen?«

Alexander sah mich erstaunt an. »Willst du abreisen? Ohne vorher wenigstens noch mal mit Tony gesprochen zu haben?«

»Er ist weg. Das zeigt ja wohl allzu deutlich, dass er auf ein Gespräch mit mir keinen Wert mehr legt«, erwiderte ich so gefasst wie möglich.

»So würde ich das aber nicht sehen! Tony hat mal wieder überreagiert und beruhigt sich genauso schnell wieder. Wenn er erst eine Weile draußen herumgelaufen ist, tut ihm das alles bestimmt leid und ...«

»Das glaube ich nicht«, unterbrach ich Alexander. »Das hier ist was anderes.«

Tony war so ziemlich der ehrlichste Mensch, den ich kannte, und nach dem, was ich bisher von ihm mitbekommen hatte, verabscheute er jegliche Art von Heuchelei und Lügen. Leider hatte ich genau das getan, geheuchelt und gelogen, und er hatte es gemerkt. Daran änderte auch eine stundenlange Wanderung nichts. Womöglich könnte Tony bis Edinburgh laufen und würde mir noch immer nicht verzeihen. Na ja, verzeihen vielleicht schon irgendwann auf halber Strecke, aber mehr auch nicht.

»Na schön.« Alexander nahm den Vertrag wieder an sich, und einen Moment hatte ich den Eindruck, er wollte ihn am liebsten zerknüllen und im Kamin verbrennen. »Ich werde dann mal die Katze füttern. Sie hat seit 4 Uhr an meiner Schlafzimmertür gekratzt, bis ich sie schließlich rausgelassen habe. Gut, dass du sie gefunden hast. Ein verschollenes Familienmitglied reicht mir.«

»Genau genommen hat sie mich gefunden.« Dass Alexander die Fundkatze schon adoptiert hatte, ließ meinen schwelenden Groll auf ihn schwinden. Womöglich hatte Katja recht, und trotz seines aufgesetzten Getues war er ein netter Kerl. Um ein Haar hätte ich ihm sogar angeboten, beim Frühstück zu helfen, doch das wäre dann doch zu weit gegangen. So sah ich nur zu, wie er eine Dose Katzenfutter aus dem Küchenschrank nahm und unter Christines aufmerksamem Blick eine Schale mit dem Inhalt füllte, allerdings nicht, ohne mich darüber zu informieren, dass ich mir die Sache mit der Abreise ruhig noch mal überlegen könnte.

Aber es gab nichts mehr zu überlegen.

Kapitel 30

Während ich Christine beim Fressen beobachtete und mich fragte, ob ich mir noch eine Tasse Kaffee genehmigen oder die Küche lieber verlassen sollte, bevor Alexander mit seinen Frühstücksvorbereitungen begann, klappte die Tür erneut auf.

»Jessy! Ich wusste doch, dass ich dich hier finde.« Katja erfüllte den Raum mit dem frischen Orangenduft ihres Duschgels und Energie. In der Erwartung, wieder eines ihrer perfekt aufeinander abgestimmten Outfits bewundern zu dürfen, drehte ich mich um und stieß einen erstickten Laut aus. Katja trug nämlich einen Wollpullover mit dem Konterfei eines Rentiers, dessen rote Nase aus einem extragroßen Bommel bestand.

Katja deutete meinen Laut mit dem für sie typischen Optimismus und zog am Saum des zugegeben weihnachtlichen Kleidungsstücks, damit ich das Rentier möglichst faltenfrei bewundern konnte. »Chic, oder? Frohe Weihnachten, liebe Jessy!«

»Frohe Weihnachten? Ich bin immer noch sauer auf dich«, erwiderte ich überrumpelt. »Kaffee?« Das nahm meiner Information einiges an Schärfe.

»O ja! Auf jeden Fall!« Katja eilte zur Kaffeemaschine und goss sich einen Becher ein. »Ah, da ist ja die süße Christiny-Cat! « Sie bückte sich und streichelte Christine, die ihr zutraulich um die Beine strich. »Wo stecken denn unsere Schotten?«

»Alexander hast du knapp verpasst. Und Tony …« Ich konnte nicht weitersprechen. Ohne Vorwarnung brach ich in Tränen aus. Zuerst versuchte ich noch, mich zu fassen, doch Katjas bestürztes Gesicht, das ich nur verschwommen sah, brachte mich erst recht zum Weinen.

»Ach Jess.« Sie setzte sich neben mich und rieb mir sacht die Schulter, bis ich mich schließlich beruhigte. Von irgendwoher zauberte sie ein Papiertaschentuch, mit dem ich mir schniefend über das Gesicht wischte und mir die Nase putzte.

»Tony ist weg«, stieß ich hervor. »Mit einem Rucksack! Da ist garantiert alles drin, was er für acht Wochen in der Wildnis braucht.«

»Hat er das gesagt?«

»Nein. Ich hab ihn gar nicht gesehen. Das hat mir Alexander erzählt.«

»O nein. Das kann ich gar nicht glauben«, murmelte Katja mitfühlend. »Dass er einfach so abhaut! So ein Mistkerl!«

»Tony ist kein Mistkerl«, widersprach ich. »An seiner Stelle wäre ich auch stinksauer auf mich.«

»Ach Süße. Ich an seiner Stelle hätte Verständnis für dich. Und so wie ich den guten Tony einschätze, wird er genauso reagieren, wenn er in Ruhe über alles nachgedacht hat.«

Mutlos schüttelte ich den Kopf. »Das glaube ich nicht. Ich hätte mich nur noch gerne bei ihm entschuldigt.« Eigentlich hätte ich ihn nur gerne noch mal gesehen, aber das hätte mir noch mehr das Herz zerrissen. Mein Herz, das ich, ohne es zu merken, schon viel zu sehr an ihn gehängt hatte. Diese Verbindung, die ich zwischen uns gespürt, das gute Gefühl, das mich jedes Mal in seiner Nähe gewärmt hatte, das war doch echt gewesen. Er musste das auch gemerkt haben. Oder? Zweifel würgten mich.

Das erste Mal seit Langem hatte ich zu hoffen gewagt, dass ein Mann mehr in mir sah als nur die gute, hilfsbereite Kumpelin, die er ausnutzen konnte. Aber das war vermutlich nichts als Wunschdenken gewesen. Da brauchte ich mich ja nur daran zu erinnern, was für eine Schönheit Tonys Ex war und ich dagegen nur die graue Maus in schlammverschmiertem Samtkleid und Gummistiefeln ...

Mir fiel Tonys Blick ein, mit dem er mich bedacht hatte, als ich Heiligabend die Treppe hinuntergekommen war. Es schien eine Ewigkeit her zu sein. So viel Wärme und Bewunderung in seinen Augen ... Ja, ich hatte mir wirklich eingebildet, dass mehr aus uns werden könnte als nur ein Urlaubsflirt.

»Ich dachte, er empfindet etwas für mich«, flüsterte ich.

»Da kannst du dir sicher sein!«, rief Katja sofort. »Oder meinst du, er wäre so wütend geworden, wenn du ihm gleichgültig wärst?«

Hm, guter Punkt. So hatte ich das noch gar nicht betrachtet ...

»Natürlich empfindet er was für dich«, fuhr Katja fort. »Der Mann ist total verschossen in dich. Du hättest mal sehen sollen, wie er dich gestern Abend angeschmachtet hat, wenn du nicht darauf geachtet hast. Herzchenaugen, sag ich da nur!«

Obwohl meine Augen noch vom Weinen brannten und meine Kehle verschleimt von Tränen war, musste ich lachen. »Herzchenaugen?«

»Total! Nein, das hier ist nicht das Ende von Jessony!«

Es fühlte sich für mich aber so an. Allerdings war es Katja gelungen, mich aufzumuntern. Wenn ich schon nicht mit Tony reden und mich entschuldigen konnte, so wollte ich wenigstens Taten sprechen lassen. Ich setzte mich auf und kippte den Rest meines mittlerweile kalten Kaffees hinunter. »Selbst wenn Tony nichts mehr mit mir zu tun haben will, werde ich noch alles unternehmen, was mir möglich ist, um das Otterview zu retten!« An die entmutigende Unterschrift auf dem Vertrag dachte ich lieber nicht. »Gleich beim Frühstück werde ich die anderen um gute Bewertungen bitten.« Ich sah Katja an. »Hilfst du mir?«

»Na klar!« Katjas Augen strahlten. »Heißt das, du bist nicht mehr sauer auf mich?«

»Hm. Nein«, gab ich zu. »Du musstest mir schließlich nicht erzählen, warum du hier bist. Wir kennen uns ja kaum und ...«

»He! Nun bin ich aber beleidigt. Ich hab dich vorgestern schon in meinem Adressbuch in der Rubrik Freundinnen eingetragen«, erklärte Katja und zog einen übertriebenen Schmollmund.

Ich fühlte mich gleich besser. »Das freut mich. Und du weißt doch, wenn du mir gleichgültig wärst, wäre ich nicht sauer gewesen.«

Katja grinste. »Eins zu null für dich. Gut!« Sie rieb sich die Hände. »Dann mal los. Wir werden unsere lieben Mitgäste zu so guten Bewertungen motivieren, dass sich das Otterview vor Buchungsanfragen kaum noch retten kann.«

»Das wird deinen Arbeitgeber aber nicht freuen ...«

»Och!« Katja winkte ab. »Geschieht dem recht. Ich wollte sowieso kündigen. Ich arbeite doch nicht für Leute, die skrupellos die Lebensräume der Otter zerstören!«

Diese Aussage kam mir etwas hart vor, doch ich bewunderte Katjas Konsequenz. »Wirklich?«

»Ja, ich hab schon lange mit dem Gedanken gespielt, und das hier hat den letzten Ausschlag gegeben. Alexander hat mir erzählt, dass dieses Modegeschäft in Edinburgh, in dem er arbeitet, noch jemanden sucht. Und da ich zufällig über einen exquisiten Modegeschmack verfüge ...«, Katja zupfte an ihrem Pullover und brachte den Bommel zum Wackeln, »... werde ich dort mein Glück versuchen.«

Wir lachten, und die Welt wurde ein wenig heller.

Nach dem opulenten Weihnachtsessen im Hotel und dem spätabendlichen Cupcake-Gelage hielt sich der Appetit der Gäste in Grenzen. Wir gaben uns alle mit Tee oder Kaffee und Toast sowie Joghurt oder Müsli zufrieden. Alexander kam zwar mehrmals in den Raum und fragte, ob er uns nicht wenigstens mit Rührei beglücken könnte, doch niemand nahm sein Angebot an.

Ich brachte aus einem anderen Grund kaum einen Bissen hinunter. Mich plagte Lampenfieber. Denn bald würde ich meine flammende Rede halten, die möglichst viele der Gäste dazu bringen sollte, gute Bewertungen zu verfassen. Leider lag es mir nicht, vor Publikum zu sprechen. Ich versuchte, mich mit dem Gedanken zu beruhigen, dass ich die Menschen hier kannte. Noch am Abend zuvor war es mir in der lockeren Atmosphäre des Kaminzimmers nicht schwergefallen, das Wort zu ergreifen, und da hatten schließlich auch alle zugehört.

Möglichst unauffällig beobachtete ich die anderen. Sahen sie zufrieden aus? Waren sie überhaupt schon aufnahmefähig? Würden sie meine Bitte als aufdringlich auffassen?

»Willst du, oder soll ich?«, flüsterte Katja mir zu.

Einen Moment war ich versucht, ihr die Bühne zu überlassen, doch das wäre mir feige vorgekommen. Nein, dies musste ich selbst tun, nicht nur, weil ich ein schlechtes Gewissen hatte und Wiedergutmachung leisten wollte, sondern weil mir das Otterview am Herzen lag. Am liebsten hätte ich während meiner Rede die schnurrende Christine an mich gedrückt. Ihre Nähe hätte mich bestimmt beruhigt. Doch ich verstand, dass Alexander freundlich, aber bestimmt darauf bestanden hatte, sie nicht in den Frühstücksraum zu lassen. Ja, auch die kleine Katze hatte mein Herz längst erobert.

Und Tony.

»Ich mache es!«, flüsterte ich zurück, halb, um Katja zu antworten, halb, um mir selbst Mut zuzusprechen. Ich stand auf. Das Herz schlug mir bis zum Hals. Beim Kofferpacken hatte ich mir einen Text zurechtgelegt, doch nun war mein Hirn wie leer gefegt. Gerade als ich überlegte, mich einfach wieder hinzusetzen, klopfte Katja mit dem Löffel an ihr Orangensaftglas.

»Hallo, ihr Lieben!«, rief sie. »Jessica hat euch etwas Wichtiges zu sagen!«

Ich starrte in fünf Augenpaare, erwartungsvolle Gesichter. Mrs Berg nickte mir lächelnd zu, als wüsste sie bereits, was ich vortragen wollte.

Eigentlich hatte ich damit beginnen wollen, mich vorzustellen, zu erklären, dass ich für einen großen Reiseveranstalter arbeitete ...

»Dieses Bed and Breakfast heißt Otterview, und das aus einem bestimmten Grund«, fing ich an.

Und dann war es leicht. Die Worte sprudelten nur so aus mir heraus. Ich erzählte von meinem ersten Morgen im Otterview, dem Blick aus dem Fenster auf den Fluss und davon, was ich dort zu sehen geglaubt hatte. Von der Wanderung, die ich mit Tony unternommen hatte und die zu der unvergesslichen Otterbegegnung geführt hatte. Wie von selbst kam ich zu der Überleitung, dass diese Natur in Gefahr war. Nur kurz berichtete ich von den Verkaufsplänen und ausführlicher von der Wichtigkeit guter Gästebewertungen für den Fortbestand von Otterview und des Ottergebiets.

Atemlos verstummte ich. Einen Moment herrschte Stille, und mir schoss Hitze ins Gesicht. Hatte ich mich total lächerlich gemacht? Doch dann sah ich die leuchtenden Augen, die beifällig nickenden Köpfe. Katja klopfte auf die Tischplatte. »Sehr gut, Jess! Ich werde gleich eine super Bewertung schreiben! Das Otterview muss bleiben!«

Mit weichen Knien sank ich auf meinen Stuhl. War das jetzt nicht etwas drüber? Aber schon klopften alle applaudierend auf die Tische, und Daniel rief: »Das Otterview muss bleiben!«

Mr und Mrs Berg und Sara und Tina fielen ein, als hätte Katja einen besonders guten Trinkspruch ausgebracht.

Mir wurde schwummerig vor Erleichterung.

Ich hatte es geschafft. Nun konnte ich abreisen.

»Du warst super!« Katja ließ sich rücklings auf das Himmelbett fallen und lachte. »Was für eine Rede! Wenn ich nicht schon längst eine gute Bewertung verfasst hätte, würde ich das jetzt bestimmt tun.«

Da der Koffer sich ohnehin beharrlich weigerte, sich schließen zu lassen, gab ich vorerst auf und setzte mich auf die Bettkante. »Danke, Katja. Das ist wirklich nett von dir. Es wird zwar nicht mehr viel bringen, da Tony sowieso schon den Vertrag unterschrieben hat, aber ich weiß das sehr zu schätzen.«

»Abwarten! Ich wette, die anderen schreiben auch alle eine gute Bewertung. Nicht nur das, Sara und Tina posten gerade eine ganze Serie von schmeichelhaften Storys auf ihrem Instagramkanal. Die musst du dir unbedingt anschauen!« Katja wedelte mit ihrem Smartphone herum.

Ich zückte meins ebenfalls, doch nicht, um mich auf Instagram zu vergnügen, sondern um den frisch gebuchten Flug zu checken. In meinem Mailpostfach befand sich auch eine Nachricht von meiner Vorgesetzten. Einen wirren Moment lang glaubte ich, dass es sich um die Mail handelte, in der *ErlebeTraumreisen* dem Otterview die Zusammenarbeit aufkündigte, bis mir einfiel, dass Alexander die ja nur erfunden hatte.

Mit einem mulmigen Gefühl im Magen öffnete ich sie. Meine Vorgesetzte war zwar als Workaholic bekannt, doch selbst für sie war es ungewöhnlich, dass sie an Weihnachten dienstliche Mails verschickte. Vielleicht wollte sie mir nur frohe Festtage wünschen? Eine Rückmeldung zu meinem ausführlichen Bericht konnte es noch nicht sein …

Doch. War es.

Im ersten Durchgang überflog ich die Zeilen nur, stutzte, las alles erneut durch, diesmal jedes Wort. Der Sinn blieb gleich. Mir wurde schwindelig, und ich war froh, dass ich saß.

»Jess?«, hörte ich Katjas Stimme wie von weit her. »Ist alles in Ordnung?«

»Äh, was? Ja, klar. Alles bestens«, murmelte ich und starrte auf das Smartphone-Display, auf die Mail, deren ganze Bedeutung nur langsam zu mir durchdrang.

»Du siehst aber nicht so aus. Ist dir schlecht?« Katja rutschte neben mich und legte den Arm um meine Schultern. »Du bist kreidebleich. Schlechte Nachrichten?«

Ich schüttelte den Kopf, konnte den Blick nicht von der Mail wenden und las die wichtigste Passage noch einmal. Nein, ich hatte mich nicht verlesen, da stand es.

»Meine Chefin hat mir angeboten, in die Süd-und-Mittelamerika-Abteilung zu wechseln«, krächzte ich.

»Ah«, machte Katja. Da ich nichts weiter sagte, fragte sie: »War es nicht das, was du dir gewünscht hast?«

»Doch.«

»Na, dann ist das doch super! Raus mit dem Champagner!«

Ich hob den Kopf und sah Katja ratlos an. Sie strahlte mich an, und ich wusste, dass ich mich eigentlich freuen müsste, stattdessen war ich nur verwirrt und überfordert. Auf dieses Ziel hatte ich so lange hingearbeitet, seit Ewigkeiten von Costa Rica, Regenwäldern und exotischen Tieren geträumt, doch jetzt erschienen mir diese Träume nicht mehr erstrebenswert. Vor die Bilder von puderzuckerweißen Stränden an türkisblauem Meer schoben sich andere, von schroffen Klippen, grünen Hügeln, moorigen Pfaden und eiskalten Wasserfällen, und schon bemerkte ich den Unterschied. Meine Vorstellungen von den fernen Ländern waren blasse Bilder, die bis auf ein unbestimmtes Fernweh keinerlei Emotionen in mir auslösten, während die von Schottland so viel mehr waren als visuelle Fantasien. Ich roch das Heidekraut und die salzig frische Meeresbrise, spürte den Wind, der mein Haar zauste, die prickelnde Kälte des Wassers auf der Haut ... und Tonys Lippen auf meinen.

Das war es, was ich wollte.

»Und, nimmst du an?«, fragte Katja.

»Ich ... weiß nicht.« Langsam erhob ich mich und betrachtete meinen offen stehenden Koffer.

Jemand klopfte an die Tür, und Alexanders Stimme erklang: »Jessica, bist du fertig? Wir müssen los, wenn du rechtzeitig am Flughafen sein willst!«

Katja streckte mir den geschnitzten Otter hin, den ich auf das Nachtschränkchen gestellt hatte. »Vergiss den hier nicht.«

»Bestimmt nicht. Der kommt ins Handgepäck.« Mit den Fingerspitzen strich ich über die hölzernen Öhrchen des Otters, stellte mir vor, wie Tony beim Schnitzen an mich gedacht hatte. Sein freundliches Gesicht, der warme Glanz in seinen Augen, sein schiefes, schüchternes Lächeln. Mein Herz wurde schwer.

Nein. Ich konnte nicht fort, ohne mit ihm geredet zu haben.

Kapitel 31

Immerhin regnete es nicht, doch auch ein Unwetter hätte mich nicht aufhalten können. Ich schlüpfte in die roten Gummistiefel und ließ zu, dass Katja einen Wollschal um meinen Hals schlang.

Alexander lehnte im Flur an der Wand, die Arme verschränkt und das Gesicht in besorgte Falten gelegt. Doch das tat seiner Attraktivität keinerlei Abbruch. »Wenn wir nicht innerhalb der nächsten Stunde losfahren, wirst du deinen Flug verpassen.«

Katja warf ihm einen so bitterbösen Blick zu, dass er sogleich hinzufügte: »Natürlich kannst du weiterhin die Gastfreundschaft des Otterviews genießen. Ich würde mich freuen, dich als Gast hierbehalten zu können.«

Christine, die neben ihm saß, den Schwanz ordentlich über die Pfoten drapiert, gab ein zustimmendes Maunzen von sich. Sie hatte schnell in ihre Rolle als Pensionskatze gefunden.

»Ich gehe nur noch mal schnell runter zum Fluss und verabschiede mich von den Ottern«, behauptete ich. Garantiert würde mich Alexander nicht allein losziehen und nach Tony suchen lassen.

Alexander hob die Schultern. »Wie du willst. Und du möchtest wirklich nicht hierbleiben und auf Tony warten? Er wird nicht erfreut sein, wenn du weg bist.«

Nein, ich wollte nicht herumsitzen und warten, bis sich Tony dazu bequemte, zurückzukommen. Außerdem hatte ich mittlerweile einen guten Grund, ihn so schnell wie möglich zu finden. Alexander hatte nämlich verkündet, dass er den Vertrag unterschreiben würde. Wenn Tony noch wütend auf mich war, was ich ihm nicht verdenken konnte, musste ich ihn zumindest dazu überreden, seine Unterschrift zurückzunehmen. Er durfte das Otterview nicht aufgeben! Und die Otter schon gar nicht. Auch uns nicht, wenn ich ihn nur irgendwie davon überzeugen konnte.

Alexander schüttelte resigniert den Kopf. »Na schön. Bleib bitte nicht zu lange am Fluss.«

Kaum war die Haustür hinter ihm zugefallen, stieß Katja die Luft aus. »Und du willst wirklich allein nach ihm suchen? Weißt du denn überhaupt, wo er sein könnte?«

»Ich hab da so einen Verdacht«, behauptete ich. Dieser Verdacht war eher eine vage Vermutung, aber alles, was ich hatte.

»Soll ich nicht doch mitkommen?«, fragte Katja zum dritten Mal, und ich schüttelte wie die anderen Male zuvor den Kopf. Im Gegensatz zu Alexander kannte sie sich hier in der Gegend sogar noch weniger aus als ich. Falls ich mich verlief, würde ich sie nur mit hineinziehen, und das wollte ich nicht.

»Na gut. Aber ruf mich bitte alle dreißig Minuten an, ja?« Sie verzog das Gesicht. »Ich finde immer noch, du hättest wenigstens Alexander bitten können, dich zu begleiten.«

»Das würde er nicht machen. Hast du nicht gemerkt, wie erpicht er darauf ist, mich loszuwerden? Er fürchtet doch nur, dass ich Tony dazu überreden könnte, seine Unterschrift zurückzunehmen.«

Katja wiegte den Kopf. »Na, ich weiß nicht. Wirklich begeistert ist Alexander von dem Verkauf ja auch nicht. Vermutlich will er jetzt zum größten Teil nur ebenfalls unterschreiben, weil er sich über Tonys Flucht ärgert.«

Das machte ihn in meinen Augen nicht sympathischer. »Es ist nicht so weit«, behauptete ich, ohne sein Verhalten zu kommentieren. »Und ich kenne den Weg. Ganz einfach zu finden. Bis gleich dann!«

Katja schien mit sich zu ringen, ob sie mich zum Abschied umarmen sollte, hob dann nur die Fäuste und nickte mir zu. »Ich drück dir die Daumen!«

Mit jedem Schritt, den ich mich weiter vom Otterview entfernte, sank mir der Mut. Mein mehr oder weniger vorgetäuschter Optimismus fiel von mir ab wie Staubkörnchen, die nacheinander im Schlamm versanken. Denn nach dem ausgiebigen Regen war der Weg nicht sonderlich trocken. Genau gesagt sah er aus wie der Trainingsparcours für einen Schlammringkampf. Ich war froh, dass ich die Gummistiefel angezogen hatte. Entgegen meiner großmäuligen Ansage, der Weg sei einfach zu finden, geriet ich nach wenigen Hundert Metern ins Zweifeln. Ja, ich war hier schon einmal gewandert, aber in die entgegengesetzte Richtung, und wie jeder wusste, sah dann alles ganz anders aus. Um diesen Effekt zu unterlaufen, drehte ich mich öfter mal um, was aber auch nicht viel brachte. Leider hatte ich verabsäumt, mir markante Wegmarken zu merken. Eigentlich musste ich nur am Fluss entlanglaufen, dann über ein paar Hügel, einen schmalen Pfad an einem Felsen vorbei und … tja. So einfach war es eben doch nicht.

Trotzdem stapfte ich unverdrossen weiter. Ich stellte mir Tonys überraschtes Gesicht vor, wenn ich ihn am Strand traf. Hörte mich keck sagen: *Waren wir heute nicht zum Wildschwimmen im Meer verabredet?* Sah das anerkennende Aufblitzen in seinen Augen. Sein Lächeln. Mit dieser Wanderung zu ihm wollte ich ihm nicht nur mein grandioses Orientierungsvermögen beweisen, mit dem es leider nicht weit her war, sondern ihm vor allem zeigen, wie viel mir an ihm lag.

Wie um mir Mut zu machen, lugte die fahle Wintersonne zwischen den Wolken hervor, und der Wind schien sich zu drehen, denn statt mir ins Gesicht zu peitschen, drückte er nun sacht gegen meinen Rücken. Oder hatte ich versehentlich die Richtung geändert? Ich blieb stehen, schaute mich um. Dieser felsige Bergrücken vor mir, das war doch die letzte Erhebung vor dem Strand, oder? Gleich dahinter führte der Pfad zum Wasserfall und ein anderer hinunter ans Meer. Genau. Nur um mich zu vergewissern, drehte ich mich um und ... o nein! Neben mir befand sich ein in meinen Augen identischer Berg. Und das Otterview konnte ich auch nicht mehr sehen. Was natürlich nicht bedeutete, dass ich mich verlaufen hatte. Ich war nur ein wenig orientierungsmäßig herausgefordert.

Energisch machte ich mich daran, den Berg vor mir zu erklimmen. Ein richtiger Berg war das auch nicht, eher eine felsige, teils mit Gras und Heidekraut bewachsene Anhöhe. Die Sohlen der Gummistiefel erwiesen sich als wesentlich rutschiger als die meiner Wanderschuhe. Nachdem ich ein paarmal ausgeglitten war und fast gestürzt wäre, kam mir die Idee, Tony zu suchen, nicht mehr optimal vor. Das hatte ich wohl nicht richtig durchdacht. Die Alternativen, Flucht nach Hause oder passives Warten im Otterview, kamen aber auch nicht infrage.

Während ich noch darüber sinnierte, dass ich zum ersten Mal in meinem Leben dazu bereit war, für meine Liebe zu kämpfen, gab der Boden unter mir nach. Das kannte ich doch! Wie am Nachmittag zuvor bei der Verfolgung von Christine sackte mein Fuß in den Abgrund eines Moorlochs. Mit dem kleinen, aber unangenehmen Unterschied, dass ich diesmal sogar bis weit über das Knie darin versank, das Gleichgewicht verlor und halb nach vorn und zur Seite kippte. Verzweifelt strampelnd versuchte ich, das Bein aus dem Loch zu befreien. Kühle Feuchtigkeit breitete sich um meinen Fuß herum aus. Noch schien der Stiefel daran zu stecken, doch das konnte sich, wie ich aus leidvoller Erfahrung wusste, schnell ändern. Warum nur war ich nicht auf dem sicheren felsigen Untergrund geblieben?

Weil mich meine Gedanken an Tony abgelenkt hatten.

Zuerst war ich nur erschrocken und verärgert, doch auch nach mehreren Versuchen gelang es mir nicht, mich zu befreien, und mein Missmut schlug in Angst um. Mein Fuß schien geradezu von dem Schlamm eingesogen zu werden, und nur die Tatsache, dass ich mit dem anderen Bein auf halbwegs festem Boden kniete, bewahrte mich vor einer Panikattacke. Verbissen stemmte ich mich gegen den Sog des Moores. Entstanden so etwa Moorleichen? Würde man mich in tausend Jahren entdecken, mit Gummistiefeln und einem verwirrten Gesichtsausdruck, der sich für alle Ewigkeit in meine Lederhaut eingeprägt hatte? Mit einem Schaudern versuchte ich, dieses grausige Bild zu vertreiben, und verdoppelte meine Anstrengungen. Ich krallte die Finger in die kargen Grasbüschel hinter mir und zog und zerrte. Mit einem schmatzenden Gurgeln rutschte mein Bein tiefer in das Loch.

»Hilfe!«, rief ich, ohne wirklich darauf zu hoffen, dass mich jemand hören konnte.

Irgendwann würden Katja und Alexander mich bestimmt suchen, doch bis dahin ... Katja! Fahrig klaubte ich mein Smartphone aus der Jackentasche. Kein Netz. Großartig! Moorleichenkarriere, ich komme!

»Hilfe!«, schrie ich noch einmal. War mein Fuß überhaupt noch dran? Ich hatte kein Gefühl mehr in den Zehen. Ein hilfloses Schluchzen würgte mich. Ich ließ mich auf den Rücken sinken und starrte tränenblind in den Himmel, über den dunkle Wolken zogen. Wenn es jetzt auch noch anfing zu regnen ...

»Jessica!«

Ich fuhr hoch. Hatte da wirklich jemand meinen Namen gerufen? War das ... Tony?

»Hilfe! Ich bin hier!«, rief ich, so laut ich konnte.

Und da sprintete er über den Bergkamm, der wundervollste Schotte der Welt, auch wenn er gerade keinen Kilt trug, sondern eine beigefarbene Wanderhose und eine rote Regenjacke. Mein Tony!

Vor Erleichterung kamen mir nun wirklich die Tränen. Schon war Tony bei mir, kniete sich neben mich, ohne auf den Schlamm zu achten, und schlang die Arme um mich.

»Jessica«, brachte er hervor. »Was machst du denn hier?«

Ich lachte unter Tränen. »Das siehst du doch, ich erforsche ein paar Moorlöcher. Hab ja gestern schon damit angefangen.«

»Bist du verletzt?«

Die Sorge in Tonys sanften grauen Augen versetzte mir einen Stich. »Nein, ich glaube nicht. O Tony, es tut mir so leid. Ich hätte dir sagen müssen, dass ich für *ErlebeTraumreisen* arbeite und nicht Katja«, sprudelte es aus mir heraus. »Du bist jetzt bestimmt total sauer auf mich, und ich kann es dir nicht verdenken, wenn du mich meinem Schicksal als zukünftige Moorleiche überlässt, aber ...«

Während ich redete, grub Tony mit dem Rücken zu mir in dem Schlammloch herum. »Hmhm«, machte er.

»... ich möchte mich bei dir entschuldigen. Und außerdem musst du unbedingt zurück zum Otterview und verhindern, dass Alexander den Vertrag unterschreibt.«

Eigentlich hatte ich eine weit überzeugendere Entschuldigung vorbereitet, doch mit einem eiskalten Bein fiel mir die Konzentration schwer.

»In Ordnung«, sagte Tony, trat hinter mich, packte mich unter den Armen und zog. Mit einem empörten Schmatzen gab das Moor mich frei. Das Hosenbein der ehemals blauen Jeans war pechschwarz und klebte mir klatschnass auf der Haut. Zu meiner Überraschung hatte Tony nicht nur mich, sondern auch den Gummistiefel retten können. Auch wenn der bis oben hin voll Schlamm war.

»Danke«, sagte ich, erleichtert und verlegen, und schielte zu Tony hoch. Er erwiderte meinen Blick ernst. »Wie war das mit der Moorleiche?«

»Och, das ... ist unwichtig.« Ich spielte mit dem Gedanken, mir auch gleich noch eine Fuhre Schlamm ins Gesicht zu klatschen, damit Tony nicht bemerkte, wie ich rot anlief.

»Moorleichen finde ich ja sehr interessant«, sagte er nachdenklich. »Aber ich muss zugeben, dass du mir lebendig besser gefällst.« Um seine Mundwinkel zuckte es verdächtig.

»Heißt das, du bist nicht mehr sauer auf mich?«

»Ich war gar nicht wirklich sauer«, behauptete er und hielt mir die Hand hin, um mir hochzuhelfen. »Jedenfalls nicht auf dich. Nur auf Alexander. Diese Lüge mit der Mail war schon ein starkes Stück. Und du hattest mir doch sogar erzählt, dass du für ein Reisebüro arbeitest.«

Obwohl ich längst stand, ließ er meine Hand nicht los.

Er grinste verschmitzt. »Habt ihr das gemacht, Katja und du, um meinem allzu sehr von sich überzeugten Bruder eins auszuwischen?«

»Na ja, zum Teil«, gab ich zu. »Allerdings wusste ich nicht, dass ausgerechnet Katja für den Investor arbeitet. Mich hat sie auch belogen.«

Sein Grinsen verschwand sofort. »Habt ihr euch gestritten?«

»Ja. Nein. Wir haben uns wieder vertragen.« Ich trat vorsichtig mit dem schlammgefüllten Stiefel auf. Modder quoll über den Rand.

»Den sollten wir auskippen«, schlug Tony vor. Er führte mich zu einem Stein, half mir, mich hinzusetzen, und zog mir den Stiefel vom Fuß. »Bist du sicher, dass du nicht verletzt bist? Ist nichts verstaucht?«

»Ich glaube nicht. Allerdings konnte ich meinem Fuß gerade kaum spüren.« Probeweise bewegte ich die Zehen in den ebenfalls nassen und schlammigen Socken.

Tony drehte den Stiefel um und schüttelte ihn. Eine erstaunliche Menge Wasser schwappte heraus. Wie er da so vor mir kniete und mir den Stiefel wieder anzog, musste ich an Aschenputtel denken. Natürlich war Tony kein Prinz und ein Gummistiefel kein Ballschuh, aber ...

»Jessica.« Tonys wunderbare Stimme riss mich aus meinen märchenhaften Gedanken. Ich versank in seinen meergrauen Augen. »Ja?«, piepste ich.

Seine warmen Hände umschlossen meine. »Ich möchte mich bei dir entschuldigen«, sagte er ernst. »In meinem ersten Ärger darüber, dass mich gefühlt alle belogen hatten, habe ich dich verletzt. Das wollte ich nicht, und es tut mir unendlich leid, dass ich einfach weggerannt bin, ohne mit dir zu reden. Dass du für *ErlebeTraumreisen* arbeitest, ändert nichts daran, dass ich ...«, er räusperte sich, und nun wurde er rot, doch er hielt meinen Blick fest, »... dass ich mich in dich verliebt habe. Es ist mir auch egal, wie dein Bericht über das Otterview ausfällt. Ich glaube, Alexander hatte recht, und es ist besser, einen Schlussstrich zu ziehen.« Da ich ihn nur stumm anstarrte, fügte er hinzu: »Unter das Otterview! Nicht unter uns!«

Endlich wich die Benommenheit von mir. Mein Herz nahm seinen Betrieb wieder auf, ich konnte atmen und sogar lächeln, und dann schlang ich einfach die Arme um Tony und küsste ihn.

Kapitel 32

Der Rückweg zum Otterview kam mir viel kürzer vor. Und doch konnte es mir gar nicht schnell genug gehen. Anders als bei unserer ersten gemeinsamen Wanderung war diesmal ich es, die einen forschen Schritt vorgab. Tony dagegen schien alle Zeit der Welt zu haben.

»Er wird nicht unterschreiben«, versicherte er mir zum bestimmt fünften Mal. »Ich kenne meinen Bruder.«

Sein Vertrauen in Alexander in allen Ehren, mir war es trotzdem lieber, früh genug am Otterview zu sein, um die Unterschrift und vor allem das Abschicken des Vertrags zu verhindern. Katja hatte mir zwar versprochen, ihr Bestes zu tun, um Alexander abzulenken, doch er hatte so entschlossen ausgesehen, so … trotzig. Ich traute ihm durchaus zu, dass er unterschrieb, nur um seinem Bruder eins auszuwischen. Auch wenn er es später vermutlich bereuen würde.

Wir kamen an der Stelle vorbei, an der ich zum ersten Mal einen frei lebenden Otter aus der Nähe gesehen hatte, und blieben gleichzeitig stehen. Natürlich dachte ich nicht nur an die Otter, sondern auch an unseren Kuss, und in Tonys liebevollem Blick las ich, dass er sich ebenfalls daran erinnerte.

»Ich bin so froh«, entfuhr es mir, »ich dachte schon, ich hätte alles kaputt gemacht mit meiner Unehrlichkeit.«

Tony hob die Hand und strich mir über die Wange. »Damit haben Alexander und ich ja wohl angefangen. Wir wussten, dass eine Mitarbeiterin von *ErlebeTraumreisen* ins Otterview kommen würde, und haben das für uns behalten. Wenn wir gleich mit offenen Karten gespielt hätten …«

»Schon komisch, dass Alexander selbstverständlich davon ausgegangen ist, dass Katja die Spionin ist.«

»Spionin?« Tony grinste kurz und rieb sich das Kinn. »Das hat mich allerdings auch gewundert. Ich bin davon ausgegangen, dass er ihren Namen kannte.«

Und als hätte ich ihn nicht allein dafür schon küssen können, fuhr er fort: »Von der Beschreibung her hätte ich eher auf dich getippt.«

»Eine besonders hübsche junge Frau?«, fragte ich neckend.

»Genau. Und außerdem eine besonders lustige, abenteuerfreudige und überhaupt ganz wundervolle Frau.«

Tony sah mich so ernst, beinahe feierlich an, dass sich meine Knie anfühlten, als bestünden sie aus demselben Schlamm, der meine Hose bedeckte.

Wir küssten uns, und die Welt versank.

Bis ein Platschen uns aufschrecken ließ. Und da war er, der Otter, der wie ein brauner Schatten durch das Wasser glitt.

»He!«, rief Tony. »Der hat uns belauscht!«

Wir lachten und fassten uns an den Händen.

»Schnell zum Otterview«, sagte Tony energisch. »Hier darf kein großes Hotel gebaut werden. Das Land hier gehört den Ottern und den anderen Tieren, die hier leben.«

Wir konnten das Häuschen schon sehen, da kamen uns Sara und Tina entgegen, in farbenfroher Wanderkluft. Sie winkten uns fröhlich zu. »Hallo! Frohen ersten Weihnachtstag, Tony!«

Tony erwiderte den Gruß und fragte sie, wohin sie wollten. Für mich hörte sich das bevormundend an, doch weder Sara noch Tina schienen sich etwas daraus zu machen, sie holten bereitwillig ihre Smartphones und ein GPS-Gerät hervor und zeigten Tony die geplante Strecke. Tony gab ihnen ein paar Tipps und verriet ihnen die Badestelle am Wasserfall. Sofort leuchteten ihre Augen auf. »Das hört sich ja großartig an!«

»Habt ihr Badesachen dabei?«

Tina lachte nur, und Sara hob die Brauen. »Wird es denn heute wohl sehr voll dort sein?«

Nun musste auch Tony lachen. »Nein. Da ist niemand außer euch. Viel Spaß! Und denkt bitte daran, dass es früh dunkel wird.«

»Zur Teatime sind wir zurück!«, riefen sie und marschierten weiter. Sara drehte sich noch mal um und zeigte mir den Daumen hoch. »Mission übrigens erfüllt!«

Ich musste mir unbedingt später ihre Instagramstorys anschauen.

Tony runzelte die Stirn. »Was meint sie?«

»Ach, das erkläre ich dir später.«

Wir gingen weiter, und Tony seufzte. »Das war wieder unhöflich, oder? Dass ich gefragt habe, wohin sie wollen. Aber es ist nicht ungefährlich, hier unterwegs zu sein. Das Wetter kann umschlagen, und man kann sich verirren, wenn man sich nicht auskennt. Eigentlich wollte ich die beiden sogar davon abhalten, allein loszuziehen, aber dann habe ich ihre Schuhe gesehen und das GPS ...«

»Schuhe?«, echote ich verständnislos.

»Ja, das sind sehr gute und vor allem viel benutzte Wanderschuhe. Außerdem erkenne ich an der Art, wie Sara und Tina sich hier im weglosen Gebiet bewegen, dass sie erfahrene Wanderinnen sind. Ihre Route ist gut geplant, und sie machen das sicher nicht zum ersten Mal.«

Nun wollte ich es aber doch wissen. »Und was sagt dir meine Art, mich zu bewegen?«

»Dass du gerne mal in Schlammlöcher fällst«, sagte Tony trocken.

»He!« Ich tat so, als wollte ich mich auf ihn stürzen, und er rannte mit gespieltem Schrecken los. Dicht gefolgt von mir. Von wegen Schlammloch! Ich war schneller als er, oder vielleicht lief er auch extra langsamer, jedenfalls holte ich ihn vor dem Otterview ein und schlang die Arme um ihn. Er wehrte sich kein bisschen, zog mich an sich, und wir versanken erneut in einem Kuss. So konnte das gerne weitergehen.

Wäre nicht der Vertrag.

Wir stürmten ins Haus und machten uns diesmal nicht die Mühe, die Schuhe auszuziehen, obwohl wir eine Schlammspur hinter uns herzogen.

»Alexander!«, rief Tony so laut, dass es ganz sicher auch im Nebengebäude zu hören war.

Doch Alexander befand sich hier im Otterview. Er antwortete aus dem Kaminzimmer, und wir stürzten hinein. Katja und Alexander standen da wie Kinder, die man bei einem Streich ertappt hatte, und sahen uns groß an. Christine lag auf dem Sofa, als gehöre sie genau dorthin, und sah äußerst zufrieden aus.

»Hallo«, sagte Alexander und zwinkerte. Diesmal wohl aus Nervosität. »Schon zurück?« Er stützte sich mit einem Arm auf dem Kaminsims ab und legte ein Bein über das andere. Was vermutlich lässig aussehen sollte, wirkte unfreiwillig komisch. Fehlte nur noch, dass er das Gleichgewicht verlor und stürzte. Katjas Gesicht zeigte vor allem Erleichterung, und sie formte mit den Lippen stumm ein Wort, das ich sofort erkannte: Jessony.

»Wo ist der Vertrag?«, fragte Tony.

Alexander wechselte einen Blick mit Katja.

»Weg«, sagten sie wie aus einem Mund.

O nein! War alles umsonst gewesen? Ich packte Halt suchend Tonys Arm, und er legte die Hand auf meine, drückte beruhigend zu.

»Wie, weg?«, fragte er barsch. »Hast du das Ding etwa abgeschickt?«

Statt einer Antwort deutete Alexander auf den Kamin. Darin brannte ein heimeliges Feuer, und allmählich sickerte Erleichterung in meine Glieder.

»Ihr habt ihn verbrannt?«, fragte ich sicherheitshalber.

Alexander nickte. »Ja, bloß weg damit. Ich werde diesen Vertrag nicht unterschreiben, und du wolltest das doch auch nicht, Tony. Tut mir leid, dass ich dich so unter Druck gesetzt habe. Und es ist unverzeihlich, dass ich dich angelogen habe.«

Er sah ehrlich zerknirscht aus.

Tony brummte zustimmend. »Gut gemacht. Das Verbrennen, meine ich. Und mir tut es leid, dass ich mich so stur gegen einen Verkauf gewehrt habe. Ich hatte Zeit zum Nachdenken, und es könnte eventuell sein, dass du nicht ganz falschliegst und es womöglich besser ist, das Haus zu verkaufen. Aber ...«, er hob die Hand, »... nicht an einen Investor, der hier alles zerstören will. Wir entscheiden das gemeinsam. Und keine Lügen mehr!«

Mit aufgerissenen Augen kam Alexander auf Tony zu und betastete sein Gesicht, seine Schultern. »Wer bist du, und was hast du mit Tony gemacht?«

Der hatte ja sogar Humor! Wir mussten alle lachen, und damit verflog die angespannte Stimmung endgültig. Die Brüder umarmten sich. Katja umarmte mich. Und dann umarmte mich sogar Alexander und erklärte, ich hätte einen ausnehmend guten Einfluss auf seinen bockigen Bruder.

Vor nicht allzu langer Zeit hätte mein Herz noch höhergeschlagen. Doch nun ließ mich die Umarmung eines geradezu verboten attraktiven Schotten kalt, obwohl Alexander wieder Kilt trug. Mir war mein Schotte in der schlammigen Wanderhose wesentlich lieber. Und das zeigte auch mein wild klopfendes Herz, als wir uns nun küssten, ohne uns darum zu kümmern, dass Katja und Alexander es sahen.

»Kann ich davon ausgehen, dass du nicht mehr abreisen willst?«, hörte ich Alexander fragen, dicht gefolgt von Katjas trockenem: »Da spricht der Meister des Einfühlungsvermögens.«

»Wie meinst du das?«

»Komm mit, wir wollten doch sowieso mit den Bergs Karten spielen, dann erkläre ich es dir vielleicht.«

Die Tür fiel hinter ihnen zu, und Tony löste sich von mir und musterte mich forschend. »Du wolltest abreisen?«

»Na ja, ich dachte, du willst nichts mehr mit mir zu tun haben.«

Tony starrte mich so entsetzt an, dass mir warm ums Herz wurde, und ich sprach hastig weiter: »So schnell aufgeben wollte ich aber dann doch nicht, und daher habe ich mich auf den Weg gemacht, um sicherheitshalber noch mal mit dir zu reden.«

»O nein.« Tony raufte sich mit beiden Händen die Haare. »Danke, dass du nicht gefahren bist. Das hätte ich mir ja nie verziehen. Allerdings wärst du mich sowieso nicht so schnell losgeworden.« Er hörte auf, sein unschuldiges Haar zu malträtieren, und lächelte mich an. »Ich war nämlich schon auf dem Weg zurück zu dir, und wenn du nicht mehr hier gewesen wärst, tja, dann hätte ich dir wohl folgen müssen.«

»Nach Deutschland?«

»Überallhin«, sagte Tony, ohne mit der Wimper zu zucken, und ich glaubte ihm. »Wie wäre es jetzt mit einem Tee?«

Warum nur hatte ich damit gerechnet?

Auf dem Weg in die Küche hörten wir Lachen und angeregtes Geplauder aus dem Frühstücksraum. Die Bergs amüsierten sich offenbar bestens mit Katja und Alexander. Kurz darauf saßen Tony und ich am Küchentisch und tranken Tee. Christine war uns gefolgt, streifte nun neugierig durch die Küche und verletzte bestimmt erneut sämtliche Hygieneregeln für Bed and Breakfasts.

Tony schob den Teller mit Keksen zu mir hin. Die übrig gebliebenen Cupcakes waren mysteriöserweise verschwunden. War wohl nicht ganz auszuschließen, dass die sich in Tinas oder Saras Wanderrucksack befanden.

»Was meinte denn Sara vorhin mit der Mission?«, fragte Tony.

»Moment!« Ich zückte mein Smartphone und rief das Instagramprofil der beiden auf. Sie hatten eine Menge Storys gemacht, und ich überlegte, ob ich sie mir lieber zuerst allein anschauen sollte, bevor ich sie Tony zeigte, das kam mir dann aber doch zu pessimistisch vor und ich lehnte das Smartphone an meine Teetasse, damit Tony das Display auch sehen konnte. Schon nach der ersten Story blieb mir beeindruckt die Luft weg. Kein Wunder, dass die beiden so viele Follower hatten! Die Filme und Fotos, die sie mit passenden, humorvollen Untertiteln unterlegt hatten, waren großartig. Originell, atmosphärisch, vor allem aber fingen sie den Zauber des Otterviews ein. Die gemütlichen Zimmer, die wunderbare Aussicht, das weihnachtlich geschmückte Kaminzimmer ... und immer wieder Tinas und Saras strahlende Gesichter. Wäre ich nicht schon hier, hätte ich sofort die Koffer gepackt und ein Zimmer gebucht.

Die letzten Storys sah ich mir nicht mehr an, stattdessen beobachtete ich Tony, der gebannt auf das Display schaute. Ein erstauntes Lächeln umspielte seine Lippen. »Und das haben sie alles mit so einem Handy gefilmt? Richtig gut!« Er sah mich an. Seine Augen strahlten hell. »Sieht aus, als würde es ihnen hier gefallen!«

Mir ging auf, dass Tony die Bedeutung dieser Storys noch nicht ganz begriff. »Das sind Influencerinnen«, klärte ich ihn auf. »Bei ihrer Reichweite werden sehr viele Menschen auf das Otterview aufmerksam werden. Sehr wahrscheinlich führt das zu einigen Buchungen.«

»Hm.« Tony rieb sich das Kinn. »Ich weiß noch gar nicht, ob und wie es weitergeht mit der Pension.« Die Enttäuschung konnte er mir wohl am Gesicht ablesen, denn er fügte schnell hinzu: »Ist noch alles offen. Ich muss darüber nachdenken und auch Alexander diesmal einbeziehen. Als ich das Otterview von Matty übernommen habe, kam mir das wie die Erfüllung eines Traums vor. Ich konnte hier in Schottland sein, in meiner geliebten Heimat, und anderen Menschen zeigen, was mir Spaß macht. Wandern, Fotografieren ... Ich dachte, ich könnte meine Erfahrungen und mein Wissen teilen, doch dann hat sich herausgestellt, dass ich dafür gar keine Zeit hatte. Ich hab das wohl falsch angepackt.« Er runzelte die Stirn. »Wie gesagt, ich muss darüber nachdenken.«

Die Erfüllung eines Traums ... Ich dachte an die Mail von *ErlebeTraumreisen.*

»Was hast du, Jessica?« Tony strich mir eine Haarsträhne hinter das Ohr. Die Geste war so zärtlich und gleichzeitig so selbstverständlich, als würden wir uns schon viel länger kennen als nur ein paar Tage. »Du siehst so traurig aus.«

»Ich muss auch über einiges nachdenken«, gab ich zu.

Tonys Blick ruhte auf mir, und mir wurde klar, dass ich mit ihm darüber reden konnte. Dass er mir offen zuhören und mir nicht seine Meinung aufzwingen würde oder mich für meine Entscheidung verurteilen. Ich wusste, dass er Verständnis für mich haben würde, wie auch immer sie ausfiel. Und das machte sie mir mit einem Mal sehr leicht.

Kapitel 33

»Es war immer mein Traum, ferne Länder zu bereisen«, begann ich. Ich erzählte Tony von meiner Vorliebe für exotisch heiße Temperaturen, von meiner Sehnsucht nach der Erkundung von Regenwäldern, dem Fernweh nach tropischen Stränden und interessanten Tieren, nach spannenden Begegnungen, nach Abenteuern ...

Tony hörte mir zu, ohne mich zu unterbrechen. Ab und zu nickte er, als wüsste er genau, wovon ich sprach. Und das tat er sicher auch, denn er hatte all die Länder, von denen ich bisher nur geträumt hatte, bereits bereist. Ich schloss mit dem Angebot, das mir meine Vorgesetzte gemailt hatte, und suchte nach den passenden Worten, um Tony mein Dilemma zu verdeutlichen.

»Jetzt weißt du nicht, ob du das wirklich noch willst, oder?«, fragte er.

Ich nickte überrascht. »Ja! Das verwirrt mich gerade ziemlich. Schließlich habe ich mir das so lange gewünscht. Nur darum bin ich überhaupt hergereist, ausgerechnet über Weihnachten, das ich lieber zu Hause verbracht hätte. Für meinen Traum hätte ich alles getan, nur dass ich jetzt nicht mehr sicher bin, ob das je mein Traum gewesen ist. Ob ich nicht nur einem Bild entsprechen wollte. Einem Wunschbild von mir, um andere zu beeindrucken. Ich war so lange immer nur die gute, hilfsbereite Kumpelin. Langweilig, aber zuverlässig.«

Tonys Augen wurden groß. »So siehst du dich?«

»So sehen mich die meisten.«

Er schüttelte den Kopf. »Ich bestimmt nicht. Du bist nun wirklich alles andere als langweilig. Dass du hilfsbereit bist, macht dich nicht dazu, im Gegenteil. Und ich glaube, dass dein Herz wirklich an diesen Reisen hängt. Wie deine Augen vorhin geleuchtet haben, als du von den Faultieren in Costa Rica erzählt hast ...«

»Ja, schon, aber ich habe festgestellt, dass ich womöglich auch ein wenig kältere Länder sehr mag.«

»Wie zum Beispiel ...« Tony tat, als müsste er überlegen. »Schottland?«

»Hm. Schon möglich!«

Wir grinsten uns an. Bevor ich noch etwas sagen konnte, landete etwas Flauschiges auf meinem Schoß. Christine hatte sich unbemerkt angepirscht. Wie erstarrt saß ich da und hielt den Atem an. Die kleine Katze rollte sich auf meinen Oberschenkeln zusammen, und ich wagte es, sie zu streicheln. Sogleich begann sie wie ein winziger Motor zu schnurren. Entzückt lächelnd sah ich Tony an. »Wirst du sie eigentlich behalten?«

»Wenn sich niemand meldet.« Tony kraulte Christine hinter dem Ohr, und unsere Hände trafen sich. Wir sahen uns in die Augen, und ich spürte, dass dies einer dieser besonderen Momente war, an die ich mich noch lange erinnern würde. Wenn ich längst wieder zu Hause war ... Mein Magen krampfte sich zusammen, und ich musste schlucken.

»Jessica«, sagte Tony und hielt meinen Blick fest. Wärme breitete sich in meinem Bauch aus und vertrieb die Anspannung. »Könntest du dir vorstellen, mich wiederzusehen?«

»Du meinst, zum Beispiel morgen beim Frühstück?«, scherzte ich schwach. Das Herz schlug mir bis zum Hals.

»Nein, ich meinte eher wie meine Freundin«, erwiderte Tony, und obwohl er lächelte, blieb sein Blick ernst. »Du bist für mich kein Urlaubsflirt. Du bist die Frau, in die ich mich verliebt habe. Und wenn du mich auch magst, dann würde ich mich freuen, wenn wir uns wiedersehen.« Er grinste schief. »Zum Frühstück. Ein Date zum Wildschwimmen im Meer steht auch noch aus. Und ... nachdem dein Urlaub hier zu Ende ist.«

»Eigentlich ist das kein Urlaub«, stotterte ich, weil ich gerade keinen klaren Gedanken fassen konnte. »Ich meine, ja! Auf jeden Fall.«

Erleichtert stieß Tony die Luft aus. »Puh. Ich hatte mir heute auf meiner Wanderung noch etwa zehn bis zwanzig Argumente überlegt, warum wir uns unbedingt wiedersehen müssen. Zum Glück muss ich die nun nicht mehr anbringen, weil ich sowieso die Hälfte schon wieder vergessen hatte.«

»Kamen Otter darin vor?«

»Otter, jede Menge Otter. Und Schlammlöcher!«

Wenn wir nicht so gelacht hätten, wäre nun wohl der passende Zeitpunkt für einen Kuss gewesen.

»He!«, rief Tony aus, nachdem wir uns beruhigt hatten. »Das hier ist also kein Urlaub?«

»Nein, ich bin doch beruflich hier.«

»Stimmt ja. Hast du denn Urlaub geplant?«

»Bisher nicht. Warum?« Ich verstand nicht, worauf Tony hinauswollte.

In seinen Augen tanzten diese schelmischen Funken, als führte er etwas im Schilde. »Bevor du dich entscheidest, ob du die Abteilung wechselst, könntest du dir doch mal ein paar deiner Traumreiseziele anschauen, oder?«

Darüber hatte ich auch schon nachgedacht. Das hätte ich wirklich längst tun sollen, doch im letzten Moment hatte mich immer der Mut verlassen. Aus irgendeinem Grund war ich der Überzeugung gewesen, mit dem Wechsel der Abteilung würde ich auch zu einem völlig neuen Zukunfts-Ich werden können. Die Zukunfts-Jessica hätte gar keine Probleme damit, allein durch ferne Länder zu touren. Doch nun fühlte ich mich bereit dazu. Tony hatte die abenteuerlustige

Frau in mir gesehen, die ich viel zu lange versteckt hatte, sogar vor mir selbst.

»Ja, das ist eine gute Idee. Aber …«, erst jetzt fiel mir auf, was das auch bedeutete, »… dann könnte ich ja nicht nach Schottland reisen.«

»Und wenn du ein Stück Schottland mitnehmen würdest?« Tony sah mich erwartungsvoll an, und ich begriff. Mein Herz schlug Purzelbäume.

»Du meinst, einen schlammgefüllten Gummistiefel?« Ich versuchte, ein genauso ernstes Gesicht zu machen wie er, wenn er scherzte, doch es gelang mir nicht. Das ungläubige Lächeln konnte ich einfach nicht unterdrücken.

»Einen Schotten?«, schlug Tony vor und zeigte übertrieben mit beiden Daumen auf sich.

Ich hatte das Gefühl, jeden Moment vor Glück zu platzen. »Wirklich?«, konnte ich nur flüstern. »Kannst du denn hier weg?«

»Klar! Hier ist außerhalb der Saison sowieso kaum was los. Und außerdem ist doch noch nicht klar, was aus dem Otterview wird. Eine Auszeit wird mir guttun. Und umso besser, wenn ich die mit dir verbringen kann. Natürlich nur, wenn du mich mitnehmen willst. Schließlich kennst du mich kaum. Wenn ich dir nun sage, dass ich ziemlich pflegeleicht bin, solange ich regelmäßig mit Tee versorgt werde …«

»… dann glaube ich dir das aufs Wort«, unterbrach ich ihn. »Tony, das wäre ja wunderbar!«

Mir kam das wie ein Traum vor, doch warum sollte ich nicht mal träumen dürfen?

Pünktlich zur Teatime kehrten Sara und Tina zurück ins Otterview und berichteten begeistert von ihrem Schwimmabenteuer am Wasserfall. »Davon posten wir aber nichts«, verkündete Sara vergnügt. »Sonst wird das da viel zu voll! Das soll Tonys Geheimtipp bleiben.«

Tony und ich hatten sämtliche Porzellanetageren mit Scones und Sandwiches befüllt, und nun saßen wir alle im Kaminzimmer und aßen mit Appetit. Niemand hatte etwas gegen Christines Anwesenheit einzuwenden, und die vielen Menschen schüchterten sie nicht im Geringsten ein. Alexander behauptete, Katzen würden Kartons lieben, und tatsächlich kletterte Christine sogleich in die Pappschachtel, die er für sie bereitstellte. Vielleicht mochte ich ihn doch ein bisschen. Ich konnte sogar über seine wie üblich viel zu aufgesetzte Rede zur Abendplanung schmunzeln. In weiser Voraussicht hatte er für den Abend ein Restaurant reserviert und pries es nun in den höchsten Tönen an.

Katja beugte sich zu mir und wisperte: »Alexander ist echt der geborene Verkäufer. Ich frag mich nur, warum er sich so ins Zeug legt, schließlich ist doch schon klar, dass wir alle mitfahren.«

Ich hatte da so einen Verdacht, und der war blond und saß neben mir ...

Auf meiner anderen Seite saß Tony, und während Alexander enthusiastisch das exquisite Menü des Restaurants lobte, trafen sich unsere Blicke. Tony zog mich näher an sich, und ich kuschelte mich an ihn, lehnte den Kopf an seine Schulter und war in diesem Moment einfach nur glücklich.

Diesmal gelang es mir, das Restaurant zu erreichen, ohne vorher in Schlammlöcher zu fallen. In Ermangelung von Alternativen trug ich wieder das rote Samtkleid, vom Schlamm befreit, nur die Schuhe waren nicht so chic, aber auch keine Gummistiefel, sondern schwarze Stiefeletten. Obwohl mir Tony versicherte, dass die Gummistiefel zu dem Kleid ganz hervorragend ausgesehen hätten.

Wir betraten das festlich geschmückte Restaurant. Mrs Berg sah ihn zuerst. Sie rief entzückt: »Sieh nur, John! Ein Mistelzweig!«

Und der distinguierte Mr Berg strahlte, zog sie an sich und gab ihr einen innigen Kuss.

Mein Gesicht wurde heiß bei der Erinnerung an den ersten Abend hier in Schottland. Katja und Alexander frischten diese gleich auf, indem sie als Nächste unter den Mistelzweig eilten und sich auf eine Art küssten, die zeigte, dass sie das nicht zum ersten Mal machten. Hm, da würde ich Katja später noch einige Fragen stellen ...

Tony nahm meine Hand, und ich sah zu ihm auf, begegnete seinem schiefen, schüchternen Lächeln. »Gibst du mir eine Chance, meinen unrühmlichen ersten Mistelzweig-Auftritt wiedergutzumachen?«

Statt einer Antwort zog ich ihn unter das Grün und schlang die Arme um seinen Hals. Wir küssten uns, und ich wusste, dass ich von Anfang an den richtigen Schotten ausgewählt hatte.

Kapitel 34

Der Duft frisch gebackener Scones mischte sich mit dem von Zimtsternen. Ich stand in der Mitte des Zimmers und ließ den Blick prüfend umherschweifen. Weihnachtsbaum, check, Tartanmustergirlanden, check, Lichterkettenoverkill, check, Krippe … Moment! Ich zog den geschnitzten Otter aus der Tasche meines Hoodies. Der stand für gewöhnlich auf dem Nachtschränkchen, um mich gleich beim Aufwachen an eine aufregende und wundervolle Zeit in meinem Leben zu erinnern. Nicht, dass ich den Otter wirklich dazu gebraucht hätte … Vorsichtig platzierte ich ihn inmitten der Otterfamilie an der Krippe.

Jemand stapfte polternd durch den Flur, und ich fuhr herum. »Schuhe aus!«, rief ich. »Oder willst du alles umsonst gewischt haben?«

Der Mann mit den dreckigen Stiefeln blieb mitten in der Bewegung wie erstarrt in der Tür stehen.

Tony. Mein Schotte. Mit oder ohne Kilt ein Bild von einem Mann. Und gerade jetzt zeigte mir das schelmische Funkeln in seinen Augen, dass er etwas ausheckte. Christine strich um seine Beine und eilte dann mit kerzengerade emporgerecktem Schwanz auf die Krippe zu. Na schön, sollte sie ruhig mit den Holzfiguren spielen.

»Tony MacMurray«, sagte ich streng und stemmte die Hände in die Hüften. »Was versteckst du da hinter dem Rücken?«

»Och, nichts Besonderes.« Tony schielte zur Decke und stieß ein paar unmelodische Pfiffe aus, die vermutlich ein unschuldiges Flöten darstellen sollten. Doch ich kannte ihn zu gut, er konnte ein Geheimnis nicht lange für sich behalten, also stand ich nur grinsend da und wartete, bis er mit großer Geste ein grünes Gestrüpp hinter dem Rücken hervorzog und mir entgegenstreckte.

»Ah!«, rief ich. »Wie schön! Grünes Zeug!«

Tony hob eine Braue, ein Kunststück, um das ich ihn beneidete. »Das ist kein Zeug«, brummte er. »Warte nur ab!«

Er war groß genug, dass er sein mysteriöses Mitbringsel ohne Zuhilfenahme eines Hockers über der Tür anbringen konnte. »Tadaa!«

Nun erkannte ich, was dieses vermeintlich belanglose Grünzeug wirklich war: ein Mistelzweig!

Tony setzte zu einer Erklärung an, oder vielleicht wollte er auch einen Witz reißen, doch dazu kam er nicht. Ich flog auf ihn zu, direkt in seine Arme, und küsste meinen allerliebsten Lieblingsschotten.

In einer kurzen Atempause raunte er mir ins Ohr: »Mir scheint, ich sollte öfter einen Mistelzweig aufhängen.«

Ich knuffte ihn sacht in die Seite. Als ob wir den brauchen würden!

Erst das Geräusch eines Automotors unterbrach unseren nächsten Kuss. Ich hauchte Tony noch ein Küsschen auf die Wange, zwinkerte ihm in bestem Alexander-Style zu, lief zur Tür und riss sie auf. Unsere Gäste kletterten gerade aus dem Auto. Nein, keine Gäste, sie waren Familie. Matty und ihr Mann Sergio würden erst am zweiten Weihnachtstag nachkommen, doch sonst waren alle da: Alexander und Katja, gekleidet wie der Titelseite eines Modemagazins entsprungen, und meine Tante, die auf mich zulief, über das ganze Gesicht strahlend. »Jessy! Wir haben an einem ganz zauberhaften Wasserfall angehalten, den musst du dir mal ansehen!«

Also hatte es sich Alexander nicht nehmen lassen, sein Begrüßungsprogramm abzuspulen. Hauptsache, meiner Tante hatte es gefallen. Sie war im Sommer schon einmal hier gewesen, und nun erklärte sie mir, wie wunderschön Schottland auch im Winter sei.

»Nur einer der Gründe, warum ich hier lebe«, erwiderte ich lachend und drückte sie an mich.

»Und hier ist dann wohl der Hauptgrund!«, rief sie und zog auch Tony in eine herzliche Umarmung. Die beiden hatten sich gleich gemocht. Tony war es sogar gelungen, meine Tante bei ihrem ersten Besuch vom Wilden Schwimmen zu begeistern. Zwar an einem für Schottland ungewöhnlich heißen Tag, doch das Wasser in unserem Geheimtipp-Wasserfallteich war sehr kalt gewesen. »Auch nicht kälter als das Tauchbecken nach der Sauna!«, hatte meine Tante vergnügt erklärt, und wie ich wusste, hing die von mir erstellte Urkunde für Wildes Schwimmen nun in ihrem Schlafzimmer.

Die Wanderung mit Besuch des Wasserfalls, inklusive Picknick am Strand und der dekorativen Urkunde für die mutigen Wasserratten, war eine unserer meistgebuchten Touren. Nur die Fotokurse mit Tony liefen ihr den Rang ab. Doch auch die »Lukullische Erlebnistour mit Alexander« war beliebt und, da sie nur zweimal im Jahr stattfand, bisher ausgebucht gewesen. Bei einer dieser Touren hatte ihn Katja begleitet, doch Katja war ohnehin Stammgast im Otterview. Da die Zimmer meist voll belegt waren, übernachtete sie allerdings, wie es sich für Familienbesuch gehörte, immer bei Tony und mir im Hausanbau. Ja, das Otterview erfreute sich bei Schottlandreisenden großer Beliebtheit. Bevor ich meine Arbeit bei *ErlebeTraumreisen* aufgegeben hatte und nach Schottland gezogen war, hatte ich dafür gesorgt, dass Tonys kenntnisreiche und unterhaltsame Touren zu Fotografie, Orientierung und Tierbeobachtungen angeboten wurden. Durch die Instagramstorys und die lobenden Berichte in dem Reiseblog von Sara und Tina waren weitere Reiseblogger auf das Otterview aufmerksam geworden und der Bekanntheitsgrad rasant gestiegen. An guten Bewertungen mangelte es nicht mehr und an Gästen auch nicht. Ich liebte es, meine Backleidenschaft auszuleben, und hatte noch längst nicht alle Rezepte aus Mattys Kochkladde ausprobiert.

Doch jetzt an Weihnachten war das Otterview geschlossen. Wir hatten es ganz für uns, und daher hatten Tony und ich die schönsten Gästezimmer für unseren lieben Besuch hergerichtet.

Alexander bot meiner Tante galant den Arm und führte sie ins Kaminzimmer, während Tony es bei einem nachsichtigen Lächeln beließ und anfing, das Gepäck aus dem Auto zu holen und auf die Zimmer zu bringen. Katja bestaunte bereits unsere neue Fotogalerie im Flur.

»Ein Faultier!«, quietschte sie. »Wie süß! Wie viele hast du gesehen?«

»Unzählige. Und sieh mal hier, sind diese Pfeilgiftfrösche nicht hübsch?«

Katja hörte mir gespannt zu, während ich mal wieder in Erzählungen von der Costa-Rica-Reise schwelgte. Auf unserer mehrwöchigen Rucksacktour durch Costa Rica, Mexiko und Belize hatten Tony und ich uns richtig kennengelernt. Und lieben. Diesmal hatte mich meine Menschenkenntnis nicht im Stich gelassen. Tony war wirklich so zuverlässig, humorvoll, gelassen und begeisterungsfähig, wie er sich mir von Anfang an gezeigt hatte. Na ja, vielleicht nicht ganz von Anfang an ... Doch das Mistelzweig-Desaster ließ ich außen vor.

»Du siehst so glücklich aus«, stellte Katja mit einem zufriedenen Nicken fest. »Und rieche ich da etwa Cupcakes?«

Wir mussten lachen. »Ja, dieses Drama habe ich endgültig überwunden. Und ich bin glücklich. Sehr sogar.«

Mir lag die Frage auf der Zunge, wie es mit ihr und Alexander lief, doch ich verkniff sie mir. Dafür war später noch Zeit, und ich wollte erst unauffällig die aktuelle Lage sondieren, um nicht ungewollt einen wunden Punkt zu treffen. Katja und Alexander waren mehrmals zusammen gewesen, hatten sich wüst gestritten, nur um sich ein paar Monate später zu versöhnen und es erneut miteinander zu versuchen. Mein Stand von letzter Woche war, dass sie nur gute Freunde waren, doch so wie Alexander Katja vorhin angesehen hatte, glaubte ich nicht wirklich daran.

Wie zum Beweis kam Alexander aus dem Kaminzimmer und griff nach Katjas Hand. Er zwinkerte ihr zu, was Katja genervt aufstöhnen ließ und wiederum ihn zum Lachen brachte. »Komm mal mit, ich zeig dir was!«

Ich ahnte, was kam, und tatsächlich steuerte Alexander Katja sogleich unter den Mistelzweig. »Och, du«, sagte sie gespielt verärgert, doch die beiden lächelten sich so liebevoll an, dass mir warm ums Herz wurde. Diskret wandte ich den Blick ab, als sie in einem innigen Kuss versanken, und wandte mich zur Tür, um Tony mit dem Gepäck zu helfen. Er polterte gerade die Treppe hinunter, und bei meinem Anblick leuchteten seine Augen auf, als hätten wir uns ewig nicht gesehen, und sein Lächeln wärmte mich wie ein Sonnenstrahl an einem trüben schottischen Wintertag.

»Jessica!«

Noch immer jagte mir seine Stimme einen glückseligen Schauer durch den Körper, wenn er meinen Namen so aussprach.

»Sieh mal nach draußen!«, forderte er mich auf.

Neugierig drehte ich mich um und holte tief Luft. Es schneite! Weiße, dicke Flocken tanzten in der Dämmerung und rieselten sacht zu Boden. Tony legte den Arm um mich, und so standen wir da, aneinandergelehnt.

»Unsere erste weiße Weihnacht«, sagte Tony feierlich.

Ich freute mich darauf. Und auf die vielen, die folgen würden. Zu Hause in Schottland, im Otterview, bei Tony, meinem Schotten unterm Mistelzweig.